Annales 2024

Tle STMG

Objectif BAC

Sujets & Corrigés

Tout-en-un

Droit – Économie
Bruno Bonnefous
Marc Géronimi
David Leccia

Management, Sciences de gestion et numérique
Nicolas Bloch
Stéphanie Di Costanzo
Delphine Roberjot-Duthion

Philosophie
Emma Carenini

hachette
ÉDUCATION

Mode d'emploi

Pour chaque épreuve, cet ouvrage vous propose des méthodes générales et des sujets corrigés entièrement rédigés.

Une présentation de chaque épreuve et des conseils de méthodologie

Un descriptif de chaque épreuve : durée, coefficient, attendus…

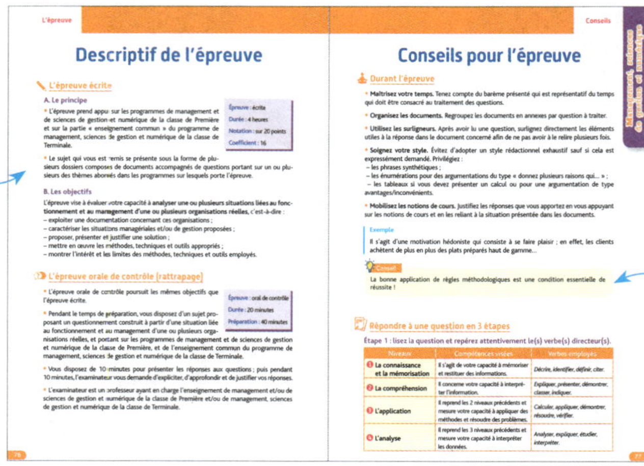

Des conseils pour vous accompagner

Des sujets corrigés pour préparer les épreuves écrites

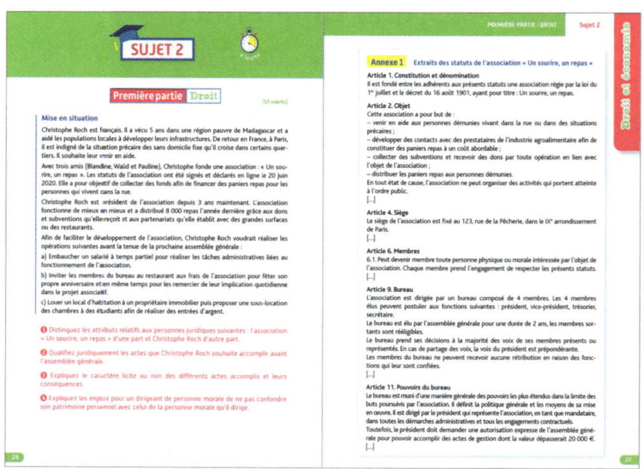

Des onglets pour se repérer rapidement dans l'ouvrage et identifier chaque matière

ISBN : 978-2-01-722699-4

www.parascolaire.hachette-education.com

PAPIER À BASE DE FIBRES CERTIFIÉES

hachette s'engage pour l'environnement en réduisant l'empreinte carbone de ses livres. Celle de cet exemplaire est de : 1 kg éq. CO_2 Rendez-vous sur www.hachette-durable.fr

Des corrigés conformes à ce que l'on attend de vous à l'examen

Chaque corrigé est introduit par un **travail préparatoire** ou un **décryptage du sujet**

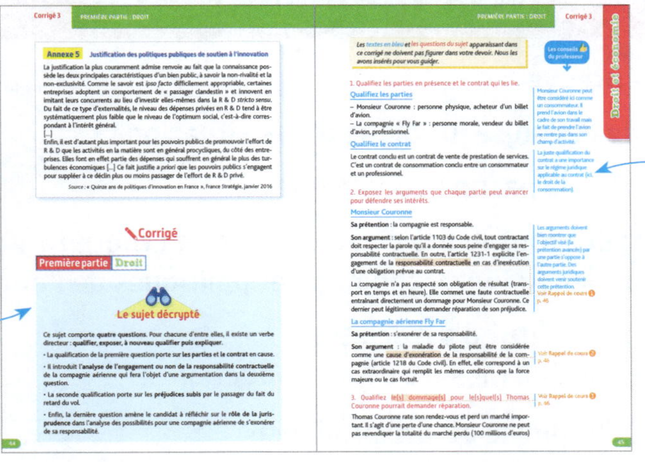

Chaque corrigé est entièrement rédigé et accompagné :
– de **conseils du professeur** ;
– de **rappels de cours**.

Des questions types pour préparer l'épreuve du Grand Oral

Des **conseils** pour bien choisir vos questions pour le Grand Oral

Des **questions modèles** pour chaque spécialité de la Terminale STMG

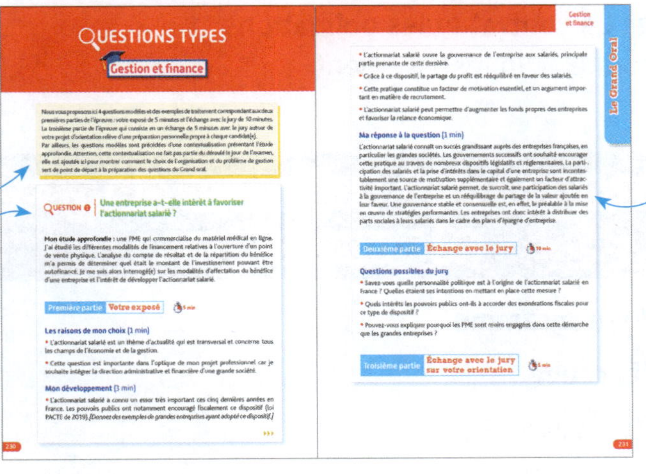

Un **exemple** de déroulé de l'exposé devant le jury

Conception graphique de l'intérieur et de la couverture : Manon Guérin

Réalisation de la couverture : Audrey Izern

Photos : © Shutterstock

Édition : Justine Massel et Marie-Lou Copin

Mise en pages : Ma petite FaB – Laurent Grolleau

Avec la participation de Sylvie Beauthier et Isabelle de Lisle pour la rédaction des pages de préparation au Grand Oral.

Achevé d´imprimer en juillet 2023 en Espagne par Grafo - Dépôt légal: Août 2023 - Édition 01 - 26/1940/6

Sommaire

Droit et économie

Management, sciences de gestion et numérique

Philosophie

Le Grand Oral

Porte-conteneurs sur le port d'Anvers.

Entraînement
Retrouve un sujet inédit corrigé et commenté sur hachette-educ.fr/a/annales-STMG ou flashe directement ce code.

Droit et économie

Descriptif de l'épreuve

L'épreuve écrite

A. Les modalités de l'épreuve

Épreuve : écrite
Durée : 4 heures
Notation : sur 20 points
Coefficient : 16

- L'épreuve est notée sur 20 points.
- Elle est composée de deux parties indépendantes : une partie juridique et une partie économique. Vous êtes libre de la gestion de votre temps entre le droit et l'économie.
- Chacune des parties du sujet se présente sous la forme d'un dossier composé de plusieurs documents accompagnés d'un questionnement portant sur un ou plusieurs thèmes abordés dans les programmes.

B. Le déroulement et les compétences requises

	Droit (sur 10 points)	Économie (sur 10 points)
Programme	La totalité des thèmes de première + les trois premiers thèmes de terminale.	
Travail à réaliser	Analyser une ou plusieurs situations juridiques en répondant de manière argumentée.	Analyser un problème économique d'actualité en répondant de manière argumentée.
Compétences requises	• **Qualifier juridiquement** une situation. • **Identifier la ou les règles** juridiques applicables. • **Indiquer la ou les solutions** juridiques envisageables. • **Utiliser un vocabulaire** juridique adapté. • **Expliquer le sens d'une règle** juridique et de son évolution.	• **Expliquer les notions** et les mécanismes économiques soulevés par le problème à traiter, en s'appuyant sur les connaissances acquises en cours et les informations fournies dans la documentation. • **Interpréter des données** économiques de différentes natures et à partir de différents supports (tableaux statistiques, graphiques, etc.). • **Réaliser des calculs économiques** en lien avec les notions traitées dans le programme. • **Répondre à une question relative à des débats actuels** sur l'économie de façon argumentée.

C. Conseils pour l'épreuve

- La durée de l'épreuve écrite permet en principe aisément de prendre le temps d'aborder les documents fournis en annexe. Il peut être ainsi profitable de lire au préalable les questions posées avant de prendre connaissance des documents. Cette façon de procéder permet :
– de repérer le ou les documents utiles pour chacune des questions ;

– d'identifier plus facilement les informations pertinentes pour le sujet (en les surlignant par exemple).

• Un tel travail préalable permet de gagner en temps et en efficacité lorsqu'il s'agit de passer au traitement de chacune des questions.

L'épreuve orale de contrôle (rattrapage)

Préparation : 20 minutes

Épreuve : 20 minutes

A. Les modalités de l'épreuve

• L'épreuve orale porte sur le même programme que l'épreuve écrite.

• Les objectifs de l'épreuve sont similaires à ceux de l'épreuve écrite.

• L'épreuve orale comporte un sujet de droit ou d'économie à traiter.

• Le sujet n'excède pas trois pages ; il est composé d'un ou plusieurs documents et d'une série de questions relatives à ces documents.

B. Le déroulement de l'épreuve

• Vous disposez de 10 minutes pour présenter les réponses aux questions du sujet.

• Suivent 10 minutes de questions de l'examinateur pour expliciter, approfondir et justifier les réponses. L'examinateur est un professeur ayant en charge l'enseignement de « Droit et économie » dans le cycle terminal.

Méthodologie de l'analyse juridique d'une situation

L'analyse juridique d'une situation est une démarche intellectuelle indispensable du juriste qui souhaite convaincre le juge ou une autre personne du bien-fondé de sa prétention. Également appelée « méthodologie de résolution de cas pratique », elle se fonde sur une argumentation appelée « syllogisme » et se décompose en 5 étapes. Sa maîtrise est très importante pour réussir la partie juridique de l'épreuve.

Les étapes de la démarche

La qualification juridique des faits → Le problème de droit → La règle de droit applicable → L'application à la situation → La résolution de la situation

La qualification juridique des faits

- Il s'agit de reprendre les éléments clés de la situation ou de l'énoncé et de les analyser sous l'angle juridique afin de leur attribuer une qualification juridique précise. Cette qualification est importante car elle aura une incidence sur la règle applicable.

- La qualification porte aussi bien :
– sur la qualité juridique des personnes (personne physique, personne morale, employeur, salarié, vendeur, acheteur, créancier, débiteur, commerçant, consommateur, etc.) ;
– sur leurs actes (fait juridique ou acte juridique comme un contrat) ;
– ou sur les biens dont il est question (bien corporel/incorporel, bien meuble/immeuble).

Exemples

1. Monsieur X achète un ordinateur dans un magasin pour jouer à des jeux vidéo pour son loisir personnel. Il constate dans les conditions générales de vente du contrat une clause qui énonce, qu'en cas de litige, le tribunal judiciaire de Lyon sera compétent.

→ Monsieur X est considéré comme un consommateur, personne physique, et le magasin comme un commerçant professionnel. Ils sont liés par un contrat de consommation.

Conséquence : Les règles du droit de la consommation s'appliquent à cette situation.

2. Monsieur X, gérant de la SARL OrdiPro, achète un ordinateur chez un fabricant pour les besoins de son activité professionnelle. Il constate dans les conditions générales de vente du contrat une clause qui énonce, qu'en cas de litige, le tribunal judiciaire de Lyon sera compétent.

→ Monsieur X agit en tant que mandataire (représentant) de la SARL OrdiPro. Les deux parties sont des professionnels. Elles signent un contrat de vente de nature commerciale.

Conséquence : Le droit commercial s'applique ici.

? Le problème de droit

- Le problème de droit est la question juridique que le juge ou le conseiller juridique doit trancher pour résoudre la situation présentée. Elle est formulée en termes génériques.

- Le problème de droit **ne peut pas** être une question du type :

> **Exemple (suite)**
>
> – Monsieur X a-t-il raison ? Monsieur X gagnera-t-il son procès ?
> – L'article L. 121-1 du Code de la consommation s'applique-t-il ?

- Le problème de droit pourra être :

> **Exemple (suite)**
>
> À quelles conditions une clause attributive de juridiction est-elle valable ?

La majeure : le rappel de la règle de droit

- La majeure énonce la règle applicable à la situation selon la qualification juridique des faits. Elle va permettre sa résolution. La règle est énoncée de manière « brute », sans lien avec la situation.

- Elle peut contenir la définition d'un terme juridique, l'énoncé d'un principe et éventuellement des exceptions qui l'accompagnent.

> **Exemple (suite)**
>
> Selon l'article L. 121-1 du Code de commerce, « sont commerçants ceux qui exercent des actes de commerce et en font leur profession habituelle. »
>
> Une clause attributive de juridiction est une clause insérée dans un contrat qui stipule, qu'en cas de litige, les parties fixent la juridiction compétente. Elle n'est valable qu'entre commerçants.

La mineure : l'application de la règle à la situation

- Pour cette étape, il convient de reprendre la règle et de l'appliquer purement et simplement à la situation juridique étudiée. La conjonction de coordination « donc » est le lien logique qui correspond au lien entre la qualification juridique des faits et la règle énoncée.

> **Exemple (suite)**
>
> Monsieur X est gérant de la SARL OrdiPro, il achète un bien pour le compte de sa société. La SARL OrdiPro est une société commerciale tout comme le vendeur. Le contrat est de nature commerciale.
>
> Les clauses attributives de juridiction sont valables entre professionnels.
>
> DONC, la clause attributive de juridiction du contrat est valable.
>
> La réponse est différente si nous prenons la situation où Monsieur X est un simple consommateur.

Le contrat est alors un contrat de consommation dans lequel les clauses attributives de juridiction ne sont pas valables.

DONC, la clause attributive de juridiction du contrat est réputée non écrite et ne peut pas s'appliquer.

La résolution du cas pratique

- Une fois la mineure rédigée, la solution au cas d'espèce apparaît d'elle-même. Elle est exprimée en des termes clairs.

Exemple

Dans le cas où le contrat est de nature commerciale, la clause attributive de juridiction est valable. S'il existe un litige entre la SARL OrdiPro et le magasin, la juridiction compétente sera le tribunal judiciaire de Lyon.

À l'inverse, si le contrat est un contrat de consommation, la clause attributive de juridiction n'est pas valable. Dans ce cas, elle sera réputée non écrite et, en cas de litige, les parties devront appliquer les règles générales de compétence des juridictions.

Méthodologie pour la partie économique

L'épreuve vous conduit à apporter des réponses argumentées à plusieurs questions en lien avec le programme (4 ou 5 questions), en vous appuyant sur vos connaissances et sur le corpus documentaire fourni. Les questions sont de difficulté progressive.

Les premières questions du sujet

• Ces questions mobilisent les connaissances acquises en cours et les informations apportées par les documents fournis en annexe.

• Vous devez être capable(e) de mobiliser des concepts économiques étudiés en cours, ou présentés dans les documents en annexe, pour analyser un problème économique réel. Il est ainsi important de définir ces concepts économiques (en introduction à la réponse).

• Vous pouvez être amené(e) à interpréter des données chiffrées issues de graphiques ou de tableaux statistiques fournis en annexe. Vous pouvez aussi avoir à calculer des indicateurs connus (valeur ajoutée, coût marginal…) ou présentés en annexe. Dans ce cas de figure, la calculatrice sera alors autorisée lors de l'épreuve.

La rédaction d'une argumentation

• La dernière question du sujet consiste à développer une argumentation qui n'est pas une simple compilation des réponses précédentes. Ces dernières questions peuvent toutefois utiles pour le sujet à traiter.

• Une bonne argumentation repose sur trois éléments :
– la maîtrise des savoirs disciplinaires ;
– la qualité de l'expression ;
– l'agencement des idées.

• Les contraintes méthodologiques pour cette argumentation sont légères :
– l'introduction et la conclusion ne sont pas exigées ;
– l'argumentation peut être développée selon un ou deux axes qui vous permettent d'exprimer une position claire.

• L'agencement des idées constituant un élément d'évaluation de l'argumentation, il peut être pertinent de valoriser votre réponse avec une introduction (qui, rappelons-le, n'est toutefois pas exigée). Cette introduction a toutefois vocation à rester brève et peut consister à définir le concept clé du sujet ou mettre en perspective le sujet en s'appuyant, par exemple, sur la réponse à une précédente question.

SUJET 1 BAC 2022
France métropolitaine

4 heures

Première partie Droit

(10 points)

Situation juridique

Il y a cinq ans, Richard et son épouse Nicole se sont associés pour racheter à un couple prenant sa retraite un petit restaurant de montagne.

Richard, cuisinier, a acquis une solide réputation dans la préparation de plats gastronomiques à base de fromage de chèvre du terroir. Ces fromages sont produits sur l'exploitation agricole de Jean.

Dans cette ferme, Jean exploite en son nom propre, et en toute conformité avec la législation en vigueur, un petit élevage de chèvres. Il vend directement sa production aux touristes de passage. Cette activité constitue pour Jean et sa famille une source de revenus importante. Les animaux évoluent en toute liberté dans un immense champ clôturé attenant à la ferme en bordure du restaurant. Cette exploitation existait bien avant la création du restaurant.

Pour honorer des commandes toujours plus importantes, Jean agrandit son troupeau ce qui provoque quelques inconvénients.

Il s'agit des bêlements, qui se font entendre de manière beaucoup plus forte qu'auparavant. De plus, les odeurs dégagées par l'élevage, font chuter la fréquentation du restaurant de façon inquiétante.

Richard et Jean ont discuté vivement du sujet à maintes reprises car Jean ne veut rien changer. Richard a donc fait constater par huissier les nuisances. Il dispose également du rapport rédigé par son expert-comptable : cette année le restaurant a enregistré une baisse de 10 % de son chiffre d'affaires. Il a par ailleurs recueilli des témoignages de clients mécontents, ainsi que des avis très négatifs d'internautes affirmant qu'ils ne reviendront pas à cause des odeurs de l'élevage tout proche.

Richard et Nicole vous demandent conseil.

Répondre aux questions 1, 2 et 3.

1. Résumez les faits en utilisant des qualifications juridiques.

2. Développez l'argumentation juridique que Richard et Nicole peuvent avancer pour obtenir l'indemnisation de leur préjudice.

3. Présentez les arguments juridiques que Jean peut leur opposer.

Répondre au choix à la question 4a ou 4b.

4 a. Expliquez les enjeux de la protection du droit de propriété.

4 b. Expliquez comment le droit permet la réparation des dommages aux victimes.

Annexe 1 Articles du Code civil

Article 9 : Chacun a droit au respect de sa vie privée.
Les juges peuvent, sans préjudice de la réparation du dommage subi, prescrire toutes mesures, telles que séquestre, saisie et autres, propres à empêcher ou faire cesser une atteinte à l'intimité de la vie privée : ces mesures peuvent, s'il y a urgence, être ordonnées en référé.

Article 544 : La propriété est le droit de jouir et disposer des choses de la manière la plus absolue, pourvu qu'on n'en fasse pas un usage prohibé par les lois ou par les règlements.

Article 545 : Nul ne peut être contraint de céder sa propriété, si ce n'est pour cause d'utilité publique, et moyennant une juste et préalable indemnité.

Article 1240 : Tout fait quelconque de l'homme, qui cause à autrui un dommage, oblige celui par la faute duquel il est arrivé à le réparer.

Article 1242 : On est responsable non seulement du dommage que l'on cause par son propre fait, mais encore de celui qui est causé par le fait des personnes dont on doit répondre, ou des choses que l'on a sous sa garde. [...]

Article 1243 : Le propriétaire d'un animal, ou celui qui s'en sert, pendant qu'il est à son usage, est responsable du dommage que l'animal a causé, soit que l'animal fût sous sa garde, soit qu'il fût égaré ou échappé.

Annexe 2 Article L. 214-2 du Code rural et de la pêche maritime

Tout homme a le droit de détenir des animaux dans les conditions définies à l'*article L. 214-1* et de les utiliser dans les conditions prévues à l'*article L. 214-3*, sous réserve des droits des tiers et des exigences de la sécurité et de l'hygiène publique et des dispositions de la *loi n° 76-629 du 10 juillet 1976* relative à la protection de la nature. [...]

Annexe 3 Extrait de l'arrêt de la cour d'appel de Basse-Terre du 17 février 2020 [...]

Mme K... a fait assigner Mme U... devant le tribunal d'instance* aux fins de la voir condamner au paiement de la somme de 9 000 euros à titre de dommages intérêts pour le préjudice subi par Mme K... du fait des émanations de fumées dont Mme U... est responsable. [...]
Le trouble excédant les inconvénients normaux du voisinage doit présenter des caractères de permanence ou de répétitivité outre d'anormalité quand bien même ce trouble serait inhérent à une activité licite. [...]

En l'espèce, des pièces produites au dossier (certificats médicaux, procès-verbal de constat d'huissier), il est constant que Mme K... souffre d'asthme et réside à 300 mètres de l'habitation de Mme U... laquelle exploite une entreprise familiale de transformation du manioc. [...]

Si cette activité peut émettre des fumées ainsi que cela ressort des images du livret de l'entreprise en cause, les pièces du dossier ne justifient ni d'émanations importantes ou constantes, ni de ce que ces dernières se dirigent vers le domicile de Mme K... [...]

À ce sujet, plusieurs témoins riverains de Mme U... (et donc de Mme K...) ont signé une pétition portant sur l'absence de nuisances excessives nées de cette fabrique, Mme K... ne rapportant pas davantage la preuve à l'encontre de l'intimée. [...]

S'il est établi que l'activité professionnelle de Mme U... entraîne l'émanation de fumées, la preuve n'est pas rapportée du lien de causalité entre celles-ci et les crises d'asthme de Mme K... [...]

Par ces motifs, la cour confirme le jugement entrepris et déboute Mme K... de sa demande. [...]

* nouvellement appelé le tribunal judiciaire

Annexe 4 Jurisprudences sur les troubles de voisinage liés aux animaux

L'élevage d'un poulailler avec un coq et cinq poules n'a pas été considéré comme constitutif d'un trouble anormal du voisinage. Pourtant le juge de proximité avait donné raison aux plaignants. Mais celui-ci avait fait appel de la décision, et il a obtenu gain de cause, la cour considérant que les propriétaires du « gîte de charme » n'apportaient pas la preuve d'un trouble anormal, et qu'ils devaient assumer les conséquences de leur installation en zone rurale (cour d'appel d'Orléans, 4 mars 2013).

En revanche, c'est la solution contraire qui a été retenue pour des paons recueillis par un propriétaire du château voisin. Ces animaux qui émettent des cris stridents ont troublé la tranquillité du voisinage, abîmé les plantations et dégradé l'environnement par leurs souillures. Leur propriétaire a été condamné à faire cesser ces nuisances qui ont été qualifiées de trouble anormal du voisinage sous astreinte de 500 euros par infraction constatée par huissier de justice (cour d'appel de Paris, 8 janv. 2014).

Le chant d'un coq qui s'exerce sans discontinuer la nuit à partir de quatre heures, constitue un trouble à la tranquillité du voisinage demeurant à proximité de la volière où l'animal est enfermé, ce chant ne pouvant, compte tenu de son caractère répétitif pendant plusieurs heures de la nuit, être considéré comme résultant du comportement normal d'un tel volatile, même en milieu rural (cour d'appel de Bordeaux, 29 févr. 1999).

Si le chant d'un coq, le matin en zone rurale, ne peut en aucun cas constituer un trouble de voisinage, la présence d'un poulailler à cinq mètres de la limite séparative du fonds voisin constitue un inconvénient excessif de voisinage, étant observé que ce poulailler, non entretenu, génère de fortes odeurs, qualifiées de pestilentielles par l'huissier (cour d'appel de Chambéry, 3 janv. 2006).

Deuxième partie Économie

(10 points)

À partir de vos connaissances et/ou de la documentation fournie en annexes :

❶ Distinguez le taux de chômage et le taux d'emploi.

❷ Comparez les taux d'emploi des différentes catégories d'âge en France entre 2003 et 2019.

❸ Identifiez les mesures de politiques économiques relatives à l'emploi.

❹ Déterminez à quelles politiques d'emploi appartiennent les mesures mises en place par l'État français en 2020.

Rédigez une argumentation qui vous permet de répondre à une des deux questions suivantes au choix :

❺ a. L'intervention de l'État permet-elle de soutenir l'emploi ?

❺ b. Le PIB permet-il de mesurer la richesse d'un pays et de ses habitants ?

Annexe 1 Les taux d'emploi par âge en France (hors Mayotte)

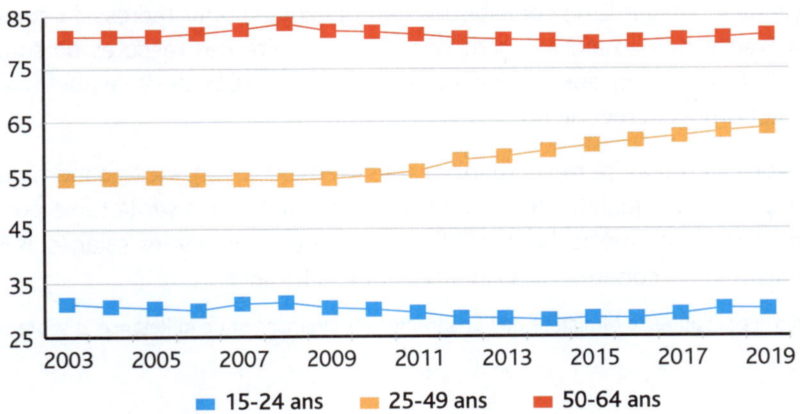

Champ : France hors Mayotte, population des ménages, personnes de 15 à 64 ans.

Source : Insee, enquête emploi

Annexe 2 Le chômage partiel, outil crucial en temps de crise

Le marché du travail a été frappé [...] par la chute d'activité générée par la crise de la Covid-19. Dès la mi-mars 2020, les décisions d'urgence sanitaire prises pour endiguer la propagation du virus ont contraint les entreprises à s'ajuster. [...] Afin de protéger la structure productive et de soutenir le pouvoir d'achat, les gouvernements européens ont mis en place des mesures ciblées sur le marché du travail, d'ampleur inégalée dans le but de mutualiser le coût économique et social de la crise. En particulier, les ▸▸▸

dispositifs de chômage partiel (ou activité partielle) indemnisant les salariés en cas de réduction temporaire de la durée du travail, permettent de limiter l'impact de la crise sur l'emploi. […] Faute d'un dispositif similaire, les États-Unis connaissent de très fortes destructions d'emplois salariés. […]

Dans ce contexte, les entreprises ont eu massivement recours au mécanisme de chômage partiel pour reporter leurs coûts salariaux sur l'État […]. Le taux de remplacement est plus ou moins généreux selon les régimes nationaux, et selon que les autorités se situent dans une logique de maintien du pouvoir d'achat ou dans une logique de revenu de subsistance (Italie, Espagne). La France répond à la première logique de maintien du pouvoir d'achat, avec un taux de remplacement d'environ 84 % du salaire net et un plafond de compensation élevé au mois d'avril. L'Italie et l'Espagne se situent davantage dans la seconde logique avec un plafond de compensation faible, de même que l'Allemagne, qui connaît un taux de remplacement faible (60 à 67 % du salaire net). […]

Source : Céline Antonin et Christine Rifflart, OFCE, 2 juillet 2020

Annexe 3 La présentation du plan de relance

Le gouvernement a lancé, le 3 septembre, un plan de relance historique de 100 milliards d'euros (dont 40 milliards de contributions européennes) pour redresser l'économie et faire la « France de demain ». Inscrit dans la continuité des mesures de soutien aux entreprises et salariés lancées dès le début de la crise de la Covid-19, ce plan vise à transformer l'économie et créer de nouveaux l'emploi. […]

« Nous avons su répondre rapidement et massivement à l'urgence économique dès le mois de mars. […] Fin juillet, 470 milliards d'euros ont été mis sur la table pour soutenir nos entreprises, en particulier les TPE/PME, et pour protéger les salariés. » Bruno Le Maire, ministre de l'Économie, des Finances et de la Relance.

Source : D'après le Ministère de l'Économie, des Finances et de la Relance, 3 septembre 2020

Annexe 4 Les effets des politiques de l'emploi

Concernant les mesures ciblées d'emploi aidé, les résultats des évaluations disponibles convergent sur l'idée que les mesures centrées sur le secteur privé sont les plus efficaces en termes de retour à l'emploi normal sur un horizon de court terme. […]

L'évaluation des baisses des cotisations sociales sur les bas salaires demeure très controversée. Même si les effets mesurés sont toujours positifs, l'ampleur de l'impact est très variable d'une étude à l'autre […]. Le ministère du Travail retient une fourchette de nombre d'emplois créés ou sauvegardés de 200 000 à 400 000. […]

Si l'on prend en compte non seulement l'emploi, mais également la qualité de l'emploi (qualification, salaire), il existe des doutes importants sur l'efficacité globale du dispositif d'exonérations de cotisations sociales sur les bas salaires. Il en va de même pour les mesures plus générales de baisse du coût du travail mises en place depuis 2013, avec pour objectif de soutenir la compétitivité des entreprises.

Source : Christine ERHEL, *Les politiques de l'emploi,* Que Sais-Je, n° 3789, mars 2020

Annexe 5 Les dépenses ciblées pour les politiques du marché du travail

	2017 en millions d'euros	Évolution 2016-2017 en euros constants (en %)
Services relatifs au marché du travail (Pôle emploi, mission locale et permanence d'accueil, d'information et d'orientation…)	5 808	1,6
Formation professionnelle des demandeurs d'emploi et apprentissage (allocation d'aide au retour à l'emploi-formation, stages de formation financés par les Régions…)	7 162	– 2,2
Incitations à l'emploi et contrats aidés (contrat unique d'insertion CUI, emplois d'avenir…)	5 659	– 9,6
Emploi protégé, réadaptation et handicap (contrat de soutien et d'aide par le travail, entreprises adaptées…)	1 958	0,9
Aides à la création d'entreprises	551	– 7
Maintien et soutien du revenu en cas d'absence d'emploi (allocation d'aide au retour à l'emploi, allocation spécifique de solidarité…)	45 139	– 1,5
Préretraites	5	– 59,2
TOTAL	**66 282**	**– 2,1**
TOTAL en % du PIB	**2,89**	

Source : d'après DARES, Résultats, n° 47, octobre 2019

Annexe 6 Le taux de chômage baisse mais la crise de l'emploi est bien là

Si le chômage a baissé au deuxième trimestre, cette diminution […] cache la crise de l'emploi que traverse la France, avec notamment une chute du nombre d'heures travaillées. […] Le taux de chômage en France a diminué de 0,7 point au deuxième trimestre à 7,1 % […]. Déjà au premier trimestre, le taux de chômage avait reculé de 0,3 point, à 7,8 %. Ces reculs […], selon l'Insee, sont inhérents à la définition même du chômeur au sens du Bureau international du travail (BIT) […]. Selon cet indicateur, le nombre de chômeurs a ainsi diminué de 271 000, à deux millions de personnes entre avril et juin.

Toutefois, d'autres données publiées jeudi par l'Institut de la statistique « décrivent bien l'ampleur de la crise », souligne Sylvain Larrieu, de l'Insee, citant les chutes à des niveaux ▸▸▸

record du taux d'emploi et du nombre d'heures travaillées, […]. « Le confinement a mis en inactivité forcée toute une partie de la population, que ce soit des personnes en emploi ou des personnes sans emploi », rappelle-t-il, quelques jours après que l'Insee a annoncé la destruction de plus de 600 000 emplois au premier semestre dans le secteur privé, à cause de la crise du coronavirus. […] En prenant en compte le taux d'emploi et le halo autour du chômage, « on a un tiers de la population en situation de travailler qui est inactive, alors qu'on est traditionnellement à 11-12 %. C'est une déflagration massive », commente Mathieu Plane, économiste à l'Observatoire français des conjonctures économiques (OFCE). Il s'attend à une hausse du taux de chômage au 3ème trimestre, « s'il n'y a pas un reconfinement, avec des personnes en recherche d'emploi qui vont basculer du halo vers le chômage ».

Source : Challenges.fr, (avec AFP), 13 août 2020.

Corrigé

Première partie Droit

Le sujet décrypté

Ce sujet porte sur deux thèmes principaux : **le droit de propriété** et **la responsabilité civile extracontractuelle**. L'annexe 1 propose des **articles du Code civil** en lien avec les deux thèmes précités alors que l'annexe 2 aborde un code qui ne rentre pas explicitement dans le programme de Terminale. Le candidat devra donc bien en prendre connaissance. Les annexes 3 et 4 sont des **décisions de jurisprudence** en matière de trouble anormal de voisinage qui devraient aiguiller le candidat pour argumenter la réalité avérée ou non d'un tel trouble dans la situation juridique décrite dans le sujet.

Les textes en bleu et les questions du sujet apparaissant dans ce corrigé ne doivent pas figurer dans votre devoir. Nous les avons insérés pour vous guider.

Les conseils du professeur

1. Résumez les faits en utilisant des qualifications juridiques.

Jean exploite en son nom propre un élevage de chèvres. Il est donc agriculteur, personne physique. Il est **propriétaire de son terrain.** Richard et Nicole sont des époux commerçants personnes physiques car ils exploitent un restaurant. Ils sont voisins de Jean et **victimes** des désagréments causés par l'élevage de celui-ci.

Voir Rappels de cours 2 et 3 p. 22

Les odeurs des chèvres, qui portent préjudice à l'activité du restaurant, constituent un **fait juridique relevant de la responsabilité civile extracontractuelle.**

Voir **Rappel de cours 1** p. 22

2. Développez l'argumentation juridique que Richard et Nicole peuvent avancer pour obtenir l'indemnisation de leur préjudice.

A La responsabilité civile extracontractuelle

Selon le régime de la responsabilité civile extracontractuelle, **une personne est légitime à agir en justice dès lors que trois conditions sont remplies** :
– la présence d'un **dommage réparable** ;
– la réalisation d'un **fait générateur** ;
– un **lien de causalité** direct et certain entre ce dommage et le fait générateur.

C'est important de le préciser car l'annexe 4 montre un exemple où le lien de causalité n'a pas été caractérisé.

En l'espèce, la baisse du chiffre d'affaires du restaurant de Richard et Nicole (le dommage) semble directement lié à l'activité d'élevage de chèvres de Jean. Le couple peut donc s'appuyer sur l'article 1243 du Code civil (responsabilité du fait des animaux dont on est propriétaire) et apporter différentes preuves pour établir le manque à gagner financier qu'ils subissent du fait du bruit et des odeurs :
– un rapport rédigé par l'expert-comptable atteste la baisse de 10 % du chiffre d'affaires ;
– des témoignages de clients mécontents ;
– des avis très négatifs d'internautes mettant en cause les odeurs désagréables.

B Le droit de la propriété

En matière de droit de propriété, le propriétaire ne peut ni causer un **trouble anormal de voisinage** à son voisin ni **abuser de son droit**.

L'arrêt de l'annexe 3 peut être invoqué par les deux parties. Il est sujet à interprétation d'autant qu'il fait référence à des articles dont nous n'avons pas le contenu. C'est le juge qui tranchera sur les exigences de l'hygiène publique.

3. Présentez les arguments juridiques que Jean peut leur opposer.

A Le droit de la propriété

Le droit de propriété est un **droit absolu** ce qui signifie que le propriétaire peut en faire ce qu'il veut. Jean peut donc librement décider d'élever davantage de chèvres sur son terrain.

B Le trouble anormal du voisinage

Les bêlements de chèvres, comme leur odeur, sont des nuisances que l'on trouve naturellement à la campagne. Elles ne peuvent pas constituer un trouble anormal de voisinage. Jean ne commet pas d'abus de droit car il ne cherche pas à nuire à l'activité du restaurant.

4a. Expliquez les enjeux de la protection du droit de propriété.

Parmi les droits patrimoniaux, **le droit de propriété est caractéristique du pouvoir juridique le plus complet qu'une personne peut exercer directement sur une chose**. Il est consacré par l'article 544 du Code civil : « La propriété est le droit de jouir et disposer des choses de la manière la plus absolue, pourvu qu'on n'en fasse pas un usage prohibé par les lois ou par les règlements. »

L'annexe 4 propose des jugements qui montrent que les décisions sont rendues au cas par cas, en fonction de l'animal, de la zone d'habitation, de la nature du trouble et des preuves apportées.

Le droit de propriété est également le fondement du capitalisme sur lequel s'appuie notre économie. Enfin, il contribue aussi à respecter l'article 9 du Code civil qui consacre le droit au respect de la vie privée. Le droit propose donc des moyens de protéger le droit de propriété.

4b. Expliquez comment le droit permet la réparation des dommages aux victimes.

Lorsqu'une victime subit un préjudice, elle peut demander la réparation de son dommage en s'appuyant sur différents **régimes de responsabilité**. En droit civil, on distingue la **responsabilité civile contractuelle** et la **responsabilité civile extracontractuelle**. Dans ce dernier cas, plusieurs régimes sont envisagés afin d'encadrer au mieux la réparation de la victime : responsabilité du fait personnel, du fait d'autrui, du fait des choses, du fait des animaux, du fait des produits défectueux... Mais attention, le droit impose des conditions : la réparation est envisageable si une faute ou un fait générateur est directement lié au préjudice.
Enfin, **les dommages sont réparables** selon une typologie.

Voir Rappel de cours 4 p. 22

Rappels de cours

1 LES FAITS JURIDIQUES

Les faits juridiques (article 1100-2 du Code civil) sont **des agissements ou des événements auxquels la loi attache des effets de droit**. Ils se distinguent des actes juridiques (article 1100-1 du Code civil).

2 LE DROIT DE PROPRIÉTÉ

Le droit de propriété est consacré par l'article 544 du Code civil. Il représente le **droit réel le plus absolu**. Il se compose de trois prérogatives : **l'*usus*, le *fructus* et l'*abusus*.**

3 LES LIMITES AU DROIT DE PROPRIÉTÉ

- **Trouble anormal du voisinage :** je peux utiliser mon bien en toute liberté tant que mon comportement ne nuit pas à la liberté d'autrui (ex. : jouer de la batterie à minuit dans un immeuble constitue un trouble).
- **Théorie de l'abus de droit :** je ne peux pas utiliser mon bien dans le seul but de vouloir nuire à autrui (ex. : placer volontairement un poulailler juste derrière la haie du voisin pour occasionner des bruits alors que le propriétaire aurait pu tout autant placer le poulailler à un autre endroit de sa propriété).

4 LES DOMMAGES RÉPARABLES

On distingue les **dommages patrimoniaux** (matériel et financier) **et extrapatrimoniaux** (corporel et moral). Les dommages éventuels ou incertains ne sont pas réparables (ex. : à la suite d'un accident, une victime peut être indemnisée pour ne pas pouvoir assister à une audition mais pas pour le fait d'avoir raté sa carrière d'acteur).

Deuxième partie Économie

Le sujet décrypté

Ce sujet porte sur **l'emploi et les politiques de l'emploi**. Les questions abordent le thème 7 du programme. Le candidat doit donc maîtriser les indicateurs associés à l'**emploi** et au **chômage** ainsi que les principales **politiques de l'emploi** que peut mettre en place l'État. Enfin, le sujet conduit le candidat à évaluer l'efficacité de ces politiques à l'aide des connaissances acquises en cours et des documents fournis en annexe.

Les textes en bleu et les questions du sujet apparaissant dans ce corrigé ne doivent pas figurer dans votre devoir. Nous les avons insérés pour vous guider.

Les conseils du professeur

1. Distinguez le taux de chômage et le taux d'emploi.

Taux d'emploi = nombre d'actifs occupés / population en âge de travailler.
Taux de chômage = nombre de chômeurs / population active.
Le premier indicateur évalue la capacité d'une économie à utiliser la main d'œuvre **potentiellement** disponible. Cela conditionne la croissance économique. Le second évalue les difficultés d'une économie à utiliser la main d'œuvre **effectivement** disponible. Un taux de chômage élevé révèle un dysfonctionnement du marché tu travail et/ou une situation de crise.

Vous devez montrer que vous maîtrisez ces deux indicateurs en indiquant leur mode de calcul et leur signification.

2. Comparez les taux d'emploi des différentes catégories d'âge en France entre 2003 et 2019.

Catégorie des 25 et 49 ans : taux d'emploi le plus élevé (environ 80 % en 2019, une proportion très stable entre 2003 et 2019). Il s'agit de la catégorie d'âge qui connaît le taux de chômage le plus faible et pour laquelle les personnes ont en grande majorité intégré la population active.
Catégorie des 50-64 ans : taux d'emploi plus faible (un peu supérieur à 60 % en 2019) mais qui s'est redressé d'environ 10 points entre 2003 et 2019. Outre le chômage, cette faiblesse du taux d'emploi s'explique par des sorties de la population active : des départs en retraites précoces, mais surtout un phénomène de découragement pour ceux qui ont perdu leur emploi.
Catégorie des moins de 25 ans : taux d'emploi le plus faible (environ 30 % en 2019, proportion stable depuis 2003). C'est la catégorie d'âge connaissant le taux de chômage le plus élevé. En outre, les études retardent l'entrée sur le marché du travail.

L'analyse du taux d'emploi par catégories d'âge nécessite de distinguer deux facteurs à même de le réduire : le chômage, mais également les phénomènes qui réduisent la population active.

3. Identifiez les mesures de politiques économiques relatives à l'emploi.

Les causes du chômage étant nombreuses, les mesures en matière d'emploi sont elles aussi multiples. Ainsi, la réduction du chômage nécessite de :
– favoriser la création d'emplois par des mesures qui aident la croissance économique et la création d'entreprises, réduisent le coût du travail (ex. : allègement des charges sociales), etc. ;
– réduire la demande d'emplois (ex. : dispositifs de pré-retraites) ;
– assurer une meilleure adéquation entre l'offre et la demande d'emplois en favorisant notamment l'employabilité des personnes (ex. : régulation et animation du marché).
Mais les politiques de l'emploi visent également d'autres objectifs comme permettre aux personnes sans emploi de faire face à la perte de revenu. Ces politiques sont aussi un levier en faveur d'une plus grande inclusion.

Il convient ici d'exploiter l'annexe 5. Le terme « identifiez » suggère de dresser une liste des mesures. Néanmoins, il est aussi indispensable de donner le sens de ces mesures et de les classer. Les critères de classification envisageables sont :
– politiques actives/passives (voir question 4) ;
– mesures relatives à l'offre d'emploi, à la demande d'emploi, à l'adéquation offre/demande ;
– objectifs visés par les mesures.

4. Déterminez à quelles politiques d'emploi appartiennent les mesures mises en place par l'État français en 2020.

Les politiques de l'emploi se classent selon **deux logiques** :
• **Les politiques actives** (ou de traitement économique du chômage) visent à réduire le chômage en créant ou en préservant des emplois.
• **Les politiques passives** (ou de traitement social du chômage) visent à gérer les conséquences induites par la perte d'emploi, principalement en versant les indemnités.
2020 est une année marquée par la crise sanitaire qui a nécessité des réponses de la part de l'État. En matière d'emploi, deux mesures phares peuvent être retenues :
• **Le plan de relance** a eu pour objectif de dynamiser la croissance et de soutenir les entreprises. Il s'agit donc d'une mesure visant à préserver voire créer des emplois (politique active).
• **Les dispositifs de chômage partiel** relèvent de deux logiques à la fois : préserver des emplois (politique active) et maintenir le pouvoir d'achat des travailleurs affectés par les baisses d'activité (politique passive).

La classification usuelle en matière de politique de l'emploi consiste à distinguer les politiques actives et passives du chômage.
Cette classification permet de distinguer les différentes mesures prises en 2020.

5a. L'intervention de l'État permet-elle de soutenir l'emploi ?

La majorité des emplois relèvent du secteur privé. Néanmoins, l'État peut mettre en place des dispositifs visant à soutenir l'emploi.
Axe 1 : L'État dispose de leviers permettant de favoriser la création/la préservation des emplois.
En période de crise, l'État peut mettre en place des politiques favorables à la croissance en vue de dynamiser la création d'emplois. Il s'agit alors de lutter contre le chômage structurel. C'est ainsi que, face à la crise sanitaire, la France a engagé un plan de relance.
Mais l'État doit aussi veiller à réduire le chômage structurel. Pour cela, les actions envisageables sont nombreuses :
– réduire le coût du travail par des allègements de charges sociales ;

L'expression « soutenir l'emploi » indique que vous devez vous intéresser aux politiques actives uniquement.

Vos réponses aux questions 3 et 4 peuvent être exploitées ici, pour mettre en évidence l'intérêt d'une intervention publique en faveur de l'emploi.

– engager une politique de formation pour une meilleure adéquation entre l'offre et la demande de travail ;
– assurer une plus grande flexibilité du marché du travail pour lever les freins à l'embauche lors des périodes de reprise économique, etc.

Axe 2 : L'État n'est pas en capacité d'enrayer toutes les causes du chômage, et les mesures publiques en faveur de l'emploi peuvent avoir une efficacité limitée.

Les contraintes européennes limitent le recours aux politiques budgétaires et monétaires de relance. Sauf en cas de crise majeure, les politiques de relance ne peuvent parfois pas être mises en œuvre.

Il existe par ailleurs un halo autour du chômage. En d'autres termes, des individus qui ne sont pas comptabilisés comme chômeurs souffrent pourtant d'inactivité ou d'une sous-activité. Le taux de chômage n'est donc pas un indicateur qui permet parfaitement d'évaluer la sous-activité dans une économie.

Enfin, certains dispositifs des politiques de l'emploi ont une efficacité qu'il convient de relativiser :
– les contrats aidés sont plus particulièrement efficaces lorsqu'ils sont centrés sur le secteur privé ;
– les mesures de réduction du coût du travail ont un impact sur l'emploi positif mais difficile à mesurer. Elles semblent avoir des effets pervers en matière de qualité des emplois.

L'axe 2 met en évidence la distinction chômage conjoncturel/structurel qui nécessitent des solutions différentes.

L'exploitation des annexes 4 et 6 permet de réfléchir à l'efficacité des mesures publiques prises en faveur de l'emploi. Cela invite à nuancer l'intérêt d'une intervention publique.

Le premier argument de l'axe 2 n'est pas évoqué dans la documentation mais peut éclairer utilement la question.

5b. Le PIB permet-il de mesurer la richesse d'un pays et de ses habitants ?

Axe 1 : Le PIB permet d'évaluer les richesses matérielles d'un pays…

• Le PIB évalue les richesses produites au sein d'un pays et permet de déterminer la croissance économique.
• Le PIB/habitant définit le revenu annuel moyen par habitant.

Axe 2 : … mais le PIB est un indicateur statistique qui est soumis à des limites.

• Le PIB est limité aux richesses matérielles monétaires. Il est soumis à des limites statistiques : activités domestiques exclues du PIB, productions non marchandes sous-estimées…
• La croissance du PIB n'est pas toujours révélatrice d'une amélioration du bien-être (externalités négatives).
• La progression du PIB/habitant peut masquer de fortes inégalités dans la répartition des revenus.

La question 5b permet aux candidats qui le souhaitent d'aborder un autre thème que l'emploi et le chômage. Mais il n'y a alors pas de documentation en appui.

Rappel de cours

LES POLITIQUES DE L'EMPLOI

Deux types de politiques peuvent être engagées face à la question du chômage :

• **Les politiques actives,** qui cherchent à réduire le taux de chômage.

• **Les politiques passives,** qui visent principalement à offrir des revenus de substitution aux individus ayant perdu leur emploi.

SUJET 2

4 heures

Première partie Droit

(10 points)

Situation juridique

Christophe Roch est français. Il a vécu 5 ans dans une région pauvre de Madagascar et a aidé les populations locales à développer leurs infrastructures. De retour en France, à Paris, il est indigné de la situation précaire des sans domicile fixe qu'il croise dans certains quartiers. Il souhaite leur venir en aide.

Avec trois amis (Blandine, Walid et Pauline), Christophe fonde une association : « Un sourire, un repas ». Les statuts de l'association ont été signés et déclarés en ligne le 20 juin 2020. Elle a pour objectif de collecter des fonds afin de financer des paniers repas pour les personnes qui vivent dans la rue.

Christophe Roch est président de l'association depuis 3 ans maintenant. L'association fonctionne de mieux en mieux et a distribué 8 000 repas l'année dernière grâce aux dons et subventions qu'elle reçoit et aux partenariats qu'elle établit avec des grandes surfaces ou des restaurants.

Afin de faciliter le développement de l'association, Christophe Roch voudrait réaliser les opérations suivantes avant la tenue de la prochaine assemblée générale :

a) Embaucher un salarié à temps partiel pour réaliser les tâches administratives liées au fonctionnement de l'association.

b) Inviter les membres du bureau au restaurant aux frais de l'association pour fêter son propre anniversaire et en même temps pour les remercier de leur implication quotidienne dans le projet associatif.

c) Louer un local d'habitation à un propriétaire immobilier puis proposer une sous-location des chambres à des étudiants afin de réaliser des entrées d'argent.

❶ Distinguez les attributs relatifs aux personnes juridiques suivantes : l'association « Un sourire, un repas » d'une part et Christophe Roch d'autre part.

❷ Qualifiez juridiquement les actes que Christophe Roch souhaite accomplir avant l'assemblée générale.

❸ Expliquez le caractère licite ou non des différents actes accomplis et leurs conséquences.

❹ Expliquez les enjeux pour un dirigeant de personne morale de ne pas confondre son patrimoine personnel avec celui de la personne morale qu'il dirige.

Annexe 1 Extraits des statuts de l'association « Un sourire, un repas »

Article 1. Constitution et dénomination
Il est fondé entre les adhérents aux présents statuts une association régie par la loi du 1er juillet et le décret du 16 août 1901, ayant pour titre : Un sourire, un repas.

Article 2. Objet
Cette association a pour but de :
– venir en aide aux personnes démunies vivant dans la rue ou dans des situations précaires ;
– développer des contacts avec des prestataires de l'industrie agroalimentaire afin de constituer des paniers repas à un coût abordable ;
– collecter des subventions et recevoir des dons par toute opération en lien avec l'objet de l'association ;
– distribuer les paniers repas aux personnes démunies.
En tout état de cause, l'association ne peut organiser des activités qui portent atteinte à l'ordre public.
[...]

Article 4. Siège
Le siège de l'association est fixé au 123, rue de la Pêcherie, dans le IXe arrondissement de Paris.
[...]

Article 6. Membres
6.1. Peut devenir membre toute personne physique ou morale intéressée par l'objet de l'association. Chaque membre prend l'engagement de respecter les présents statuts.
[...]

Article 9. Bureau
L'association est dirigée par un bureau composé de 4 membres. Les 4 membres élus peuvent postuler aux fonctions suivantes : président, vice-président, trésorier, secrétaire.
Le bureau est élu par l'assemblée générale pour une durée de 2 ans, les membres sortants sont rééligibles.
Le bureau prend ses décisions à la majorité des voix de ses membres présents ou représentés. En cas de partage des voix, la voix du président est prépondérante.
Les membres du bureau ne peuvent recevoir aucune rétribution en raison des fonctions qui leur sont confiées.
[...]

Article 11. Pouvoirs du bureau
Le bureau est muni d'une manière générale des pouvoirs les plus étendus dans la limite des buts poursuivis par l'association. Il définit la politique générale et les moyens de sa mise en œuvre. Il est dirigé par le président qui représente l'association, en tant que mandataire, dans toutes les démarches administratives et tous les engagements contractuels.
Toutefois, le président doit demander une autorisation expresse de l'assemblée générale pour pouvoir accomplir des actes de gestion dont la valeur dépasserait 20 000 €.
[...]

Annexe 2 Les membres du bureau en exercice

Président	Christophe ROCH
Vice-président	Pauline DUFLOT
Trésorier	Walid DEJAOUI
Secrétaire	Blandine LOISEAU

Annexe 3 Extraits de la loi de 1901, relative au contrat d'association

Article 1
L'association est la convention par laquelle deux ou plusieurs personnes mettent en commun, d'une façon permanente, leurs connaissances ou leur activité dans un but autre que de partager des bénéfices. Elle est régie, quant à sa validité, par les principes généraux du droit applicables aux contrats et obligations.

Article 2
Les associations de personnes pourront se former librement sans autorisation ni déclaration préalable, mais elles ne jouiront de la capacité juridique que si elles se sont conformées aux dispositions de l'article 5.

Article 5
Toute association qui voudra obtenir la capacité juridique prévue par l'article 6 devra être rendue publique par les soins de ses fondateurs.

Annexe 4 Articles de lois

Article 1145 du Code civil
Toute personne physique peut contracter sauf en cas d'incapacité prévue par la loi.
La capacité des personnes morales est limitée par les règles applicables à chacune d'entre elles.

Article 314-1 du Code pénal
L'abus de confiance est le fait par une personne de détourner, au préjudice d'autrui, des fonds, des valeurs ou un bien quelconque qui lui ont été remis et qu'elle a acceptés à charge de les rendre, de les représenter ou d'en faire un usage déterminé.
L'abus de confiance est puni de 3 ans d'emprisonnement et de 375 000 € d'amende.

Annexe 5 L'avis de l'expert : la capacité juridique d'une personne morale

La personne morale a la capacité juridique qui lui permet d'être titulaire de droits et de les mettre en œuvre. La personne morale ne peut exercer des actes juridiques que dans le cadre de son objet, c'est-à-dire dans le cadre de l'activité définie dans ses statuts.

Exemple : une société à responsabilité limitée dont l'objet social est la vente de fleurs ne peut pas faire commerce de matériel électronique.

La personne morale a la capacité d'exercice, mais celle-ci est mise en œuvre par l'intermédiaire des organes qui dirigent cette personne morale (le gérant d'une société à responsabilité limitée, le P-DG d'une société anonyme, le président d'une association...).

Deuxième partie Économie

(10 points)

À partir de vos connaissances et des annexes, répondez aux questions suivantes :

1. Calculez la valeur du PIB français en 2020 et indiquez le poids relatif de ses principales composantes.
2. Analysez la contribution du commerce extérieur à l'évolution de la richesse nationale de la France en 2020.
3. Présentez les principales limites du calcul du PIB.
4. Rédigez une argumentation qui vous permet de répondre à la question suivante : *Le PIB par habitant, critère principal pour mesurer la richesse d'un pays, est-il suffisant pour évaluer le bien-être d'une société ?*

Annexe 1 Les principales composantes du PIB français en 2020

Composantes	Montant en milliards d'euros
Consommation	1 601,2
Importations	688,4
Exportations	641,9
Formation brute de capital fixe (Investissement)	528,8
Consommation des administrations publiques	199,8

Source : INSEE

Annexe 2 Évolution du PIB français et de ses composantes entre 2016 et 2020

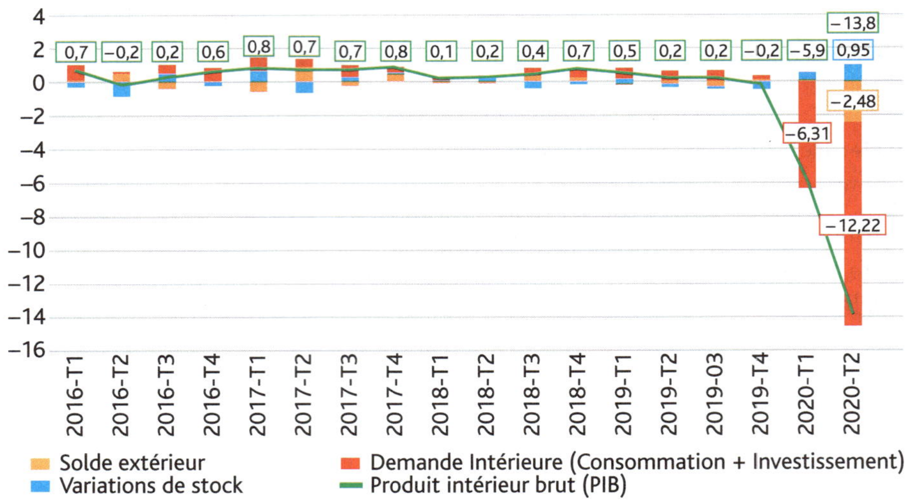

Source : www.paratageonsleco.com

Les échanges extérieurs ont été très fortement affectés par la crise sanitaire : en volume, les exportations diminuent de 15,8 % et les importations de 11,9 % en 2020. Du côté des biens, les baisses sont massives dans les matériels de transport (−30,6 % pour les exportations, −20,7 % pour les importations), en particulier dans l'aéronautique. Elles sont également marquées, mais de moindre ampleur, pour les biens d'équipement (−12,3 % pour les exportations, −8,8 % pour les importations). [...] Si la baisse des échanges extérieurs est généralisée, des points forts de la France sont particulièrement affectés par la crise sanitaire et contribuent ainsi à creuser le déficit par effet de structure, notamment les autres matériels de transports, dont l'aéronautique, pour 19,3 Md€ et le tourisme pour 8,1 Md€. Le déficit est amplifié par les importations exceptionnelles de masques (notamment chirurgicaux et FFP2), pour environ 5 Md€.

Source : https://www.insee.fr/fr/statistiques/

Annexe 3 L'évaluation macroéconomique de l'économie non observée

En comptabilité nationale, toute forme d'activité entreprise sur le territoire par les agents économiques doit être intégrée dans le produit intérieur brut, y compris celle qui ne peut pas être directement observée, parce que dissimulée ou informelle. On considère ici des activités à la fois productives du point de vue économique et légales dans leur principe, même si elles échappent à une observation directe de l'appareil statistique.

Au total, l'économie non observée qu'il convient d'ajouter à la richesse produite directement mesurable *via* l'appareil statistique s'élève à 68,1 Md€ en 2010, inchangée en base

2010 par rapport à la base 2005. Elle représente 3,4 % du PIB en base 2010. Ce montant correspond au montant d'activité dissimulée ajoutée à l'estimation du PIB pour rendre cette dernière exhaustive ; il ne correspond pas à l'activité dissimulée totale en France, car une partie du PIB est estimée à partir d'informations pouvant comprendre des activités dissimulées. Par exemple, l'estimation des loyers se fait sur la base du parc de logements et non sur la base de données fiscales, elle n'est donc pas affectée par l'éventuelle fraude de propriétaires qui omettraient de déclarer les loyers perçus. Il en va de même pour la production agricole, évaluée à partir des quantités produites, et pour la production en action sociale estimée à partir d'enquêtes auprès des ménages, intégrant probablement une partie de l'activité dissimulée. Pour ces raisons, il est en outre délicat de comparer les estimations du poids de l'économie non observée d'un pays à l'autre car les écarts reflètent aussi bien la manière dont les différents systèmes statistiques sont organisés que des différences dans le poids de la fraude ou de l'économie informelle.

Source : INSEE, Mesurer pour comprendre, mai 2014

Annexe 4 Les indicateurs de richesse en France

L'appréhension de la performance de la France va au-delà du seul indicateur produit intérieur brut (PIB). Les 10 indicateurs de richesse nationale adoptés par le gouvernement pour mettre en œuvre la loi visant à la prise en compte de nouveaux indicateurs de richesse dans la définition des politiques publiques éclairent trois enjeux majeurs que sont la préparation de l'avenir, la cohésion sociale et la qualité de vie.

[...]

Outre la croissance du PIB, la performance économique de la France est appréciée par l'évolution du taux d'emploi, et sa soutenabilité par l'effort de recherche et le taux d'endettement de la nation. Depuis 2005, la croissance économique par habitant a été plus modérée pour la France que pour l'ensemble de l'Union européenne (UE). Toutefois, le taux d'emploi des 15-64 ans continue d'augmenter pour atteindre son plus haut niveau depuis 30 ans (à l'exception de 2008).

[...]

En termes de bien-être et de cohésion sociale, les indicateurs font ressortir un diagnostic contrasté. Le taux de pauvreté en conditions de vie continue la baisse amorcée en 2013 pour atteindre 11,0 % en 2016, son plus bas niveau historique. Après avoir reculé en 2013, les inégalités de revenus se stabilisent.

[...]

Par rapport à la moyenne de ses partenaires européens, la France a une distribution de revenus moins inégalitaire, une espérance de vie en bonne santé pour les femmes plus élevée et moins de sorties précoces, mais un taux d'emploi légèrement inférieur. La France se place au niveau de la moyenne européenne pour la satisfaction dans la vie.

En termes de protection environnementale, le bilan est nuancé. La pression sur l'environnement est appréciée par l'empreinte carbone et l'artificialisation des sols. L'empreinte carbone, qui mesure les émissions de gaz à effet de serre (GES) liées à notre consommation, s'établit à 10,7 tonnes équivalent CO_2 par personne en 2016, en

▸▸▸

baisse de 8 % depuis 2005. En 2016, les espaces artificialisés occupent 9,5 % du territoire et leur expansion est plus rapide que l'augmentation de la population. Toutefois, le rythme de cette consommation d'espace s'est un peu ralenti depuis 2010.

Source : INSEE Références, 27 février 2018

Corrigé

Première partie Droit

Le sujet décrypté

La lecture des questions révèle que le sujet porte essentiellement sur **la notion de personne juridique et de patrimoine**. Les questions abordent le thème 3 du programme. Les annexes ne proposent pas de décision de justice, mais un extrait de statuts d'association. Le candidat doit donc bien maîtriser les attributs des personnes physiques et morales, être capable de distinguer un acte juridique d'un fait juridique et savoir juger si un représentant de personne morale dépasse son mandat ou non.

Les textes en bleu et les questions du sujet apparaissant dans ce corrigé ne doivent pas figurer dans votre devoir. Nous les avons insérés pour vous guider.

Les conseils du professeur

1. Distinguez les attributs relatifs aux personnes juridiques suivantes : l'association Un sourire, un repas d'une part et Christophe Roch d'autre part.

L'association « Un sourire, un repas »

L'association « Un sourire, un repas » est née d'une convention, comme l'explique l'article 1 de la loi de 1901.

C'est **une personne morale à but non lucratif** dotée de la personnalité juridique car elle a été déclarée par ses membres fondateurs.

Les **attributs de la personne morale** sont ses éléments d'identification :

– **le siège social** : dans le IXe arrondissement de Paris ;
– **le nom** : Un sourire, un repas ;
– **l'objet social** : voir l'article 2 des statuts (annexe 1) ;
– **son représentant légal** : le président du bureau, Christophe Roch.

Pour distinguer les **attributs relatifs aux personnes juridiques**, il faut commencer par les qualifier en tant que sujet de droit.
Voir **Rappel de cours 1** p. 34

Christophe Roch

Christophe Roch est **une personne physique distincte** de la personne morale qu'il dirige. Il se caractérise par son prénom et son nom. Son domicile se situe à Paris. Il est de nationalité française.

Voir **Rappel de cours** 2 p. 34

2. Qualifiez juridiquement les actes que Christophe Roch souhaite accomplir avant l'assemblée générale.

A Embaucher un salarié

Embaucher constitue un acte juridique (article 1100-1 du Code civil). Il suppose la signature d'un contrat de travail.

Voir **Rappel de cours** 3 p. 34

B Inviter au restaurant les membres de l'association pour fêter son anniversaire et les remercier pour leur implication

C'est un **contrat de prestation de services** (le déjeuner au restaurant) entre un acheteur, ici l'association, représentée par Christophe Roch, et un vendeur, ici le restaurant. C'est également un acte juridique.

C La location et la sous-location

Ce sont deux opérations juridiques distinctes. Toutes les deux sont des actes juridiques constituant des contrats de bail. L'association est locataire vis-à-vis du propriétaire et elle-même bailleur vis-à-vis du sous-locataire.

3. Expliquez le caractère licite ou non des différents actes accomplis et leurs conséquences.

A Embaucher un salarié

Une association peut embaucher des salariés et signer des contrats de travail. Elle n'a pas à se limiter au recrutement de bénévoles. L'acte est licite.

Une personne juridique a le droit, dans le cadre de l'exercice d'une activité économique, d'embaucher des salariés. Ainsi, l'association peut être employeur.

B Fêter son anniversaire et remercier les membres de l'association pour leur implication

Cette situation apporte une confusion entre l'intérêt de l'association et l'intérêt du président en tant que personne physique. Christophe Roch se rend ici coupable d'abus de confiance. Il engage sa responsabilité pénale. Son acte est illicite. Il risque les sanctions prévues par l'article 314-1 du Code pénal.

Christophe Roch oublie ici que le pouvoir de gestion dont il dispose doit servir l'intérêt de l'association et non son intérêt personnel.

C La location et la sous-location

La capacité de l'association est définie par son objet social explicité dans les statuts. Ici, louer puis sous-louer un appartement sont deux opérations juridiques non prévues par l'article 2 des statuts. Ces actes sont donc illicites. Ils peuvent être annulés.

La nullité absolue concerne la protection de l'intérêt général. L'action peut être initiée par toute personne qui y a un intérêt. La nullité relative protège l'intérêt des cocontractants. Elle est initiée par l'un d'eux.

4. Expliquez les enjeux pour un dirigeant de personne morale de ne pas confondre son patrimoine personnel avec celui de la personne morale qu'il dirige.

Que ce soit pour une association ou pour une société, le dirigeant de la personne morale n'en est que le représentant, le mandataire. Il agit pour le compte de celle-ci et dans son intérêt.
Si le dirigeant détourne des ressources de la personne morale pour les utiliser à des fins personnelles, il outrepasse les pouvoirs reconnus par son mandat et opère une confusion entre son patrimoine personnel (personne physique) et celui de l'association (personne morale). Rappelons qu'en droit français, **une personne juridique ne dispose que d'un et un seul patrimoine juridique.** Et cette distinction fonde le droit de propriété et les modalités de transmission des biens d'un patrimoine à un autre.
Donc si le dirigeant ne respecte pas cette règle, il peut engager sa responsabilité :
– civile : les actes accomplis peuvent alors être dénoncés et donner droit à des réparations ; souvent, le dirigeant est amené à rembourser à la personne morale la dépense détournée, en surplus de dommages et intérêts pour le préjudice subi ;
– pénale : le dirigeant commet un délit d'abus de confiance ou plus spécifiquement dans les sociétés commerciales, un délit d'abus de biens sociaux.

Le patrimoine de la personne morale ne se confond pas avec le patrimoine de la personne physique qui la dirige. Plusieurs affaires retentissantes ont pu sanctionner cette confusion de patrimoine :
– En juin 2000, l'ancien président de l'association l'ARC, J. Crozemarie, est condamné à 4 ans de prison ferme, à de lourdes amendes et à des dommages et intérêts pour l'ARC pour abus de confiance.
– En janvier 2019, la Cour de cassation confirme la condamnation pour abus de biens sociaux du gérant de la société Urban Protect pour l'achat de plus de 132 000 € de bouteilles de champagne à des fins personnelles.

Rappels de cours

❶ PERSONNE MORALE ET PERSONNE PHYSIQUE

Une personne physique et une personne morale sont des personnes juridiques capables d'être titulaires de droits et débiteurs d'obligations.

❷ LES ATTRIBUTS D'UNE PERSONNE PHYSIQUE ET D'UNE PERSONNE MORALE

- **Les attributs d'une personne physique** sont : le nom, le prénom, le domicile, la nationalité, le nom des représentants légaux si la personne est mineure.
- **Les attributs d'une personne morale** sont : la dénomination sociale, le siège social, l'objet social, la nécessité d'être représenté, le numéro d'immatriculation. Ils doivent être impérativement décrits dans les statuts qui la créent.

❸ ACTES ET FAITS JURIDIQUES

Pour définir un acte juridique, on utilise l'article 1100-1 du Code civil :
« Les actes juridiques sont des manifestations de volonté destinées à produire des effets de droit. Ils peuvent être conventionnels ou unilatéraux. »
Ces actes se distinguent des faits juridiques (article 1100-2 du Code civil) : « Les faits juridiques sont des agissements ou des événements auxquels la loi attache des effets de droit ».

Deuxième partie Économie

Le sujet décrypté

La lecture des questions révèle que le sujet porte sur **la mesure de la production et ses limites**. Les questions abordent le thème 2 du programme. Le candidat doit donc maîtriser les notions relatives aux **agrégats économiques**, à la **valorisation de la production** et aux **indicateurs alternatifs au PIB**. Les annexes permettent au candidat de mettre en valeur ses capacités d'analyse et de réflexion.

Les textes en bleu et les questions du sujet apparaissant dans ce corrigé ne doivent pas figurer dans votre devoir. Nous les avons insérés pour vous guider.

Les conseils du professeur

1. Calculez la valeur du PIB français en 2020 et indiquez le poids relatif de ses principales composantes.

PIB = Consommation + Investissement + Consommation des administrations publiques + (Exportation – Importations)

PIB de la France en 2020 = 1 601,2 + 528,8 + 199,8 + (641,9 – 688,4) = 2 283,3 milliards d'euros.

> On attend de vous que vous démontriez votre connaissance de la formule de calcul du PIB : c'est une capacité du programme.

2. Analysez la contribution du commerce extérieur à l'évolution de la richesse nationale de la France en 2020.

La contribution du commerce extérieur à l'évolution de la richesse nationale se mesure en faisant le **rapport entre la variation des importations et celle des exportations**.

En 2020, cette contribution est négative (solde extérieur de – 2,48 % au second semestre et de 0 au premier).

> Vous devez montrer **votre capacité à interpréter des données économiques** issues de différents supports (graphiques de l'annexe 2) pour expliquer une notion économique (contribution du commerce extérieur).

Cette contribution négative est le résultat d'une diminution du volume des exportations en 2020 (– 15,8 %) et du volume des importations (– 11,9 %).

Cela signifie concrètement que les exportations ont baissé plus rapidement que les importations sur l'ensemble de l'année. Cela marque une rupture par rapport aux années précédentes puisqu'au regard des évolutions trimestrielles, on constate que le commerce extérieur contribuait de manière positive ou nulle à l'évolution du PIB en France depuis 2016.

> La comparaison entre l'année 2019 et les années précédentes constitue un élément de valorisation supplémentaire.

3. Présentez les principales limites du calcul du PIB.

Les principales limites au mode de calcul du PIB sont les suivantes :
– L'évaluation monétaire de la richesse nationale pose la question de la valorisation des productions non marchandes. En France, le poids de l'État étant plus important que dans les autres pays développés, le mode de calcul (évaluation à partir de leurs coûts de production) modifie de manière importante le total des richesses produites.
– Par ailleurs, ce calcul ne prend pas en compte :
• les productions qui ne se traduisent pas par un échange monétaire (autoconsommation, services sans contrepartie) ;
• les activités illégales qui par nature ne sont pas comptabilisées (travail au noir, activités non déclarées, trafics…) ;
• les externalités induites par certaines activités (pollution, appauvrissement des terres lié à la surexploitation…).

Répondez de manière structurée à la question posée.
Vous valoriserez ainsi les connaissances acquises au cours de l'année.

4. Rédigez une argumentation qui vous permet de répondre à la question suivante : *Le PIB par habitant, critère principal pour mesurer la richesse d'un pays, est-il suffisant pour évaluer le bien-être d'une société ?*

La question 4 est le lieu de la réponse argumentée. Les questions préalables étaient des questions fermées. Vous devez ici montrer votre capacité à **exploiter les éléments du corpus documentaire** non encore utilisés et à mobiliser vos connaissances personnelles.

Axe 1 : Oui, le PIB est un indicateur objectif de mesure de la richesse d'une société.
Chaque individu cherche à satisfaire des besoins. Pour ce faire, il doit disposer d'un revenu pour pouvoir consommer des biens et des services. Plus le volume de cette production sera important, et plus les agents économiques pourront satisfaire leurs besoins.

• La mesure du PIB permet d'évaluer la richesse produite sur un territoire national. On peut donc logiquement estimer que le bien-être d'une société est directement lié à la richesse globale disponible.

• La mesure du PIB correspond par ailleurs à l'ensemble des revenus versés aux agents économiques résidents. Plus le PIB par habitant est élevé, et plus ceux-ci pourront satisfaire leurs besoins (source de bien-être).
La croissance du PIB est donc un objectif légitime de politique économique qui vise à accroître la satisfaction des individus qui composent la société.

Ces arguments ne sont pas exhaustifs, vous pouvez en proposer d'autres…

• La mesure du PIB permet par ailleurs des comparaisons internationales à partir d'un indicateur quantitatif objectif. Le PIB/habitant permet de comparer le niveau de vie des pays et d'évaluer le bien-être d'une société (pays développés *vs* pays en voie de développement).

Axe 2 : Non, le bien-être d'une société ne peut pas se mesurer uniquement sur des critères de richesse :

• La croissance n'est pas toujours synonyme de progrès (et donc de bien-être) :

– le progrès et le bien-être ne peuvent se résumer à des aspects exclusivement monétaires ;

– la croissance peut s'accompagner d'effets indésirables tels que la pollution (externalité négative) ;

– la croissance peut entraîner un creusement des inégalités sociales (répartition des revenus entre les individus au sein de la société).

Les pouvoirs publics s'attachent donc aujourd'hui à des **objectifs plus larges que la simple croissance**. Cela regroupe trois enjeux majeurs que sont la préparation de l'avenir, la cohésion sociale et la qualité de vie.

• La prise en compte d'un **développement durable** cherche à concilier croissance et répartition équitable des richesses ainsi que préservation de l'environnement.

• La **création d'autres indicateurs** permet de « mieux » mesurer la notion de progrès.

– **L'IDH (indicateur de développement humain)** est un outil de mesure qui ne néglige pas totalement le PIB (prise en compte du revenu national brut par habitant) mais qui intègre également l'espérance de vie et l'accès aux études.

– Le BNB (bonheur national brut) est un indicateur agrégeant onze thématiques (logement, emploi, santé, sécurité, éducation, environnement…) visant à mieux évaluer le bien-être des individus.

Les annexes 3 et 4 doivent permettre d'illustrer chaque argument proposé par un exemple. Il ne faut pas se contenter de lister les éléments issus des annexes.
Vous devez montrer votre capacité à argumenter autour d'un débat sur l'économie.
Voir **Rappel de cours** ci-dessous.

Rappel de cours

LES LIMITES DE L'ÉVALUATION DU PIB

• **L'IDH (Indicateur de développement humain)** s'appuie sur trois dimensions du développement économique et social :

– le PIB réel par habitant ;

– l'espérance de vie à la naissance ;

– le degré d'éducation.

• **Le BNB (bonheur national brut)** évalue les conditions sociétales, les moyens qui donnent le plus de chance de conduire la société vers un état de bonheur (bien-être psychologique, santé, usage du temps, éducation, diversité et résilience culturelles, bonne gouvernance, vitalité de la communauté, diversité et résilience écologiques, et standard de vie).

• **L'empreinte écologique (EE)** est un indicateur synthétique qui mesure les pressions exercées sur le capital environnemental (la Terre) par un individu ou un groupe d'individus en fonction de leurs modes de consommation et de production.

SUJET 3

4 heures

Première partie Droit

(10 points)

Situation juridique

Monsieur Thomas Couronne est un homme d'affaires français qui vit à Paris. Il a fait sa fortune en développant sa propre chaîne d'hôtels. Afin de formuler une offre de construction d'un nouveau complexe hôtelier à Ubud (Indonésie), il doit se rendre sur l'île de Bali. Il est en concurrence notamment avec une entreprise immobilière australienne, Kangooposs. Cette construction représente un investissement coûteux mais elle peut rapporter plus de 100 millions d'euros de chiffre d'affaires sur 5 ans. Les acteurs doivent se réunir le 5 septembre sur place.

Monsieur Couronne avait prévu de prendre l'avion le 3 septembre à Roissy jusqu'à Dubaï. Sa correspondance aurait dû le faire arriver le 4 septembre à destination. Mais, le jour du départ, le vol de la compagnie Fly Far est annulé au dernier moment parce que le pilote a un malaise ; il est hospitalisé de toute urgence. Les passagers sont alors obligés de patienter plusieurs heures dans l'aéroport et ce n'est finalement que le lendemain que le vol est rétabli.

À cause de ce contretemps, Monsieur Couronne rate sa correspondance et n'arrive à Ubud que le 6 septembre. Cet incident lui a fait manquer son rendez-vous et c'est finalement l'entreprise australienne qui a remporté le contrat !

1. Qualifiez les parties en présence et le contrat qui les lie.

2. Exposez les arguments que chaque partie peut avancer pour défendre ses intérêts.

3. Qualifiez le(s) dommage(s) pour le(s)quel(s) Thomas Couronne pourrait demander réparation.

4. Expliquez en quoi la jurisprudence joue un rôle majeur dans la détermination des conditions d'exonération de la responsabilité des compagnies aériennes.

Annexe 1 **Arrêt de la Cour de cassation, 5 février 2020, n° 19-12.294**

Faits et procédure

1. Selon le jugement attaqué (tribunal d'instance de Paris XVIIe, 14 décembre 2018), M. X... a acheté un billet d'avion de la société Air India (le transporteur aérien) pour un vol Paris-Delhi, puis Delhi-Bangkok, le premier vol devant décoller le 12 août 2017 à 22 heures pour atterrir le lendemain à 9 h 35.

2. Cependant, ce vol a été annulé en raison de la maladie soudaine du pilote, nécessitant son hospitalisation d'urgence. Le vol a finalement été effectué le 13 août à 16 heures 30, avec une arrivée à Delhi le 14 août à 14 h 10.

▸▸▸

3. M. X... [assigne en justice la compagnie aérienne en indemnisation du préjudice subi]

Énoncé du moyen

4. Suite à la décision de la cour d'appel, le transporteur aérien fait grief à l'arrêt de le condamner à payer à M. X... une indemnité forfaitaire de 600 €, alors :
1°/ que le transporteur aérien est exonéré de son obligation d'indemnisation des passagers [...] s'il est en mesure de prouver que l'annulation ou le retard est dû à des circonstances extraordinaires qui n'auraient pas pu être évitées même si toutes les autres mesures raisonnables avaient été prises ; que peuvent être qualifiés de « circonstances extraordinaires » les événements qui, par leur nature ou leur origine, ne sont pas inhérents à l'exercice normal de l'activité du transporteur aérien concerné et échappent à la maîtrise effective de celui-ci ; qu'en se déterminant sur la base de la seule considération abstraite et générale que « la maladie d'un être humain ou son indisponibilité soudaine pour des raisons médicales n'est pas un événement inhabituel et ne saurait être qualifiée de circonstance extraordinaire », sans rechercher si l'affection dont M. Dutta était atteint l'empêchant d'assumer ses fonctions de pilote et nécessitant des soins immédiats n'était pas, par sa nature ou son origine, inhérente à l'exercice normal de l'activité de transporteur et échappait à sa maîtrise effective, le tribunal d'instance a privé sa décision de base légale [...] *;*

Réponse de la Cour

5. Après avoir constaté que le pilote avait fait l'objet de soins, le 12 août 2018, à l'aéroport de Paris, le jugement énonce, à bon droit, que la maladie ou une indisponibilité soudaine pour des raisons médicales n'est pas un événement inhabituel et ne saurait être qualifiée de circonstance extraordinaire au sens de l'article 5, paragraphe 3, du règlement n° 261/2004 du 11 février 2004 [établissant des règles communes en matière d'indemnisation et d'assistance des passagers, en cas de refus d'embarquement, d'annulation ou de retard important d'un vol]

6. Le tribunal d'instance [...] a légalement justifié sa décision.

PAR CES MOTIFS, la Cour : REJETTE le pourvoi ; [...]

Source : www.courdecassation.fr

Annexe 2 Articles du Code civil

Article 1103
Les contrats légalement formés tiennent lieu de loi à ceux qui les ont faits.

Article 1218
Il y a force majeure en matière contractuelle lorsqu'un événement échappant au contrôle du débiteur, qui ne pouvait être raisonnablement prévu lors de la conclusion du contrat et dont les effets ne peuvent être évités par des mesures appropriées, empêche l'exécution de son obligation par le débiteur.

▸▸▸

Si l'empêchement est temporaire, l'exécution de l'obligation est suspendue à moins que le retard qui en résulterait ne justifie la résolution du contrat. Si l'empêchement est définitif, le contrat est résolu de plein droit et les parties sont libérées de leurs obligations dans les conditions prévues aux articles 1351 et 1351-1.

Article 1231-1
Le débiteur est condamné, s'il y a lieu, au paiement de dommages et intérêts soit à raison de l'inexécution de l'obligation, soit à raison du retard dans l'exécution, s'il ne justifie pas que l'exécution a été empêchée par la force majeure.

Article 1231-2
Les dommages et intérêts dus au créancier sont, en général, de la perte qu'il a faite et du gain dont il a été privé [...].

Annexe 3 Quelles sont les conditions qui peuvent exonérer les compagnies de m'indemniser ?

Les compagnies aériennes ont l'obligation de tout mettre en œuvre afin de pouvoir assurer leurs engagements auprès de leurs clients, néanmoins il existe certaines circonstances exonérant les compagnies aériennes d'indemniser ces derniers en cas de vol retardé, de vol annulé ou surbooké.
Dans certains cas, les incidents survenus sur les vols ne sont pas du ressort des compagnies aériennes, comme cela est le cas en tout état de cause en cas de mauvaises conditions météorologiques ou encore de grève des contrôleurs aériens.
En revanche, il arrive souvent que les compagnies aériennes invoquent des circonstances extraordinaires qui les exonèrent d'indemniser les passagers ayant été victimes d'annulation de vol, de surbooking ou de retard de vol. S'il est avéré que les conditions ayant généré le préjudice sortent effectivement du cadre normal de l'exercice de l'activité de transporteur aérien, il est alors possible de parler de circonstances exonérant les compagnies aériennes d'indemniser leurs passagers. Toutefois, la compagnie doit apporter les preuves du caractère extraordinaire des conditions lors de la survenue du préjudice.

Source : https://www.indemniflight.com/

Annexe 4 La réglementation applicable aux compagnies aériennes

En 2018, [...] deux arrêts rendus par la Cour de justice de l'Union européenne et par la Cour de cassation précisent la notion de circonstances extraordinaires permettant l'exonération du transporteur aérien en cas d'annulation ou de retard important de vol.

Dans un arrêt du 17 avril 2018, [...] à la suite de l'annonce d'un plan de restructuration par une compagnie aérienne allemande, une grande partie du personnel navigant se

▸▸▸

met en congé maladie. Ces congés conduisent l'entreprise à annuler et à retarder un nombre important de vols. [...] La compagnie invoque des circonstances extraordinaires permettant de l'exonérer de sa responsabilité. [La CJUE répond que] la grève sauvage ne répond pas à cette définition car elle trouve son origine dans l'annonce surprise d'une restructuration de l'entreprise.

À l'inverse, dans un arrêt du 12 décembre 2018 rendu par la [...] Cour de cassation [...] un avion est foudroyé avant son départ et plusieurs heures sont nécessaires pour envoyer un avion de remplacement. [...] La Cour de cassation rejette le pourvoi [formulé par les passagers] et approuve les juges du fond d'avoir qualifié la foudre de circonstance extraordinaire que le transporteur n'avait pu éviter, même en prenant toutes les mesures raisonnables.

Source : https://www.actu-juridique.fr/

Deuxième partie Économie

(10 points)

À partir de vos connaissances et des annexes, répondez aux questions suivantes :

❶ Indiquez si les statistiques fournies permettent d'établir un lien entre les dépôts de brevets et l'effort de R & D (Recherche & Développement).

❷ Expliquez en quoi le brevet influe sur l'effort d'innovation des entreprises.

❸ Justifiez la décision de certaines entreprises de ne pas breveter leurs innovations.

❹ Rédigez une argumentation qui vous permet de répondre à la question suivante : *L'État doit-il participer à l'effort de R & D d'un pays ?*

Annexe 1 L'effort de R & D et les demandes de dépôts de brevets en Europe

	Dépense intérieure de R & D en 2017		Demandes de brevets déposées auprès de l'Office européen des brevets		
	en millions d'euros	en % du PIB	2009	2014	2018
Allemagne (e)	99 052	3,0	25 118	25 633	26 734
Autriche (p)	11 679	3,2	1 496	1 964	2 292
Belgique (p)	11 336	2,6	1 629	1 927	2 360
Danemark (p)	8 919	3,1	1 477	1 983	2 390
Espagne (p)	14 052	1,2	1 255	1 471	1 776
France (p)	**50 619**	**2,2**	**8 974**	**10 614**	**10 317**
Italie (p)	23 355	1,4	3 879	3 649	4 399
Pays-Bas (p)	14 676	2,0	6 694	6 874	7 140
Royaume-Uni (p)	38 898	1,7	4 801	4 764	5 736
Suède	16 142	3,4	3 147	3 873	4 050
UE (p)	**317 084**	**2,1**	**61 902**	**67 382**	**71 853**

p : données provisoires
e : données estimées

Sources : Eurostat, MESRI

Source : INSEE, Tableaux de l'économie française 2020

Annexe 2 Le financement de la dépense nationale de recherche et développement (DNRD)

France, en millions d'euros

	1995	2000	2005	2010	2017	17/16 En %
Dépense nationale de recherche et développement (DNRD)	27 563	31 438	36 654	44 841	54 263	1,9
Financement par les administrations	13 647	14 272	16 921	19 172	21 245	2,3
Financement par les entreprises	13 916	17 166	19 733	25 668	33 018	1,7
Part des entreprises dans la DNRD (en %)	50,5	54,6	53,8	57,2	60,8	

Source : MESRI - SIES

Annexe 3 Définition et rôle économique du brevet

L'histoire récente semble montrer que la technologie et le savoir sont des facteurs importants de la croissance économique et du développement. Depuis la création du premier mécanisme de protection des inventions, au XVe siècle, le système des brevets a évolué en vue de promouvoir l'innovation et d'encourager le développement économique. En bénéficiant de droits exclusifs pendant une durée limitée, un inventeur peut récupérer ses coûts de R & D et ses investissements. Ce système favorise également l'investissement pour la commercialisation des inventions, afin que le public puisse retirer les fruits de l'innovation. En outre, le système est conçu pour diffuser les connaissances et l'information parmi le public grâce à la publication des demandes de brevets et des brevets délivrés.

Source : Organisation mondiale de la propriété intellectuelle (OMPI)

Annexe 4 Les limites des brevets

De nombreuses études empiriques concluent à la large utilisation et à l'efficacité du système de brevets pour inciter à l'innovation dans certains secteurs à forte intensité technologique. À l'inverse, les entreprises manufacturières semblent préférer d'autres stratégies au brevet comme l'avance technologique ou le secret de fabrication. Coca-Cola a ainsi gardé secrète la formule de sa boisson pendant plus de 100 ans alors qu'un brevet ne lui aurait garanti une exclusivité que de 17 ans.

[...]

La contrepartie de l'incitation à l'innovation du brevet est la mise en place d'un monopole temporaire qui entraîne une sous-utilisation de la technologie et potentiellement une tarification supérieure à celle d'une situation de concurrence sur le court terme.

De nombreux travaux de recherche montrent que les brevets peuvent freiner l'innovation notamment lorsque celle-ci est dite cumulative, c'est-à-dire que les inventions reposent les unes sur les autres, et que les brevets protègent des inventions fondamentales. Dans ce cadre, un innovateur de seconde génération doit attendre l'expiration du brevet de première génération ou obtenir une licence généralement à un coût plus élevé, ce qui réduit de fait l'incitation à développer des innovations de seconde génération. À titre d'exemple, les frères Wright ont déposé un brevet suite à leur premier vol en avion. Glen Curtiss, l'un des concurrents de l'époque qui avait développé un prototype d'avion à moindre coût, n'a pas pu l'exploiter immédiatement car les frères Wright refusèrent une licence sur leur brevet. Cette situation de blocage serait à l'origine du ralentissement du développement de l'aéronautique aux États-Unis. [...]

L'enjeu du système de brevets est de trouver le juste équilibre entre la protection et la diffusion des innovations pour maximiser le bien-être social.

Source : http://www.bsi-economics.org

Annexe 5 **Justification des politiques publiques de soutien à l'innovation**

La justification la plus couramment admise renvoie au fait que la connaissance possède les deux principales caractéristiques d'un bien public, à savoir la non-rivalité et la non-exclusivité. Comme le savoir est *ipso facto* difficilement appropriable, certaines entreprises adoptent un comportement de « passager clandestin » et innovent en imitant leurs concurrents au lieu d'investir elles-mêmes dans la R & D *stricto sensu*. Du fait de ce type d'externalités, le niveau des dépenses privées en R & D tend à être systématiquement plus faible que le niveau de l'optimum social, c'est-à-dire correspondant à l'intérêt général.

[...]

Enfin, il est d'autant plus important pour les pouvoirs publics de promouvoir l'effort de R & D que les activités en la matière sont en général procycliques, du côté des entreprises. Elles font en effet partie des dépenses qui souffrent en général le plus des turbulences économiques [...] Ce fait justifie *a priori* que les pouvoirs publics s'engagent pour suppléer à ce déclin plus ou moins passager de l'effort de R & D privé.

Source : « Quinze ans de politiques d'innovation en France », France Stratégie, janvier 2016

Corrigé

Première partie Droit

Le sujet décrypté

Ce sujet comporte **quatre questions**. Pour chacune d'entre elles, il existe un verbe directeur : **qualifier, exposer, à nouveau qualifier puis expliquer**.

• La qualification de la première question porte sur **les parties** et **le contrat** en cause.

• Il introduit l'**analyse de l'engagement ou non de la responsabilité contractuelle** de la compagnie aérienne qui fera l'objet d'une argumentation dans la deuxième question.

• La seconde qualification porte sur les **préjudices subis** par le passager du fait du retard du vol.

• Enfin, la dernière question amène le candidat à réfléchir sur le **rôle de la jurisprudence** dans l'analyse des possibilités pour une compagnie aérienne de s'exonérer de sa responsabilité.

Les textes en bleu et les questions du sujet apparaissant dans ce corrigé ne doivent pas figurer dans votre devoir. Nous les avons insérés pour vous guider.

Les conseils du professeur

1. Qualifiez les parties en présence et le contrat qui les lie.

Qualifiez les parties

– Monsieur Couronne : personne physique, acheteur d'un billet d'avion.
– La compagnie « Fly Far » : personne morale, vendeur du billet d'avion, professionnel.

Monsieur Couronne peut être considéré ici comme un consommateur. Il prend l'avion dans le cadre de son travail mais le fait de prendre l'avion ne rentre pas dans son champ d'activité.

Qualifiez le contrat

Le contrat conclu est un contrat de vente de prestation de services. C'est un contrat de consommation conclu entre un consommateur et un professionnel.

La juste qualification du contrat a une importance sur le régime juridique applicable au contrat (ici, le droit de la consommation).

2. Exposez les arguments que chaque partie peut avancer pour défendre ses intérêts.

Monsieur Couronne

Sa prétention : la compagnie est responsable.

Son argument : selon l'article 1103 du Code civil, tout contractant doit respecter la parole qu'il a donnée sous peine d'engager sa responsabilité contractuelle. En outre, l'article 1231-1 explicite l'engagement de la responsabilité contractuelle en cas d'inexécution d'une obligation prévue au contrat.

La compagnie n'a pas respecté son obligation de résultat (transport en temps et en heure). Elle commet une faute contractuelle entraînant directement un dommage pour Monsieur Couronne. Ce dernier peut légitimement demander réparation de son préjudice.

Les arguments doivent bien montrer que l'objectif visé (la prétention avancée) par une partie s'oppose à l'autre partie. Des arguments juridiques doivent venir soutenir cette prétention.
Voir **Rappel de cours** 1 p. 46

La compagnie aérienne Fly Far

Sa prétention : s'exonérer de sa responsabilité.

Son argument : la maladie du pilote peut être considérée comme une cause d'exonération de la responsabilité de la compagnie (article 1218 du Code civil). En effet, elle correspond à un cas extraordinaire qui remplit les mêmes conditions que la force majeure ou le cas fortuit.

Voir **Rappel de cours** 2 p. 46

3. Qualifiez le(s) dommage(s) pour le(s)quel(s) Thomas Couronne pourrait demander réparation.

Voir **Rappel de cours** 3 p. 46

Thomas Couronne rate son rendez-vous et perd un marché important. Il s'agit d'une perte d'une chance. Monsieur Couronne ne peut pas revendiquer la totalité du marché perdu (100 millions d'euros)

mais le préjudice de n'avoir pas pu assister au rendez-vous (qui sera bien plus faible).
Il peut demander bien sûr aussi le remboursement du billet d'avion. C'est un préjudice matériel.

4. Expliquez en quoi la jurisprudence joue un rôle majeur dans la détermination des conditions d'exonération de la responsabilité des compagnies aériennes.

En 2004, l'Union européenne a édicté un règlement cherchant à harmoniser la législation applicable au niveau européen. Ainsi, l'obligation de résultat du transporteur aérien est renforcée, mais ce dernier peut aussi s'exonérer en invoquant une circonstance extraordinaire. Toutefois, le texte ne définit pas en quoi une circonstance est extraordinaire. C'est là que la jurisprudence joue un rôle majeur d'interprétation de la règle de droit.
Ainsi, une grève sauvage et la maladie du pilote de l'avion n'ont pas été considérées comme une circonstance extraordinaire alors que la foudre l'a été.
L'appréciation se fait au cas par cas. Cette situation peut générer une certaine incertitude pour les compagnies aériennes.

Pensez à exploiter l'ensemble des annexes fournies.
Ici, les annexes 3 et 4 sont essentielles et apportent des éléments de réponse. Elles abordent le cas de la grève sauvage et de la foudre. Mais elles sont complétées utilement par l'arrêt de l'annexe 1 qui est le plus récent (2020). Ce dernier aborde le cas de la maladie du pilote.

Rappels de cours

❶ LA RESPONSABILITÉ CONTRACTUELLE

La responsabilité contractuelle suppose trois conditions cumulatives pour être engagée :
1. **La faute** : le non-respect des obligations prévues au contrat.
2. **Le dommage** : c'est le préjudice subi par le cocontractant.
3. **Le lien de causalité** entre la faute et le dommage. Il doit être direct et certain.

❷ LES CAUSES D'EXONÉRATION

En matière d'obligation de résultat, le débiteur ne peut invoquer que deux causes d'exonération :
- **La force majeure** : elle découle de la nature.
- **Le fait d'un tiers** : il découle ici du comportement du pilote.

La cause d'exonération doit être imprévisible, irrésistible et extérieure.

❸ LES DOMMAGES

Il existe différentes catégories de dommages :
- **Les dommages patrimoniaux** sont évoqués par l'article 1231-2 du Code civil :
  – les dommages matériels ;
  – les dommages financiers : manque à gagner, perte d'une chance et conséquence économique d'un dommage corporel.
- **Les dommages extrapatrimoniaux** :
  – le dommage corporel ;
  – le dommage moral.

Deuxième partie Économie

Le sujet décrypté

La lecture des questions révèle que le sujet porte essentiellement sur les brevets, la R & D et l'innovation. C'est principalement le thème 6.2 du programme, relatif aux défaillances du marché, qui est mobilisé. Le candidat doit donc bien maîtriser les facteurs explicatifs de ces défaillances, et surtout les moyens pour les corriger (en l'occurrence les droits de propriété que sont les brevets, et le soutien de l'État).

Les textes en bleu et les questions du sujet apparaissant dans ce corrigé ne doivent pas figurer dans votre devoir. Nous les avons insérés pour vous guider.

Les conseils du professeur

1. Indiquez si les statistiques fournies permettent d'établir un lien entre les dépôts de brevets et l'effort de R & D [Recherche & Développement].

L'annexe 1 semble démontrer une corrélation entre les dépenses de R & D et le nombre de dépôts de brevets de plusieurs pays européens. Les deux pays qui dépensent le plus (Allemagne et France) sont aussi ceux qui déposent le plus grand nombre de brevets.

Il s'agit de repérer quelques données clés pour analyser la corrélation, en s'appuyant notamment sur les dépenses et dépôts les plus importants. Voir **Rappel de cours** p. 49

Néanmoins, les dépôts de brevets ne semblent pas dépendre uniquement des dépenses de R & D. Ainsi, le Royaume-Uni dépense beaucoup plus que les Pays-Bas et dépose pourtant moins de brevets.

2. Expliquez en quoi le brevet influe sur l'effort d'innovation des entreprises.

Le verbe « expliquer » suggère que la réponse doit mettre en évidence les **mécanismes économiques** associés aux brevets.
Il s'agit donc avant tout de montrer en quoi ils constituent une incitation à l'innovation.

Le brevet a pour rôle d'être une incitation à l'innovation car :
– il confère une exclusivité qui protège de la concurrence et de l'imitation ;
– le monopole temporaire qu'il accorde autorise de surcroît des prix plus élevés que sur un marché concurrentiel, permettant ainsi de rentabiliser les efforts de R & D.

La publication des brevets favorise également la diffusion des connaissances dont pourraient s'inspirer d'autres entreprises pour elles-mêmes innover.

Mais sur ce dernier point, les choses sont plus ambiguës : le brevet peut aussi freiner les innovations de seconde génération, c'est-à-dire celles qui s'appuient sur une précédente invention, si le déposant souhaite conserver l'exclusivité ou n'accorde une licence d'utilisation qu'à un coût élevé.
C'est ainsi que l'enjeu des systèmes de brevets est de trouver un juste degré de protection, sans pour autant freiner la diffusion des innovations dans l'économie.

L'annexe 4 met en évidence le rôle ambigu que peuvent avoir les brevets. Il faut ainsi ne pas négliger les titres des documents fournis en annexes qui peuvent vous guider.

3. Justifiez la décision de certaines entreprises de ne pas breveter leurs innovations.

Dans les secteurs manufacturiers sans forte intensité technologique, les entreprises n'ont pas toujours intérêt à déposer des brevets car :
– la protection n'est que temporaire ;
– le dépôt de brevet nécessite de décrire et ainsi dévoiler les caractéristiques de l'innovation.
C'est pourquoi, les entreprises peuvent parfois privilégier le secret de fabrication, comme ce fut le cas de Coca-Cola pour sa boisson.

L'annexe 4 intègre les éléments de réponse à la question, qu'il s'agit de reprendre et de clarifier.

4. Rédigez une argumentation qui vous permet de répondre à la question suivante :

L'État doit-il participer à l'effort de R & D d'un pays ?
L'État poursuit plusieurs objectifs de politique économique, parmi lesquels la croissance économique. Or, l'essor de l'économie de la connaissance renforce l'intérêt de la R & D et de l'innovation qui favorisent la croissance et le développement.

Une référence à l'essor de l'économie de la connaissance permet d'introduire et de montrer l'intérêt du sujet.

Axe 1 : Les entreprises ont un rôle majeur en matière de R & D et d'innovation.
Les entreprises ont intérêt à investir en R & D et innover pour bénéficier d'une avance technologique vis-à-vis de leurs concurrents.
Les brevets favorisent par ailleurs ces investissements de la part des entreprises en leur permettant de s'approprier les fruits des innovations grâce au monopole temporaire qu'ils confèrent.

Vous pouvez utiliser les questions précédentes pour montrer le rôle clé des entreprises, grâce notamment au système des brevets (axe 1).

Axe 2 : L'État doit soutenir l'effort de R & D du pays.
Les connaissances ont des caractéristiques de biens publics (non-rivalité et non-exclusivité) qui favorisent des comportements de passager clandestin. Les entreprises ont ainsi intérêt à attendre que d'autres fassent des efforts de R & D et d'innovation pour ensuite les imiter sans avoir à supporter l'investissement. Il y a donc à craindre un niveau de dépenses en R & D insuffisant par rapport à l'intérêt général.

L'annexe 5 présente certaines justifications d'une intervention publique permettant de proposer un 2e axe.

Les brevets ont vocation à répondre à cette défaillance, mais l'État peut également lui-même engager des dépenses de R & D pour corriger ce manque. Ainsi en 1995, les administrations prenaient à leur charge près de 50 % des dépenses de R & D en France. Cette part restait proche de 40 % en 2017.

Le soutien de l'État est particulièrement indispensable lors des périodes de récession, à l'occasion desquelles les entreprises réduisent nettement leurs efforts de R & D.

D'autres arguments absents de la documentation peuvent être invoqués, comme les difficultés de financement que rencontrent les entreprises innovantes.

Rappel de cours

LES BREVETS

Les brevets répondent à une défaillance de marché :

- La R & D et l'innovation s'apparentent à une production de connaissances, ces dernières ayant les caractéristiques des biens publics.
- La R & D est une activité source d'externalités positives.

Quelle que soit la manière d'appréhender les choses, la défaillance du marché conduit à une production insuffisante de R & D. Le rôle fondamental du brevet est ainsi d'être une incitation à l'innovation en permettant de rentabiliser les efforts de R & D grâce au monopole temporaire qu'il confère.

SUJET 4 BAC 2023
France métropolitaine

4 heures

Première partie Droit

(10 points)

À l'aide de vos connaissances et des ressources documentaires jointes en annexe, analysez la situation juridique ci-dessous et répondez aux questions posées.

Situation juridique

La société Fraîche Fontaine commercialise des fontaines à eau auprès des entreprises et des administrations publiques. Elle est représentée légalement par sa dirigeante, Fabienne Garnier. Il y a 5 ans, Louise Genereux a été embauchée à temps complet (35 heures hebdomadaires) au service commercial : elle est en charge des relations clients/fournisseurs et effectue des déplacements fréquents avec le véhicule professionnel mis à sa disposition.

Louise Genereux est par ailleurs présidente d'une association d'aide qui gère une épicerie solidaire.

Après plusieurs années de croissance rapide, l'activité de la société Fraîche Fontaine connaît un ralentissement lié à la crise sanitaire. Le développement du télétravail s'est traduit par une baisse des ventes de fontaines à eau aux entreprises.

Depuis plusieurs mois, Fabienne Garnier a constaté une baisse des ventes sur le secteur de Louise Genereux. Après investigations, elle constate que Louise Genereux consacre plus d'un jour par semaine de son temps de travail pour réaliser les tâches administratives de son association en utilisant le matériel de l'entreprise (ordinateur, logiciels de gestion, ligne téléphonique et connexion Internet).

Par ailleurs, Louise Genereux fait usage du véhicule professionnel mis à sa disposition pour faire des approvisionnements ponctuels de l'épicerie.

Le licenciement de Louise Genereux est envisagé par Fabienne Garnier. Cette dernière vous consulte.

1. Résumez les faits en utilisant des qualifications juridiques.

2. Développez l'argumentation juridique pouvant justifier le licenciement de Louise Genereux.

3. Présentez les arguments juridiques que Louise Genereux pourrait opposer à son employeur.

Le contrat de travail est avant tout un contrat auquel s'appliquent les principes généraux du droit des contrats. Ainsi, le contrat de travail, comme tout contrat légalement formé, contraint les parties à exécuter leurs obligations de bonne foi, principe illustré notamment par l'obligation de loyauté du salarié.

4. Pourquoi la bonne foi est-elle exigée en droit des contrats ?

Annexe 1 Extraits du Code civil

Article 1103 Les contrats légalement formés tiennent lieu de loi à ceux qui les ont faits.

Article 1104 Les contrats doivent être négociés, formés et exécutés de bonne foi.

Article 1112 L'initiative, le déroulement et la rupture des négociations précontractuelles sont libres. Ils doivent impérativement satisfaire aux exigences de la bonne foi.

Annexe 2 Extraits du Code du travail

Article L1121-1 Nul ne peut apporter aux droits des personnes et aux libertés individuelles et collectives de restrictions qui ne seraient pas justifiées par la nature de la tâche à accomplir ni proportionnées au but recherché.

Article L1222-1 Le contrat de travail est exécuté de bonne foi.

Article L1232-1 Tout licenciement pour motif personnel est motivé dans les conditions définies par le présent chapitre. Il est justifié par une cause réelle et sérieuse.

Article L1233-2 Tout licenciement pour motif économique est motivé dans les conditions définies par le présent chapitre. Il est justifié par une cause réelle et sérieuse.

Article L1233-3 Constitue un licenciement pour motif économique le licenciement effectué par un employeur pour un ou plusieurs motifs non inhérents à la personne du salarié résultant d'une suppression ou transformation d'emploi ou d'une modification, refusée par le salarié, d'un élément essentiel du contrat de travail [...].

Article L1235-3 Si le licenciement d'un salarié survient pour une cause qui n'est pas réelle et sérieuse, le juge peut proposer la réintégration du salarié dans l'entreprise, avec maintien de ses avantages acquis.

Si l'une ou l'autre des parties refuse cette réintégration, le juge octroie au salarié une indemnité à la charge de l'employeur, dont le montant est compris entre les montants minimaux et maximaux fixés [par la loi]. [...]

Annexe 3 Arrêt de la Cour de cassation du 8 décembre 2021

Selon l'arrêt attaqué (Paris, 11 mars 2020), Mme [P] a été engagée le 1er mars 2004 par la société Delsey en qualité de responsable coordination groupe, statut cadre dirigeant. Elle a ensuite été nommée responsable du développement des ressources humaines du groupe Delsey. [...]

Licenciée pour faute grave le 18 mars 2015, elle a saisi la juridiction prud'homale pour contester cette rupture et obtenir paiement de diverses sommes à ce titre. [...]

Ayant relevé que l'employeur n'avait eu la connaissance exacte de la nature, de la réalité et de l'ampleur des irrégularités relatives aux remboursements de frais professionnels reprochées à la salariée qu'à l'occasion de l'enquête réalisée lors de la demande de remboursement, en janvier 2015, d'une facture d'hôtel pour un séjour non professionnel de l'intéressée à [Localité masquée], révélant une pratique répétitive depuis septembre 2014, la cour d'appel a exactement décidé que la poursuite disciplinaire engagée en février 2015 n'était pas prescrite. ▸▸▸

Ayant ensuite constaté qu'il n'était pas établi que l'employeur avait toléré ces demandes injustifiées de remboursements de frais et que la salariée, cadre dirigeant, avait en outre manqué à son obligation de loyauté en effectuant, à l'insu de son employeur, pendant les horaires de travail et avec le matériel informatique mis à sa disposition, des travaux d'assistance personnelle du président du conseil de surveillance, dans le cadre d'activités réalisées par celui-ci pour des sociétés tierces, la cour, sans être tenue de s'expliquer spécialement sur chacune des pièces produites ni d'entrer dans le détail de l'argumentation des parties, a pu retenir que l'ensemble de ces faits rendait impossible son maintien dans l'entreprise.

Le moyen n'est donc pas fondé.

PAR CES MOTIFS, la Cour :

REJETTE le pourvoi ;

Annexe 4 **La « bonne foi » et la loyauté dans le contrat de travail**

La « bonne foi » est la croyance qu'a une personne de se trouver dans une situation conforme au droit, et la conscience d'agir sans léser les droits d'autrui. C'est une notion fréquemment utilisée dans notre législation pour atténuer les rigueurs de l'application de règles positives. Les contrats doivent être négociés, formés et exécutés de bonne foi. Cette disposition est d'ordre public. De même, l'initiative, le déroulement et la rupture des négociations précontractuelles sont libres. Ils doivent impérativement satisfaire aux exigences de la bonne foi.

Source : https://www.dictionnaire-juridique.com/definition/bonne-foi.php (consulté le 05/12/2022)

Deuxième partie Économie

(10 points)

À partir de vos connaissances et de la documentation fournie en annexe :

1. Décrivez l'évolution des échanges de biens de la France avec l'extérieur.

2. Caractérisez la concentration des marchés internationaux des métaux.

3. Expliquez les conséquences de la rareté attendue des métaux sur le déficit commercial français.

4. Déterminez l'influence des multinationales françaises sur le déficit commercial de la France.

5. Rédigez une argumentation qui vous permet de répondre à la question suivante : *La rareté est-elle la seule cause du déficit commercial français ?*

Annexe 1 Évolution du solde commercial français des échanges de biens

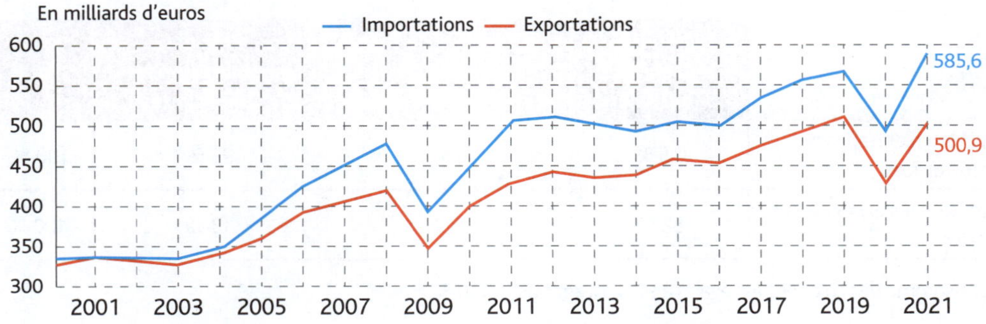

Source : Le chiffre du commerce extérieur 2021. Douane.gouv.fr

Annexe 2 Le volet export du plan France Relance

Le volet export du plan « France Relance » a ciblé particulièrement le retour des PME et des ETI sur les marchés étrangers [...].
[Afin] d'accompagner la reprise des exportations dans un contexte international encore incertain et plus concurrentiel, ces dispositifs ont été complétés par l'insertion d'un volet export dans le plan « France Relance » présenté le 3 septembre 2020, initialement prévu à hauteur de 247 millions d'euros (M€), et ciblant particulièrement le retour des PME et des ETI sur les marchés étrangers. Ce volet « export » du plan France Relance comprend principalement les mesures suivantes [...] :

Le versement de « chèques relance export » visant à réduire de moitié le coût des opérations collectives ou individuelles de projection à l'international assurées par la Team France Export [...]. À la fin de l'année 2021, 8 227 chèques relance export avaient été attribués, pour un montant d'aides s'élevant à 14,2 M€. Depuis septembre 2021, ce dispositif permet également de financer des formations courtes à l'export au profit de dirigeants de PME et d'ETI exportatrices (« chèque relance formation »). En outre, depuis novembre 2021, un « chèque relance traduction » permet de prendre en charge 50 % des coûts de prestations de traduction (dans la limite d'un plafond de 800 €) de supports de communication, site internet, catalogues dans la langue des pays prospectés. [...]

Ces dispositifs, qui devaient prendre fin à la fin de l'année 2021, ont été prolongés jusqu'au 30 juin 2022 lors du Conseil Stratégique de l'Export du 1er septembre 2021 afin de prendre en compte la persistance des incertitudes en matière de déplacements et d'évènements internationaux.

Source : Rapport du commerce extérieur de la France 2022,
Direction générale du Trésor, février 2022

Annexe 3 Analyse des exportations selon la taille des entreprises en 2021

	Grandes entreprises > 5 000 salariés	Entreprises de taille intermédiaire 250 à 4 999 salariés	PME et microentreprises < 249 salariés	Total
Nombre d'entreprises exportatrices	0,5 %	4 %	95 %	100 %[1]
Part dans les exportations totales	52 %	35 %	13 %	100 %

1. La somme des colonnes est égales à 99,5 %, arrondie à 100 %.

Source : Les opérateurs du commerce extérieur, DGDDI (direction générale des douanes et droits indirects), 12 avril 2022

Annexe 4 La contribution des multinationales françaises au commerce extérieur français

Les entreprises multinationales françaises contribuent positivement au solde commercial des biens, contrairement aux multinationales étrangères ou aux entreprises francofrançaises. C'est pourtant le tassement de leur excédent, de près de 2 points de PIB entre 2000 et 2018, qui explique la détérioration du solde commercial français depuis deux décennies. [...]

Le déficit commercial de la France vient d'atteindre en mars 2022 la barre symbolique des 100 milliards d'euros en cumul sur douze mois glissants (3,7 % du PIB). Si ce résultat reflète des facteurs conjoncturels liés notamment à la crise sanitaire – hausse des importations de produits de santé et faiblesse du secteur aéronautique – et, plus récemment, à l'envolée de la facture énergétique liée aux tensions, puis à la guerre en Ukraine, il traduit surtout la détérioration structurelle du solde commercial français depuis deux décennies. [...]

L'économie française se démarque également par l'importance de ses multinationales et de leurs investissements à l'étranger, où elles emploient plus de 6 millions de salariés, nettement plus que leurs homologues allemandes, italiennes ou espagnoles. [...] La dégradation des performances commerciales des multinationales françaises est l'une des composantes majeures de l'évolution observée depuis deux décennies : un déficit commercial qui se creuse, tandis que la balance courante reste quasiment équilibrée, reflet d'une spécialisation faisant la part belle aux services et aux investissements à l'étranger, au détriment de l'activité industrielle sur le sol français. [...] L'activité à l'étranger des multinationales [françaises] correspond à une délocalisation de production de biens finaux auparavant réalisée en France, cela pèse sur les exportations et peut gonfler les importations à destination des consommateurs français. [...] Les multinationales françaises ont significativement contribué à la dégradation du solde commercial de la France.

Le défi de la réindustrialisation de la France ne relève donc pas tant d'un rééquilibrage macroéconomique du solde courant que d'une réorientation des choix d'internationalisation de ses entreprises. À commencer par ses multinationales.

Source : D'après La lettre du CEPII (centre d'études prospectives et d'informations internationales), mai 2022

Annexe 5 L'approvisionnement en métaux, un enjeu essentiel

L'Union européenne risque d'avoir dès 2030 de grandes difficultés à importer le lithium, les terres rares ou le cuivre dont elle a besoin. [...]

Mercredi 8 juin [2022], le Parlement européen a approuvé la fin de la vente des véhicules thermiques neufs et le basculement vers l'électrique en 2035. Un pas important pour la réduction de la dépendance au pétrole et la transition énergétique du continent, [...] qui nécessitera le recours à des quantités considérables de plusieurs métaux indispensables à la fabrication des batteries.

Cuivre, lithium, cobalt... Moins connus et moins visibles que les combustibles fossiles, les métaux et minerais représentent pourtant une dimension cruciale de la transition énergétique. [...]

Le système énergétique mondial de 2050 sera radicalement différent du système actuel. Les combustibles fossiles (pétrole, gaz, charbon), qui représentent plus de 80 % de la consommation d'énergie finale, auront laissé la place à un modèle largement électrifié et fondé sur les renouvelables. Or une telle transition fera inévitablement augmenter les besoins en minerais [...].

Selon une étude des chercheurs de l'Université de Louvain (Belgique), les 27 États membres de l'UE auront besoin, en 2050, de 35 fois plus de lithium qu'aujourd'hui, de 7 à 26 fois plus de certaines terres rares, de 3 fois plus de cobalt ou encore de 2 fois plus de nickel.

[...] De plus en plus d'acteurs estiment que des problèmes d'approvisionnement sérieux sont à craindre dès l'horizon 2030, en raison de besoins en forte hausse et de niveaux de production insuffisants. Selon les calculs de [l'Agence Internationale de l'Énergie], les mines existantes et les projets en construction ne devraient par exemple couvrir, en 2030, que la moitié des besoins en lithium et en cobalt et 80 % de la demande en cuivre. [...]

D'autres aspects économiques, environnementaux et sociaux pourraient peser sur la production. [...]

Concernant le cuivre par exemple, les gisements les plus riches et les plus accessibles commencent à s'épuiser, ce qui oblige l'industrie à se tourner vers des gisements de moindre qualité. Autrement dit, il faut beaucoup plus d'eau et d'énergie – et donc de moyens – pour obtenir la même quantité de cuivre, tout en générant davantage de déchets. [...]

La production des métaux nécessaires à la transition énergétique est encore plus concentrée que celle des énergies fossiles : dans les cas du lithium, du cobalt et des terres rares par exemple, les trois premiers producteurs mondiaux contrôlent plus des trois quarts de la production mondiale. Quelques pays dominent largement le marché : la République démocratique du Congo produit 70 % du cobalt mondial, la Chine 60 % des terres rares et plus de 60 % du graphite, l'Australie environ 50 % du lithium, l'Afrique du Sud 70 % du platine. [...]

La présence de la Chine s'observe à un niveau encore plus élevé pour les étapes liées à la transformation et au raffinage de ces métaux, y compris dans les pays producteurs. Elle détient plus de 80 % des opérations pour les terres rares, plus de 60 % de celles pour le cobalt, près de 60 % de celles pour le lithium, 40 % de celles pour le cuivre. [...]

Si le marché des métaux est aux mains d'un petit nombre d'États, il est aussi contrôlé par un nombre très réduit d'acteurs : cinq entreprises seulement détiennent, par exemple, 90 % du marché du lithium.

L'Union européenne en particulier, qui ne produit qu'environ 3 % du volume mondial de métaux et en consomme quelque 20 %, est dans une situation de grande dépendance. [...]

Source : Perrine Mouterde et Adrien Pécout, *Le Monde*, le 10 juin 2022

Corrigé

Première partie Droit

Le sujet décrypté

Le sujet se positionne sur la **rupture du contrat de travail** et, plus spécifiquement, le **licenciement pour motif personnel** sur fond du respect de l'obligation générale de bonne foi définie par l'annexe 4. Les annexes 1 et 2 sont des **articles du Code civil et du Code du travail** qui se répondent (les articles du Code du travail rappellent l'obligation générale de bonne foi énoncée dans le Code civil et révèlent que cette dernière s'applique dans un contrat de travail signé entre un salarié et son employeur tout comme dans les contrats en général). En outre, les articles du Code du travail invitent à s'interroger sur le **choix du mode de rupture du contrat de travail** : motif personnel ou motif économique ? Enfin, l'annexe 3 est un **arrêt de la Cour de cassation** qui éclaire sur le choix du mode de rupture car la situation présentée est proche de celle du cas proposé par le sujet.

Les textes en bleu et les questions du sujet apparaissant dans ce corrigé ne doivent pas figurer dans votre devoir. Nous les avons insérés pour vous guider.

Les conseils du professeur

1. Résumez les faits en utilisant des qualifications juridiques.

Louise Genereux est une personne physique salariée de la société Fraîche Fontaine. Cette dernière est une personne morale, employeur de la salariée. Louise Genereux semble avoir commis des actes fautifs susceptibles d'entraîner son licenciement.

Voir Rappel de cours 1 p. 57

2. Développez l'argumentation juridique pouvant justifier le licenciement de Louise Genereux.

Tout salarié est tenu de respecter une obligation de bonne foi dans le cadre de l'exécution de son contrat de travail. Celle-ci se définit comme « la croyance qu'a une personne de se trouver dans une situation conforme au droit, et la conscience d'agir sans léser les droits d'autrui » (voir annexe 4).

Voir Rappel de cours 2 p. 58

En utilisant le matériel de l'entreprise (ordinateur, logiciels de gestion, ligne téléphonique et connexion Internet) ainsi que le véhicule de fonction mis à sa disposition pour réaliser des activités qui ne rentrent pas dans l'intérêt de la société Fraîche Fontaine, à raison de plus d'un jour par semaine, sur le temps normalement dévolu à la société, la salariée commet une faute contractuelle. Elle n'adopte pas un comportement loyal vis-à-vis de son employeur. C'est une cause réelle et sérieuse de licenciement.

Une rupture du contrat de travail à l'initiative de l'employeur ne peut être envisagée que si ce dernier justifie d'une cause réelle et sérieuse (article L1232-1 du Code du travail).

Voir Rappel de cours 3 p. 58

La jurisprudence de la Cour de cassation du 8 décembre 2021 conforte ce raisonnement. En effet, l'arrêt énonce que le délai de prescription pour sanctionner un comportement fautif est de deux mois à compter du jour où l'employeur a eu connaissance du comportement déloyal du salarié.

Madame Fabienne Garnier peut donc s'appuyer sur l'article L1232-1 du Code du travail pour justifier un licenciement pour motif personnel fondé sur la faute de la salariée et sur la jurisprudence de la Cour de cassation pour établir qu'elle n'agit pas hors délai puisqu'elle vient de découvrir les faits qui sont reprochés à Louise Genereux.

Le point de départ du délai de deux mois pour agir contre la salariée n'est pas le jour où le comportement fautif a commencé.

3. Présentez les arguments juridiques que Louise Genereux pourrait opposer à son employeur.

A L'absence de mauvaise foi

La preuve d'une éventuelle mauvaise foi suppose d'établir que son auteur avait conscience d'agir afin de léser autrui. Ici, Louise Genereux n'agit pas dans le but intentionnel de léser son employeur.

B Le lien entre pandémie et obligation contractuelle

Le ralentissement de l'activité et la baisse des ventes ne sont pas forcément liés à la dispersion du travail de Louise Genereux entre la société qui l'emploie et l'association qu'elle préside. Peut-être la salariée effectue-t-elle toujours 35 heures de travail par semaine réparties autrement. Le ralentissement peut résulter de la crise sanitaire et du développement du télétravail qui s'en est suivi. Il est plus difficile de réaliser des ventes dans ce contexte.

La crise sanitaire liée à la Covid-19 peut être considérée comme un cas de force majeure qui justifie l'impossibilité d'exécuter son obligation.
Voir **Rappel de cours** 4 p. 58

C L'usage du matériel de l'entreprise

Disposer du matériel de l'entreprise ou d'un véhicule de fonction suppose-t-il de s'en servir exclusivement pour l'intérêt de l'entreprise ? Ce type de service constitue souvent un avantage en nature pas uniquement dédié à l'activité professionnelle du salarié.

Cet argument n'est pas au programme, c'est un « bonus » à évoquer si vous en avez connaissance.

4. Pourquoi la bonne foi est-elle exigée en droit des contrats ?

Le législateur ne peut prévoir tous les comportements illicites ou indésirables dans une relation contractuelle. Il est donc préférable de consacrer une règle générale d'ordre public qui donne l'orientation à suivre pour juger des bonnes formation et exécution d'un contrat. En outre, la bonne foi contribue à une relation équilibrée entre les parties au contrat. Elle évite les asymétries d'informations en phase de négociation, lutte contre l'apparition de vices du consentement ou de clauses abusives dans la formation du contrat et garantit davantage de loyauté dans l'exécution des contrats.

Le respect de la bonne foi dans la négociation, la formation et l'exécution des contrats est établi par l'article 1104 du Code civil.

Rappels de cours

1 LE CONTRAT DE TRAVAIL

Le contrat de travail est une convention par laquelle un salarié met à disposition d'un employeur sa force de travail en contrepartie d'une rémunération. Le salarié est subordonné à l'employeur.

▸▸▸

2 LA BONNE FOI

La bonne foi est consacrée en droit général par l'article 1104 du Code civil. Elle est reprise dans les contrats de travail avec l'article L1222-1 du Code du travail (voir annexes 1 et 2).

3 LES MODALITÉS DE RUPTURE DU CONTRAT DE TRAVAIL

En droit du travail, il existe plusieurs modalités de rupture du contrat de travail selon la ou les personnes qui en prennent l'initiative :

- **rupture à l'initiative de l'employeur** : il s'agit du licenciement pour motif personnel, du licenciement pour motif économique ou de la mise à la retraite ;
- **rupture à l'initiative du salarié** : il s'agit de la démission ou du départ à la retraite ;
- **rupture à l'initiative des deux parties** : il s'agit de la rupture conventionnelle.

4 LES CAS D'EXONÉRATION DE LA RESPONSABILITÉ CIVILE CONTRACTUELLE

- La cause étrangère doit remplir trois conditions : elle est extérieure, imprévisible et irrésistible. Elle compte deux situations : la force majeure et le fait d'un tiers (ou cas fortuit).
- Le troisième cas d'exonération est **la faute de la victime** : la victime du dommage a contribué à sa réalisation (ex. : un patient ne guérit pas parce qu'il n'a pas pris les médicaments prescrits par son médecin).

Deuxième partie Économie

Le sujet décrypté

Ce sujet porte sur les **échanges de biens entre la France et l'extérieur**. Il intègre, par ailleurs, une analyse plus spécifique du commerce des métaux et conduit à mettre en évidence le déséquilibre extérieur de la France en matière d'échanges de biens. Le candidat est amené à identifier les principaux facteurs explicatifs de cette situation : les mécanismes d'offre et de demande (pour les métaux), la sous-représentation des PME et ETI en matière d'exportation, et les choix de spécialisation de la France, notamment la diminution des activités industrielles sur le territoire national.

Les textes en bleu et les questions du sujet apparaissant dans ce corrigé ne doivent pas figurer dans votre devoir. Nous les avons insérés pour vous guider.

Les conseils du professeur

1. Décrivez l'évolution des échanges de biens de la France avec l'extérieur.

À l'exception de deux épisodes (2009 et la crise des *subprimes*, 2020 et la pandémie de Covid-19), les échanges de biens de la France avec l'extérieur ont progressé au cours des vingt dernières années, qu'il s'agisse des exportations ou des importations.

La question invite à exploiter l'annexe 1. L'emploi du verbe « décrire » vous indique qu'il n'est pas nécessaire, ici, d'identifier les causes du déficit français.

Concernant le solde des échanges, les exportations sont systématiquement inférieures aux importations de biens depuis 2004. Il s'agit donc d'un déficit commercial structurel.

2. Caractérisez la concentration des marchés internationaux des métaux.

Les marchés internationaux des métaux sont caractérisés par une très forte concentration de l'offre, en particulier les métaux nécessaires à la transition écologique et à la fabrication de batteries électriques. En effet, seul un très faible nombre de pays en produit : trois nations contrôlent plus des trois quarts de la production mondiale de lithium, par exemple.
Cette concentration de l'offre est également présente en matière de transformation et de raffinage. La Chine, notamment, accapare plus de 80 % des activités de transformation des terres rares.
Enfin, la forte concentration du marché s'observe également à l'échelle des firmes. Cinq entreprises seulement détiennent plus de 90 % du marché du lithium mondial.

> La concentration de l'offre, en d'autres termes le nombre réduits d'offreurs, doit être mise en évidence à la fois à l'échelle des entreprises mais également des pays. Les éléments nécessaires à la réponse figurent en annexe 5.

3. Expliquez les conséquences de la rareté attendue des métaux sur le déficit commercial français.

Les transactions sur les métaux vont, en toute probabilité, contribuer à la dégradation du déficit commercial français.
En effet, les besoins en métaux augmentent progressivement du fait de la transition écologique. Or, l'Europe ne produit que 3 % du volume mondial des métaux : il faut donc s'attendre à une progression des importations.
À cette augmentation prévisible des volumes importés s'ajoutera un renchérissement des métaux, en lien avec leur rareté, et en raison :
- d'**un mécanisme évident d'offre et de demande**. La rareté de l'offre couplée à l'augmentation de la demande a toutes les chances d'accroître les cours mondiaux ;
- de **la concentration du marché des métaux**, précédemment évoquée, qui peut amplifier la hausse des cours avec le pouvoir de marché dont bénéficient les entreprises et les pays producteurs.

> Les conséquences de la rareté des métaux sur le déficit commercial français sont à analyser à l'aide des mécanismes d'offre et de demande.

> Vous devez donc être en mesure de décrire ces mécanismes de marché pour expliquer l'évolution probable du déficit français.

4. Déterminez l'influence des multinationales françaises sur le déficit commercial de la France.

Les multinationales françaises contribuent traditionnellement de manière positive au commerce extérieur des biens français.
Pour autant, le creusement du déficit commercial français leur est largement imputable : les multinationales continuent à exporter plus qu'elles n'importent, mais leur excédent se tasse.
Cette tendance repose sur deux phénomènes principaux :
- **une spécialisation des activités** orientée vers les services ;
- **une délocalisation croissante de la production de biens finaux** qui contribue à réduire le socle industriel français.

Ces phénomènes ont pour effet de réduire les exportations et d'accroître les importations. Face à cette tendance, le volet export du

> Avec cette question, vous devez mettre en évidence deux enjeux particuliers :
> - percevoir la nuance quant à l'influence des multinationales (elles ne sont pas déficitaires mais leur excédent se tasse) ;
> - parvenir à synthétiser les informations des annexes 2, 3 et 4.

plan France Relance, qui comporte des mesures de soutien aux entreprises exportatrices, a ciblé plus particulièrement les PME et les ETI. Ces catégories d'entreprises sont en effet sous-représentées dans les exportations françaises.

5. Rédigez une argumentation qui vous permet de répondre à la question suivante : *La rareté est-elle la seule cause du déficit commercial français ?*

La rareté, autrement dit la pénurie d'offre, constitue, bien sûr, un facteur explicatif des difficultés françaises en matière de commerce extérieur. La transition écologique et la rareté des métaux devraient contribuer à accroître le déficit commercial français, tout comme les tensions géopolitiques et le renchérissement du prix de l'énergie. Toutefois, le déficit commercial français trouve sa source dans d'autres facteurs.

> Évacuez la question de la rareté dès l'introduction car :
> - la question 3 abordait déjà ce thème ;
> - cela permet d'explorer les principaux autres facteurs explicatifs.

Axe 1 : La France est fragilisée par ses choix de spécialisation et sa structure productive.

Le développement des services couplé au déclin de l'activité industrielle constitue une explication majeure des difficultés françaises en matière de commerce extérieur. La place prépondérante des services ne permet pas d'alimenter les exportations françaises. A contrario, elle conduit à devoir importer les biens qui ne sont plus fabriqués sur le territoire national.

Le tissu productif français est également caractérisé par le poids important des PME et des ETI dans le nombre total d'entreprises. Or, ces entreprises tendent à être insuffisamment exportatrices. Elles doivent donc faire l'objet d'un soutien spécifique pour les accompagner à l'export.

> L'axe 1 permet de mobiliser à nouveau des observations réalisées lors des questions précédentes.

Axe 2 : Le déficit commercial français est le révélateur d'un problème de compétitivité.

Les performances d'un pays en matière de commerce extérieur sont tributaires de la compétitivité de ses entreprises. La France dispose d'atouts indéniables (infrastructures de transport, qualification de la main-d'œuvre…) mais elle est aussi fragilisée par :

- le coût du travail ou encore le poids de la fiscalité qui altèrent la compétitivité-coût des entreprises ;
- le manque d'innovation et le retard dans l'exploitation des potentialités du numérique (robotisation, intelligence artificielle…).

En d'autres termes, la France doit également gagner en compétitivité hors prix.

> L'axe 2 amène à élargir la réflexion en s'appuyant sur des connaissances propres. En l'occurrence, la notion de compétitivité n'est pas mentionnée dans les annexes et ne fait pas l'objet d'une question. Il est cependant pertinent, d'en parler ici.

Rappel de cours

LE DÉFICIT COMMERCIAL

- Un déficit commercial est caractérisé par des **importations supérieures aux exportations**.
- Ce déficit, lorsqu'il est **ponctuel**, peut s'expliquer par des évolutions de cours mondiaux défavorables (renchérissement des importations par exemple).
- Un déficit **persistant** (ou structurel) peut, lui, être révélateur d'un manque de compétitivité et/ou de choix de spécialisation des activités préjudiciables.

SUJET 5

4 heures

Première partie Droit

(10 points)

Situation juridique

La société anonyme GELFREEZE est basée à Mouthe dans le Jura. Cette société distribue des produits surgelés à ses clients à travers toute la France.

Monsieur Geoffroy est livreur en CDI dans l'entreprise depuis 3 ans sur le site de Besançon pour la zone Grand Est. C'est lui qui s'occupe d'organiser le déroulement de sa journée. Comme chaque salarié, il calcule les étapes de sa tournée à partir d'un logiciel de « routage-mapping » fourni par son employeur, puis imprime sa feuille de route. Cette feuille de route sert de base au calcul du temps de travail des salariés.

Monsieur Geoffroy s'octroie ainsi la possibilité de faire une pause déjeuner où il le souhaite. L'essentiel, se dit-il, est qu'il revienne toujours en fin de journée à son entrepôt et que toutes les commandes aient bien été livrées. Un jour, il a malencontreusement commis un excès de vitesse sur l'autoroute et s'est fait flasher par un radar mobile de la gendarmerie. Il a dû assumer cette dépense.

Dernièrement, Monsieur Douglas, dirigeant de l'entreprise, a décidé de mettre en place un système de géolocalisation sur sa flotte de camions. Il espère ainsi :

– mieux mesurer le temps de travail effectif réalisé par les conducteurs ;

– contrôler la vitesse des conducteurs et éviter les excès de vitesse ;

– améliorer le calcul des itinéraires afin de faire des économies sur les kilomètres parcourus et livrer davantage de clients.

Depuis, Monsieur Geoffroy et les autres salariés ont le sentiment d'être davantage surveillés par leur employeur. À l'inverse, il faut reconnaître que depuis un mois, le système a permis de livrer 8 % de commandes en plus et de réduire les kilomètres parcourus de 6 %.

❶ Qualifiez le contrat et identifiez les obligations qui lient Monsieur Geoffroy à l'entreprise Gelfreeze.

❷ Formulez le problème de droit soulevé par la mise en place d'un système de géolocalisation au sein de l'entreprise.

❸ Exposez les arguments de chacune des parties sur la justification ou la contestation du système de géolocalisation.

❹ Le système de géolocalisation suppose l'enregistrement de données personnelles. Expliquez les obligations que cela crée à l'égard de l'employeur et les sanctions qu'il encourt s'il ne les respecte pas.

Annexe 1 Arrêt de la Cour de cassation, 19 décembre 2018

Vu l'article L. 1121-1 du Code du travail [...]

Attendu, selon l'arrêt attaqué, que la Fédération Sud des activités postales et des télécommunications Sud PTT (la Fédération) soutenant que la mise en place et l'exploitation du système de géolocalisation Distrio, qui enregistre la localisation des distributeurs toutes les 10 secondes au moyen d'un boîtier mobile que les distributeurs portent sur eux lors de leur tournée et qu'ils activent eux-mêmes, étaient illicites, a assigné à jour fixe la société Médiapost devant le tribunal de grande instance ;

Attendu que pour rejeter la demande de la Fédération, l'arrêt retient que la pointeuse mobile, préconisée par celle-ci, qui enregistre non seulement le temps de distribution effective mais également les éventuelles immobilités des distributeurs, le système auto déclaratif ou le contrôle par un responsable d'enquêtes n'apparaissent pas adaptés au but recherché ;

Attendu cependant que, selon l'article L. 1121-1 du Code du travail, nul ne peut apporter aux droits des personnes et aux libertés individuelles et collectives de restrictions qui ne seraient pas justifiées par la nature de la tâche à accomplir ni proportionnées au but recherché ; que l'utilisation d'un système de géolocalisation pour assurer le contrôle de la durée du travail, laquelle n'est licite que lorsque ce contrôle ne peut pas être fait par un autre moyen, fût-il moins efficace que la géolocalisation, n'est pas justifiée lorsque le salarié dispose d'une liberté dans l'organisation de son travail ;

Qu'en se déterminant comme elle l'a fait, sans caractériser que le système de géolocalisation mis en œuvre par l'employeur était le seul moyen permettant d'assurer le contrôle de la durée du travail de ses salariés, la cour d'appel n'a pas donné de base légale à sa décision ;

DÉCISION : CASSE ET ANNULE

Annexe 2 Quelques articles de loi

Article L. 1121-1 du Code du travail
Nul ne peut apporter aux droits des personnes et aux libertés individuelles et collectives de restrictions qui ne seraient pas justifiées par la nature de la tâche à accomplir ni proportionnées au but recherché.

Article 226-16 du Code pénal
Le fait, y compris par négligence, de procéder ou de faire procéder à des traitements de données à caractère personnel sans qu'aient été respectées les formalités préalables à leur mise en œuvre prévues par la loi est puni de 5 ans d'emprisonnement et de 300 000 € d'amende.

Article 9 du Code civil
Chacun a droit au respect de sa vie privée.

Annexe 3 Dossier de la CNIL : la géolocalisation des véhicules salariés

Parce qu'ils coûtent peu cher et peuvent s'avérer très utiles, les dispositifs de géolocalisation sont fréquents dans le monde du travail. Attention toutefois, de nombreuses règles encadrent l'utilisation de ces outils afin que la vie privée des employés soit respectée.

a) Dans quels buts ?

Des dispositifs de géolocalisation peuvent être installés dans des véhicules utilisés par des employés pour :
– assurer la sécurité de l'employé, des marchandises ou des véhicules dont il a la charge, et notamment retrouver le véhicule en cas de vol (par exemple, avec un dispositif inerte activable à distance à compter du signalement du vol) ;
– mieux allouer des moyens pour des prestations à accomplir en des lieux dispersés, notamment pour des interventions d'urgence. Par exemple : identifier l'employé le plus proche d'une panne d'ascenseur ou l'ambulance la plus proche d'un accident ;
– accessoirement, suivre le temps de travail, lorsque cela ne peut être réalisé par un autre moyen ;
– respecter une obligation légale ou réglementaire imposant la mise en œuvre d'un dispositif de géolocalisation en raison du type de transport ou de la nature des biens transportés ;
– contrôler le respect des règles d'utilisation du véhicule.

À savoir

Les kilomètres parcourus pendant une période durant laquelle le véhicule ne doit pas être utilisé sont suffisants pour caractériser un abus et sa gravité, sans qu'il soit nécessaire de connaître le trajet effectué.

b) Les utilisations à exclure

Un dispositif de géolocalisation installé dans un véhicule mis à la disposition d'un employé ne peut pas être utilisé :
– pour contrôler le respect des limitations de vitesse ;
– pour contrôler un employé en permanence.
En particulier, il ne peut pas être utilisé :
– dans le véhicule d'un employé disposant d'une liberté dans l'organisation de ses déplacements (par exemple : VRP) ;
– pour collecter la localisation en dehors du temps de travail (trajet domicile travail, temps de pause, etc.), y compris pour lutter contre le vol ou vérifier le respect des conditions d'utilisation du véhicule ;
– pour calculer le temps de travail des employés alors qu'un autre dispositif existe déjà.

Source : www.cnil.fr

Deuxième partie Économie

(10 points)

À partir de vos connaissances et des annexes, répondez aux questions suivantes :

❶ Justifiez le rôle positif que peut avoir l'investissement sur la croissance économique, tant du côté de l'offre que de la demande.

❷ Démontrez que, depuis 2009, l'investissement n'a pas toujours favorisé la croissance française.

❸ Expliquez en quoi l'évolution de l'investissement révèle la transition de la France vers une économie de la connaissance.

❹ Rédigez une argumentation qui vous permet de répondre à la question suivante : *Faut-il une politique de soutien de l'investissement en France ?*

Annexe 1 L'investissement

L'investissement est l'opération qui vise soit à maintenir, soit à accroître le stock de capital d'un agent économique. [...]. Le stock de capital de l'entreprise, ou capital technique, est constitué de machines, d'ordinateurs, de logiciels informatiques, de véhicules, de terrains, etc. Ce capital permet à l'entreprise de produire des biens ou des services.

Source : www.universalis.fr

Annexe 2 Contributions à la croissance du PIB en volume de 2009 à 2018

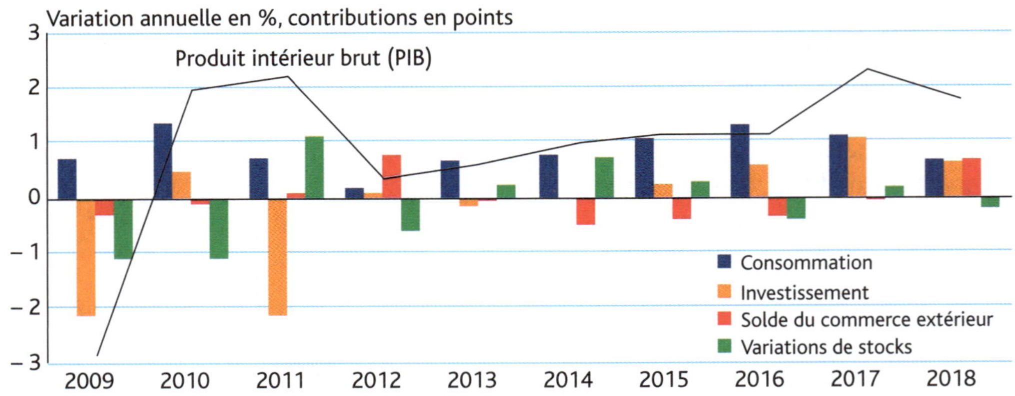

Source : INSEE, Tableaux de l'économie française 2020

Annexe 3 La montée en puissance de l'investissement immatériel en France

Taux d'investissement matériel et immatériel (secteur marchand)

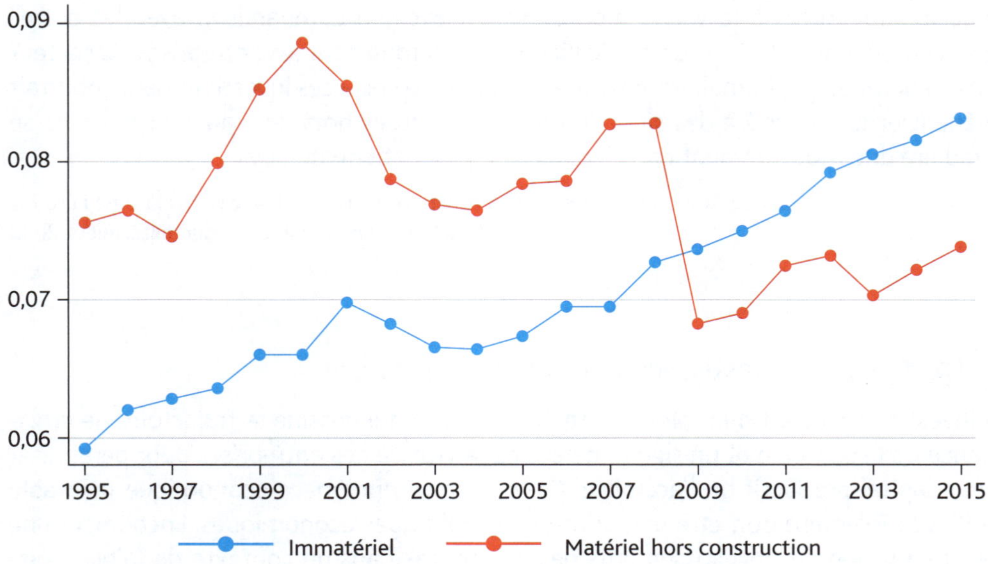

Incontestablement, **le premier trait de l'investissement des entreprises en France est de se maintenir à un niveau élevé.** Toutefois, si on se concentre sur les investissements en machines et en matériel des technologies de l'information et des communications, alors le taux d'investissement des entreprises en France ne se distingue pas parmi les plus élevés. Seul le Royaume-Uni, parmi le groupe de pays observés, investit moins en machines et équipements. Cela tient évidemment en partie à la structure de sa spécialisation – parmi les moins manufacturières – mais révèle aussi **une croissante dématérialisation de la nature de son capital qui est continue depuis au moins une vingtaine d'années.** Autrement dit, les investissements immatériels comprenant la R & D, la propriété intellectuelle, les logiciels et les bases de données, sont en constante augmentation depuis trois décennies.

Source : Sarah Guillou (OFCE), « La singularité immatérielle de l'investissement des entreprises en France », 26 octobre 2018

Annexe 4 Investissement et productivité

Malgré un fort taux d'investissement dans les logiciels, les entreprises françaises accusent un retard certain sur l'adoption et la diffusion des TIC même par rapport aux pays européens avancés.

La moindre diffusion du numérique dans l'économie pourrait s'expliquer par le déficit de compétences de la population active et la faiblesse du management pour investir dans les nouvelles technologies. Les entreprises ont besoin d'une main-d'œuvre capable de s'adapter et de maîtriser ces nouveaux outils ainsi que d'un encadrement disposé à s'appuyer sur ces outils pour améliorer la performance. [...]

Comme pour les dépenses de R & D, les investissements des entreprises françaises une fois rapportés à la valeur ajoutée sont élevés en comparaison avec les autres pays européens et l'écart est particulièrement marqué pour les entreprises du secteur manufacturier. [...] L'amélioration de la productivité liée à ces investissements pourrait bénéficier en priorité à des sites de production situés hors de France et donc ne se traduire que modestement dans les gains de productivité du pays.

Source : « Productivité et compétitivité : où en est la France dans la zone Euro ? »
Rapport du Conseil national de productivité, juillet 2019

Annexe 5 Investissement et politique publique

L'investissement est à la fois un acte économique qui dessine la trajectoire de croissance de l'économie et un signal majeur de la vitalité des entreprises pour pérenniser leur capital productif ou l'accroître. Créer un environnement économique favorable à l'investissement doit être une priorité des politiques économiques. Encourager une augmentation des investissements des entreprises dans un contexte de faible croissance est fortement souhaitable. Mais pour bien cibler cet encouragement, il faut faire le bon diagnostic sur la nature de la faiblesse de l'investissement des entreprises françaises : il est moins quantitatif que qualitatif. [...] :

1°) les investissements de remplacement/renouvellement sont dominants et le capital productif français est obsolète ;

2°) les investissements ne sont assez pas productifs, la part des investissements en construction est trop importante relativement aux investissements en machines-outils et robots ;

3°) les investissements se substituent au facteur travail en France en raison de la baisse continue du coût du capital relativement au coût du travail ;

4°) ce qui compte pour la compétitivité, c'est l'investissement dans les actifs intangibles et c'est là que le bât blesse pour les entreprises françaises.

Source : Sarah Guillou (OFCE), « Le problème de l'investissement français n'est pas quantitatif »,
30 avril 2015

Corrigé

Première partie Droit

Le sujet décrypté

• Le sujet se compose de quatre questions. La qualification de la première question porte sur **le contrat et les obligations** supportées par les parties. Il introduit l'analyse de l'étendue des obligations des employeurs vis-à-vis de leurs salariés et pose ainsi le cadre des questions 2 et 3.

• Le problème posé porte sur la mise en place d'un système de **géolocalisation**, fruit du développement des outils numériques et des objets connectés. Il fait ressortir des situations managériales et juridiques nouvelles.

• Enfin, la dernière question amène à réfléchir sur les enjeux de la mise en place de la géolocalisation des véhicules dans le cadre du travail et les sanctions que l'employeur peut connaître.

Les textes en bleu et les questions du sujet apparaissant dans ce corrigé ne doivent pas figurer dans votre devoir. Nous les avons insérés pour vous guider.

Les conseils du professeur

1. Qualifiez le contrat et identifiez les obligations qui lient Monsieur Geoffroy à l'entreprise Gelfreeze.

Qualifier le contrat

Le contrat en cause entre Monsieur Geoffroy et l'entreprise Gelfreeze est un contrat de travail.

Le terme « qualifier » n'amène pas à des justifications particulières. C'est le mot « salarié » qui oriente vers cette qualification.
Voir **Rappel de cours** 1 p. 69

Identifier les obligations

En tant qu'employeur, Gelfreeze doit respecter de nombreuses obligations dont :
– fournir au salarié le travail convenu (donner des colis à livrer à Monsieur Geoffroy) ;
– fournir au salarié les moyens d'accomplir son travail (mettre à disposition de Monsieur Geoffroy un camion) ;
– rémunérer Monsieur Geoffroy pour la prestation qu'il effectue selon les modalités prévues au contrat.

En contrepartie, Monsieur Geoffroy a l'obligation de livrer les colis qui lui sont confiés en temps et en heure.

2. Formulez le problème de droit soulevé par la mise en place d'un système de géolocalisation au sein de l'entreprise.

La question soulevée peut être :

À quelle condition un employeur peut-il, dans le cadre de son pouvoir de direction, restreindre les libertés individuelles de ses salariés (ici, la liberté d'aller et venir) sans porter atteinte au respect de leur vie privée ?

Le problème de droit est une question abstraite, générale, c'est-à-dire qui ne reprend pas le nom des parties mais leur qualité juridique.
Il fait ressortir les principes juridiques qui rentrent en contradiction.
Voir **Rappel de cours** 2 p. 69

3. Exposez les arguments de chacune des parties sur la justification ou la contestation du système de géolocalisation.

Les arguments de Monsieur Geoffroy

Le principal argument de Monsieur Geoffroy est d'invoquer par l'article L. 1121-1 du Code du travail une atteinte à sa liberté individuelle et plus précisément une atteinte au respect de sa vie privée. En effet, l'employeur n'a pas le droit de tracer l'itinéraire choisi par son salarié.

En outre, la CNIL précise bien que le dispositif ne peut être utilisé :
– pour contrôler le respect des limitations de vitesse ;
– pour contrôler un employé en permanence ;
– dans le véhicule d'un employé disposant d'une liberté dans l'organisation de ses déplacements ;
– pour calculer le temps de travail des employés alors qu'un autre dispositif existe déjà.

Enfin, l'annexe 1 va dans le sens du salarié : lorsque le salarié dispose d'une liberté dans l'organisation de son travail, le système de géolocalisation n'est pas licite si ce contrôle peut être fait par un autre moyen, fût-il moins efficace que la géolocalisation.

Un système de géolocalisation a vocation à surveiller le déplacement d'un véhicule et, par là même, contribue à surveiller le comportement du chauffeur qui en a la garde.
Vous pouvez exploiter utilement :
– l'annexe 1 : elle donne l'exemple d'un salarié qui fait annuler un système de géolocalisation parce qu'un autre système existe déjà ;
– l'annexe 3 : elle explique les conditions de mise en œuvre d'un système de géolocalisation au travail.

Les arguments de l'employeur Gelfreeze

– L'argument de la nature de la tâche : la géolocalisation se fait dans le cadre de l'exécution du contrat de travail sur les véhicules appartenant à l'entreprise. Elle se justifie par des motifs économiques légitimes : réduire le temps des tournées et donc préserver l'usure des camions tout en diminuant la quantité de carburant consommée.
– La mesure est proportionnée au but recherché.

En mettant en place un système de géolocalisation, l'employeur doit prouver que la mesure qu'il met en place est justifiée par la nature de la tâche à accomplir et proportionnée au but recherché.

4. Le système de géolocalisation suppose l'enregistrement de données personnelles. Expliquez les obligations que cela crée à l'égard de l'employeur et les sanctions qu'il encourt s'il ne les respecte pas.

Les obligations de l'employeur

L'employeur doit informer ses salariés de l'installation de ce dispositif. Ceux-ci doivent avoir accès aux données les concernant enregistrées par l'outil (dates et heures de circulation, trajets effectués).

L'employeur doit donner les informations aux salariés qui leur permettent de désactiver la collecte ou la transmission de la localisation géographique en dehors du temps de travail.

Les données doivent être sécurisées et conservées pendant une durée limitée.

Les informations obtenues par la géolocalisation ne doivent pas être conservées plus de 2 mois. Toutefois, elles peuvent être conservées un an lorsqu'elles sont utilisées pour optimiser les tournées ou à des fins de preuve des interventions effectuées, lorsqu'il n'est pas possible de rapporter cette preuve par un autre moyen. Elles peuvent être conservées 5 ans lorsqu'elles sont utilisées pour le suivi du temps de travail.

Les sanctions encourues en cas de non-respect des obligations

Conformément à l'article 226-16 du Code pénal cité dans l'annexe 2, le fait, y compris par négligence, de procéder ou de faire procéder à des traitements de données à caractère personnel sans qu'aient été respectées les formalités préalables à leur mise en œuvre prévues par la loi est puni de 5 ans d'emprisonnement et de 300 000 € d'amende.

Le traitement illégal de données personnelles est un délit. En cas de litige, il peut relever de la compétence du tribunal correctionnel.

Rappels de cours

❶ LE CONTRAT DE TRAVAIL

Un contrat de travail est une convention par laquelle une personne appelée « salarié » met à la disposition d'une autre personne appelée « employeur » sa force de travail en contrepartie d'une rémunération. Le salarié est subordonné à son employeur.
Le contrat de travail est donc un contrat où chaque partie a des obligations (contrat à titre onéreux).

❷ LE RESPECT DE LA VIE PRIVÉE

Chaque personne physique dispose des droits patrimoniaux et extrapatrimonaux. Parmi ces derniers, le droit protège les libertés individuelles et notamment le droit au respect de la vie privée.
Ce droit est consacré par l'article 9 du Code civil : « Chacun a droit au respect de sa vie privée. »
Il est en outre consacré au niveau européen avec l'article 8 de la Convention européenne de sauvegarde des droits de l'homme : toute personne a droit au respect « de sa vie privée et familiale, de son domicile et de sa correspondance ».

Deuxième partie Économie

Le sujet décrypté

La lecture des questions révèle que le sujet porte l'**investissement** et par voie de conséquence sur les **facteurs de production des entreprises** (le facteur capital en l'occurrence). Le sujet adopte un angle macroéconomique et conduit à s'interroger sur le lien entre investissement et croissance, et sur le rôle que doit avoir l'État. Le candidat doit donc bien maîtriser les enjeux de l'investissement à l'échelle macroéconomique, thème un peu difficile car il est transversal et n'est pas associé à une partie précise du programme.

Les textes en bleu et les questions du sujet apparaissant dans ce corrigé ne doivent pas figurer dans votre devoir. Nous les avons insérés pour vous guider.

Les conseils du professeur

1. Justifiez le rôle positif que peut avoir l'investissement sur la croissance économique, tant du côté de l'offre que de la demande.

L'investissement correspond à l'acquisition de facteur capital par les entreprises. Il permet ainsi de développer leurs capacités de production et favorise donc l'offre et la croissance structurelle.

L'investissement est également une composante de la demande globale (par exemple : l'acquisition de biens d'équipement) et à ce titre, il favorise également la croissance conjoncturelle.

Les deux premières annexes ont vocation à vous guider. Vous devez par ailleurs bien connaître les deux dimensions de la croissance :
– structurelle (offre) ;
– conjoncturelle (demande).
Voir **Rappel de cours** p. 71

2. Démontrez que, depuis 2009, l'investissement n'a pas toujours favorisé la croissance française.

Si ces dernières années, l'investissement a plutôt soutenu (modestement) l'économie française, son évolution négative en 2013 et surtout en 2009 a au contraire fragilisé la croissance conjoncturelle.

Le graphique de l'annexe 2 permet de mettre en évidence l'influence de l'investissement sur la croissance conjoncturelle française entre 2009 et 2018.

3. Expliquez en quoi l'évolution de l'investissement révèle la transition de la France vers une économie de la connaissance.

Les économies de la connaissance ont pour caractéristique l'importance des actifs intangibles relatifs telles les dépenses en R & D, en logiciels et bases de données.

La prépondérance des investissements immatériels est énoncée dans l'annexe 3.

Or, la France connaît une dématérialisation croissante de son capital au point que, depuis 2009, l'investissement immatériel a dépassé l'investissement matériel (hors construction), ce qui révèle le passage de la France à une économie de la connaissance.

La question suppose donc de connaître les caractéristiques de l'économie de la connaissance.

4. Rédigez une argumentation qui vous permet de répondre à la question suivante : *Faut-il une politique de soutien de l'investissement en France ?*

L'investissement est un moteur essentiel de la croissance qui doit donc faire l'objet d'une attention particulière de la part des pouvoirs publics. L'État doit donc mettre en place un environnement favorable à l'investissement pour permettre au pays de gagner en productivité.

Axe 1 : Les dangers d'une politique de soutien global

Un soutien global à l'investissement est pertinent dans les périodes de faible croissance, mais une telle politique se heurte à deux écueils.

En premier lieu, les gains de productivité permis par l'investissement des entreprises françaises semblent essentiellement profiter à des sites de production hors de France.

En second lieu, les investissements peuvent se substituer au facteur travail, favorisant ainsi la montée du chômage.

Axe 2 : La nécessité d'un soutien mieux ciblé

L'État ne doit pas soutenir le volume des investissements mais inciter les entreprises à un meilleur ciblage des projets.

Il faut ainsi favoriser des investissements plus productifs alors que les entreprises françaises tendent à privilégier des investissements de remplacement.

Il faut également favoriser, non pas la construction, mais les investissements en machines-outils et robots, et plus encore les investissements immatériels. La France connaît ainsi un retard certain en ce qui concerne l'adoption et la diffusion des TIC (technologies de l'information et de la communication). Ce retard est avant tout imputable à des faiblesses en matière de management et à une main-d'œuvre qui ne maîtrise pas suffisamment ces outils.

Les réponses précédentes ayant montré l'effet positif de l'investissement, cela peut constituer un point d'entrée du sujet pertinent, même si la rédaction d'une introduction n'est pas exigée.
Le développement proposé en 2 axes ne s'appuie que sur la documentation fournie avec le sujet (annexes 4 et 5).
Il est toutefois possible de fournir un éclairage supplémentaire au sujet en évoquant les formes et l'efficacité de l'intervention publique (dépenses publiques, taux d'intérêt *via* la politique monétaire de la BCE).

Rappel de cours

L'INVESTISSEMENT

L'investissement est un moteur essentiel de croissance :

- il favorise la croissance conjoncturelle car il est un élément de la demande globale ;
- il favorise la croissance structurelle car il permet de développer les capacités de production des entreprises et du pays.

Mais sa sensibilité à la conjoncture et sa volatilité justifient une intervention des pouvoirs publics.

Entraînement

Retrouve un sujet inédit corrigé et commenté sur hachette-educ.fr/a/annales-STMG ou flashe directement ce code.

Management, sciences de gestion et numérique

Présentation du programme

Organisation de l'enseignement de Terminale

- L'enseignement de Terminale vient dans le **prolongement des enseignements de management et sciences de gestion de la classe de Première.**
- Cet enseignement se divise en une **partie commune** et des **enseignements spécifiques**.

Conseil

Ce sont les enseignements de management, sciences de gestion et numérique de Première, puis l'enseignement commun de Terminale qui vous permettent d'acquérir la maîtrise d'un socle fondamental de notions de gestion indispensable à la réussite de la partie écrite de l'examen et à la poursuite de vos études.

L'enseignement commun

- *« La partie commune du programme apporte des éléments pour comprendre le fonctionnement de tout type d'organisation […] et permet d'aborder un socle de pratiques de gestion dans le domaine de la gestion et de la finance, de la mercatique (marketing), des ressources humaines et de la communication ainsi que des systèmes d'information de gestion »* (extrait du BO).
- Cette partie commune est organisée autour de **trois grands thèmes** :

Thème 1	Thème 2	Thème 3
Les organisations et l'activité de production de biens et de services	Les organisations et les acteurs	Les organisations et la société

Les enseignements spécifiques

Les enseignements spécifiques vous permettent d'approfondir certains domaines des sciences de gestion. Vous avez le choix entre **quatre enseignements spécifiques**.

A. Enseignement spécifique de gestion et finance

Cet enseignement vise à aborder des problématiques et des pratiques actuelles dans le domaine de la gestion et de la finance. Il s'articule autour de **trois thèmes** :

1. Appliquer les règles comptables.
2. Analyser la situation de l'entreprise.
3. Accompagner la prise de décision.

B. Enseignement spécifique de mercatique (marketing)

Cet enseignement s'intéresse plus particulièrement aux problématiques et pratiques actuelles de marketing dans les organisations. Il s'organise autour de **trois thèmes** :

1. La définition de l'offre.
2. La distribution de l'offre.
3. La communication de l'offre.

C. Enseignement spécifique de ressources humaines et communication

Cet enseignement s'attache au traitement de problématiques et de pratiques actuelles dans le domaine des ressources humaines et de la communication dans les organisations en abordant **trois aspects** :

1. Les compétences au service de l'organisation et l'organisation au service du développement des compétences.
2. Des facteurs de motivation et de satisfaction : qualité de vie au travail et rémunération.
3. La recherche de cohésion, un levier d'amélioration des relations de travail et du climat social.

D. Enseignement spécifique de systèmes d'information de gestion (SIG)

Cet enseignement vise à aborder des problématiques et des pratiques actuelles dans le domaine des systèmes d'information des organisations. Il privilégie une **approche dynamique et concrète** de la mobilisation des systèmes d'information au service de la gestion des organisations, à partir de **quatre thèmes** :

1. Organisation et numérisation.
2. Management du système d'information et performance.
3. Information, action et décision.
4. Système d'information et échange.

Le projet de gestion (ou « étude approfondie »)

- Le projet de gestion réalisé l'année de Terminale est ancré sur une **organisation existante** et permet de faire apparaître un **problème de gestion à traiter**.

- Le projet couvre les **programmes des deux spécialités** : management, sciences de gestion et numérique d'une part, droit et économie d'autre part.

Exemples de projets
– L'amélioration des conditions de travail au sein de l'entreprise X.
– La préparation des décisions d'investissement et de financement au sein de l'entreprise X.
– Le lancement d'un nouveau produit par l'entreprise X.
– Améliorer la présence en ligne de l'association X.

Conseil

Le projet de gestion vous aidera à élaborer votre projet personnel d'orientation évoqué avec le jury en fin d'épreuve du Grand Oral (voir p. 224).

- Le projet aboutit à une production concrète ou virtuelle qui fait l'objet d'un cahier des charges permettant un bilan sur les résultats obtenus. Il est fondé sur une démarche qui comprend des phases de recherche collective, de concrétisation d'idées, de tests ou d'observations jalonnés par des étapes de prise de décision. Il intègre donc les **démarches de résolution de problèmes et d'investigation** sous forme d'expérimentations ou d'observations.

- **Le projet de gestion sert l'épreuve orale du baccalauréat.** En effet, les deux questions présentées lors du Grand Oral (voir p. 228) sont adossées au projet réalisé durant l'année de Terminale. Elles peuvent reprendre des éléments de la problématique abordée dans le projet ou mener vers un élargissement ou une ouverture vers d'autres sujets traitant de problématiques plus génériques aux organisations.

Descriptif de l'épreuve

L'épreuve écrite

A. Le principe

Épreuve : écrite	
Durée : 4 heures	
Notation : sur 20 points	
Coefficient : 16	

- L'épreuve prend appui sur les programmes de management et de sciences de gestion et numérique de la classe de Première et sur la partie « enseignement commun » du programme de management, sciences de gestion et numérique de la classe de Terminale.

- Le sujet qui vous est remis se présente sous la forme de plusieurs dossiers composés de documents accompagnés de questions portant sur un ou plusieurs des thèmes abordés dans les programmes sur lesquels porte l'épreuve.

B. Les objectifs

L'épreuve vise à évaluer votre capacité à **analyser une ou plusieurs situations liées au fonctionnement et au management d'une ou plusieurs organisations réelles,** c'est-à-dire :
– exploiter une documentation concernant ces organisations ;
– caractériser les situations managériales et/ou de gestion proposées ;
– proposer, présenter et justifier une solution ;
– mettre en œuvre les méthodes, techniques et outils appropriés ;
– montrer l'intérêt et les limites des méthodes, techniques et outils employés.

L'épreuve orale de contrôle (rattrapage)

Épreuve : oral de contrôle
Durée : 20 minutes
Préparation : 40 minutes

- L'épreuve orale de contrôle poursuit les mêmes objectifs que l'épreuve écrite.

- Pendant le temps de préparation, vous disposez d'un sujet proposant un questionnement construit à partir d'une situation liée au fonctionnement et au management d'une ou plusieurs organisations réelles, et portant sur les programmes de management et de sciences de gestion et numérique de la classe de Première, et de l'enseignement commun du programme de management, sciences de gestion et numérique de la classe de Terminale.

- Vous disposez de 10 minutes pour présenter les réponses aux questions ; puis pendant 10 minutes, l'examinateur vous demande d'expliciter, d'approfondir et de justifier vos réponses.

- L'examinateur est un professeur ayant en charge l'enseignement de management et/ou de sciences de gestion et numérique de la classe de Première et/ou de management, sciences de gestion et numérique de la classe de Terminale.

Conseils pour l'épreuve

Durant l'épreuve

• **Maîtrisez votre temps.** Tenez compte du barème présenté qui est représentatif du temps qui doit être consacré au traitement des questions.

• **Organisez les documents.** Regroupez les documents en annexes par question à traiter.

• **Utilisez les surligneurs.** Après avoir lu une question, surlignez directement les éléments utiles à la réponse dans le document concerné afin de ne pas avoir à le relire plusieurs fois.

• **Soignez votre style.** Évitez d'adopter un style rédactionnel exhaustif sauf si cela est expressément demandé. Privilégiez :
– les phrases synthétiques ;
– les énumérations pour des argumentations du type « donnez plusieurs raisons qui... » ;
– les tableaux si vous devez présenter un calcul ou pour une argumentation de type avantages/inconvénients.

• **Mobilisez les notions de cours.** Justifiez les réponses que vous apportez en vous appuyant sur les notions de cours et en les reliant à la situation présentée dans les documents.

Exemple

Il s'agit d'une motivation hédoniste qui consiste à se faire plaisir ; en effet, les clients achètent de plus en plus des plats préparés haut de gamme...

Conseil

La bonne application de règles méthodologiques est une condition essentielle de réussite !

Répondre à une question en 3 étapes

Étape 1 : lisez la question et repérez attentivement le(s) verbe(s) directeur(s).

Niveaux	Compétences visées	Verbes employés
❶ **La connaissance et la mémorisation**	Il s'agit de votre capacité à mémoriser et restituer des informations.	*Décrire, identifier, définir, citer.*
❷ **La compréhension**	Il concerne votre capacité à interpréter l'information.	*Expliquer, présenter, démontrer, classer, indiquer.*
❸ **L'application**	Il reprend les 2 niveaux précédents et mesure votre capacité à appliquer des méthodes et résoudre des problèmes.	*Calculer, appliquer, démontrer, résoudre, vérifier.*
❹ **L'analyse**	Il reprend les 3 niveaux précédents et mesure votre capacité à interpréter les données.	*Analyser, expliquer, étudier, interpréter.*

Niveaux	Compétences visées	Verbes employés
5 La synthèse	Il reprend les 4 niveaux précédents et mesure votre capacité à évaluer une solution ou une proposition.	*Synthétiser, évaluer.*
6 La proposition	Il reprend les 5 niveaux précédents et mesure votre capacité à élaborer une solution ou proposer une idée.	*Élaborer, proposer.*

Étape 2 : repérez les éléments utiles à votre réponse dans le(s) document(s).

L'utilisation de surligneurs est utile quand le document apporte des éléments de réponse qu'il faut distinguer ou classer.

Étape 3 : rédigez votre réponse sur la copie.

- Choisissez une présentation synthétique en privilégiant les tableaux et les énumérations.
- Justifiez vos réponses en définissant les notions et en les illustrant grâce à la situation présentée dans le(s) document(s).

Exemple avec une question tirée d'une étude de cas

Situation - La société Georgelin est une PME familiale qui produit des confitures, des plats cuisinés, des bonbons... Son fondateur, Lucien Georgelin, est attaché à perpétuer les traditions du terroir.

Question - Présenter les choix stratégiques opérés par Lucien Georgelin au cours de son développement.

• **Étape 1 : le repérage du type de question et la mobilisation des connaissances.**
Il s'agit d'une question de niveau 2. Les notions à mobiliser concernent :
– les options stratégiques globales : spécialisation ou diversification ;
– les stratégies de domaine : domination par les coûts ou différenciation ;
– les stratégies de développement : externalisation/intégration, croissance interne/externe/conjointe.

• **Étape 2 : la compréhension de la notion grâce au repérage des éléments de réponse dans le(s) document(s).**

Les éléments de réponse à distinguer : différenciation / diversification par croissance externe.

Document **Sur le marché des confitures, Lucien Georgelin voit encore plus loin**

Cette année encore, l'entreprise de confitures et confiseries Lucien Georgelin a été primée « Saveurs de l'Année » pour une nouvelle gamme de confitures « Fleur de fruit ».

Juste du travail, de bons produits, du savoir-faire. Connue et reconnue pour la haute qualité de ses confitures cuites au chaudron, la SAS Lucien Georgelin perpétue la tradition des confitures de notre enfance. Préparées à partir de fruits de qualité cuits dans un chaudron en cuivre, elles nous font retrouver ce petit goût si caractéristique des confitures de nos grands-mères... Mais Lucien Georgelin, ce sont aussi les compotes, les bonbons, les pâtés, les foies gras, les terrines paysannes, les plats cuisinés, les préparations aux fruits, les accompagnements culinaires... Ses marques sont désormais connues et reconnues.

Lucien Georgelin, ce sont plus de 30 ans d'histoire avec un credo : être la marque des spécialités du terroir saines et au goût d'autrefois, en s'appuyant sur un savoir-faire régional, avec une touche de créativité.

En 1981, Lucien Georgelin se lance dans la préparation de confitures avec les fruits issus de sa ferme constituée de 10 hectares, à Virazeil. En 1990, en souvenir de sa gourmandise d'enfant, Lucien Georgelin rachète la confiserie de bonbons traditionnels « Guidez » à Brive. Toute la production est alors regroupée dans un nouveau local de 1 200 m^2, afin de simplifier la gestion quotidienne, de profiter d'économies d'échelle et ainsi d'obtenir une meilleure rentabilité.

En 1992, la PME lot-et-garonnaise obtient le « Prix de la Tradition » au SIAL (Salon de l'Industrie Agroalimentaire en France), avec la présentation d'un nouveau produit : « Dessert de Pomme au Caramel et au Beurre ». Ce premier prix est le début d'une ascension fulgurante. En 1998, Lucien Georgelin rachète la conserverie Jean Ciron à Eymet (24) spécialisée dans la production de plats cuisinés. Les années passent, toujours plus fructueuses. En 2001, la grande distribution lui confie sa production sous marques distributeurs : « Escapades gourmandes », « Nos Régions ont du Talent » « Patrimoine Gourmand », « Monoprix Gourmet », « Biocoop ». [...]

Source : d'après *La Vie Économique du Sud-Ouest*, publié le 06/11/2013

• **Étape 3 : la rédaction de la réponse.**

Option 1 : Présentation sous forme de tableau

Choix stratégique	Justifications
Différenciation	• L'entreprise obtient un avantage concurrentiel grâce à la maîtrise de savoir-faire traditionnels (fruits cuits dans un chaudron en cuivre). • L'innovation permet à l'entreprise de proposer des produits aux caractéristiques innovantes tel que le dessert de pomme au caramel et au beurre.
Diversification par croissance externe	L'entreprise se développe vers de nouvelles activités grâce au rachat et à l'intégration de la confiserie Guidez de Brive qui produit des bonbons traditionnels en 1990 et en 1998 avec le rachat de la conserverie Jean Ciron spécialisée dans les plats cuisinés.

Option 2 : Présentation sous forme d'énumération

L'entreprise mène :

– **une stratégie de différenciation** appuyée dans un premier temps sur la maîtrise de savoir-faire traditionnels (fruits cuits dans un chaudron en cuivre), puis dans un second temps sur un effort d'innovation important, porté en particulier par le développement de nouveaux produits tels que le dessert de pomme au caramel et au beurre ;

– **une stratégie de diversification** et de croissance externe avec le rachat et l'intégration de la confiserie Guidez de Brive, puis de la conserverie Jean Ciron.

Lexique

Ad blocker (ou bloqueur de publicité)
Logiciel qui permet de bloquer les publicités lors de la navigation en ligne.

Adresse IP
Adresse Internet attribuée à l'ordinateur par le fournisseur d'accès.

Analyse interne/externe (ou diagnostic stratégique)
L'analyse interne d'une organisation consiste à examiner ses forces et ses faiblesses tandis que l'analyse externe repose sur une étude de son environnement, c'est-à-dire les menaces et opportunités auxquelles elle est confrontée.

Approche marketing anticipatrice
L'organisation détecte un besoin latent (le besoin existe mais n'est pas encore clairement exprimé). Elle va mettre en place des actions afin de favoriser son développement.

Approche marketing créative
L'organisation innove radicalement dans son offre et crée un nouveau besoin.

Approche marketing médiatrice
L'organisation implique de manière implicite ou explicite les clients ou usagers dans la création de l'offre.

Approche marketing réactive
L'organisation a identifié un besoin déjà exprimé sur le marché ; la concurrence est déjà présente. Le besoin est donc déjà plus ou moins bien satisfait.

Attentes
Ce que recherche le consommateur.

Attitude
Tendances d'un individu à réagir d'une certaine manière face à un produit marchand ou non marchand.

Avantage concurrentiel
Élément qui différencie l'offre d'une organisation par rapport à ses concurrents et qui lui procure un avantage compétitif.

Besoin
Sentiment de manque qui pousse le consommateur à agir.

Bilan fonctionnel
Document dans lequel les emplois et les ressources sont classés par fonction (investissement, financement, exploitation et hors exploitation).

Bilan social
Document qui regroupe l'ensemble des données chiffrées permettant d'avoir une vision globale des conditions sociales d'une entreprise sur une période de trois ans.

Blockchain (ou chaîne de blocs)
Système d'archives numériques sécurisé et décentralisé contenant l'historique de toutes les transactions.

Business model (ou modèle d'entreprise)
Concept formalisé dans un document synthétique qui décrit la situation d'une entreprise sur un marché afin de mettre en évidence la manière dont elle pourra générer des profits.

Business plan (ou plan d'affaires)
Document qui recense les objectifs, les méthodes et les moyens d'un plan de développement ou de création d'activité.

Charges fixes
Coûts fixes, c'est-à-dire dont le montant total ne varie pas en fonction du volume d'activité.

Charges variables
Coûts variables, c'est-à-dire dont le montant total est proportionnel aux quantités produites et vendues.

Charte éthique
Document qui fixe des principes de bonne conduite en référence aux valeurs promues au sein d'une organisation.

Chatbot (ou agent conversationnel)
Programme qui consiste à animer un robot qui dialogue avec les internautes afin de répondre à leurs questions.

Cible
Destinataire de la communication mise en place, celui auquel elle s'adresse.

Climat social
Degré de satisfaction des salariés au sein de l'organisation quant à leurs conditions sociales au travail.

Cloud computing (ou informatique en nuage)
Mode de traitement et de stockage de données dont l'exploitation s'effectue par Internet, sous la forme de services fournis par un prestataire.

CNIL (Commission nationale informatique et libertés)
Autorité administrative indépendante française chargée de veiller à la protection des données personnelles contenues dans les fichiers et les traitements informatiques ou papiers, publics ou privés.

Code de déontologie
Document qui régit le mode d'exercice d'une profession ou d'une activité et qui fixe des principes éthiques.

Commerce équitable
Forme de commerce ayant pour principes la juste rétribution des producteurs et la prise en compte des questions environnementales, éthiques et sociales.

Commerce omnicanal
Complémentarité et interactivité entre les différents canaux de distribution physiques et virtuels d'une même enseigne.

Communication
Action d'échanger des informations entre un émetteur et un récepteur.

Communication globale
Approche globale des actions de communication interne/externe qui permet d'harmoniser l'ensemble des actions et des messages de l'organisation.

Communication média
Ensemble des moyens interpersonnels de diffusion d'une information.

Compétences
Combinaison du savoir, du savoir-faire et du savoir-être dans une situation de travail donnée.

Compétences distinctives
Compétences difficilement imitables permettant à l'entreprise de se différencier de ses concurrents.

Conditions de travail
Sont constituées par l'environnement des employés sur leur lieu de travail. Elles comprennent la pénibilité et les risques liés au travail effectué, ainsi que les horaires ou le contexte de travail.

Configuration structurelle rigide
Décrit un mode de coordination des tâches réalisé par un seul individu ou bien par les résultats, les procédures ou les qualifications ainsi que l'exercice d'un pouvoir de décision plutôt centralisé.

Configuration structurelle souple
Décrit un mode de coordination des tâches réalisé par le biais d'échanges informels et un pouvoir de décision décentralisé.

Conflit individuel
Conflit entre un employeur et un salarié ou entre deux salariés pour des raisons individuelles, voire personnelles. Il entraîne des perturbations souvent mineures.

Conflit interpersonnel
Conflit qui a lieu entre deux individus.

Conflit organisationnel
Conflit causé par une opposition relative à l'organisation de l'entreprise.

Conflit social collectif
Conflit qui exprime le mécontentement des salariés au sein de la société et donc une opposition entre deux groupes sociaux de niveau hiérarchique différent. Se traduit parfois par une grève des salariés. Conflit important nécessitant dialogue et parfois intervention d'une tierce personne.

Consommateur
Individu qui, pour assouvir ses besoins, utilise un bien ou un service proposé par une entreprise privée en contrepartie de l'acquittement d'un prix.

Cookie (ou témoin de connexion)
Simple fichier texte qui s'enregistre sur le disque dur d'un ordinateur ou dans la mémoire libre d'un smartphone ou d'une tablette et qui permettra de tracer la navigation.

Coopération
Relation de travail dans laquelle les individus travaillent de manière commune pour atteindre un but commun, un objectif, en partageant leurs compétences.

Croissance conjointe
Association de plusieurs entreprises dans une structure commune en vue de mettre en commun les différents moyens.

Croissance externe
L'entreprise se développe par le biais de fusions, d'acquisitions ou de prises de participation dans d'autres entreprises.

Culture d'organisation
Ensemble des valeurs, des connaissances et des comportements partagés par les différents acteurs qui évoluent en son sein.

Data mining (ou forage des données)
Processus d'extraction et d'analyse de données qui permet d'obtenir des informations, de dégager des tendances ou de trouver des corrélations.

Demande
Son étude est effectuée d'un point de vue quantitatif (en volume et en valeur, etc.) et qualitatif (les attentes, les besoins, etc.).

Démarche mercatique
Étude des besoins des consommateurs et adaptation des éléments du plan de marchéage à ces besoins.

Dialogue social
Ensemble des interactions entre la direction, les salariés et les représentants du personnel (CSE et représentants syndicaux).

Digitalisation
Intégration, par les organisations, des technologies digitales et numériques au sein de leurs activités.

DIRECCTE (directions régionales des entreprises, de la concurrence, de la consommation, du travail et de l'emploi)
Structures publiques en charge du pilotage et de la mise en œuvre des politiques conduites par le ministère du Travail, de l'Emploi, de l'Économie et des Finances.

Diversification liée
Développement vers de nouvelles activités présentant des caractéristiques communes avec des activités existantes.

Domaine d'activité stratégique
Ensemble homogène de produits pour lequel il est possible de formuler une stratégie.

Donnée ouverte
Donnée numérique d'origine publique ou privée dont l'accès et l'usage sont laissés libres aux usagers.

Données personnelles
Données numériques qui permettent d'identifier directement ou indirectement une personne physique.

ECR (efficient consumer response)
Stratégie qui permet de s'adapter aux changements de comportements de la demande et de faciliter les échanges entre producteurs et distributeurs. Elle consiste à rationaliser et automatiser la distribution de l'offre.

***E-learning* (ou e-formation)**
Ensemble des solutions et dispositifs permettant l'apprentissage par des moyens électroniques.

E-réputation
Image véhiculée ou subie par un produit, une marque ou une organisation sur Internet ou en ligne.

Éthique
Ensemble des règles et des valeurs édictées pour respecter des pratiques vertueuses, légales et morales.

Étude de marché
Collecte et analyse d'informations dans le but d'identifier les caractéristiques d'un marché.

Fidélité
Attachement inconscient ou non que possède un consommateur vis-à-vis d'un produit, d'une marque ou d'un point de vente.

Finalité
Raison d'exister de l'entreprise.

Flexibilité
Capacité de l'organisation du travail à s'adapter pour mieux répondre aux sollicitations de son environnement.

Foire
Manifestation commerciale regroupant des exposants appartenant à des domaines diversifiés.

Frein
Pulsion négative qui empêche le consommateur d'agir. Il existe différents types de freins : les inhibitions, les risques (financiers, temporels, physiques, physiologiques ou sociaux) et les peurs.

Gamme
Ensemble de produits et de services similaires définis autour d'une technologie, d'un concept ou d'un marché. Une gamme de produits est donc l'ensemble des produits de même catégorie proposés par un fabricant sur un marché *via* les mêmes canaux de distribution.

GPEC (gestion prévisionnelle des emplois et des compétences)
Démarche qui permet d'anticiper les besoins en ressources humaines de manière quantitative et qualitative et d'adapter la gestion de ces ressources pour parvenir à une situation souhaitée par l'organisation en fonction de son environnement économique, social et juridique.

GRC (gestion de la relation client) / *CRM (customer relationship management)*
Regroupe l'ensemble des pratiques, outils et techniques visant à fidéliser les clients.

***Greenwashing* (ou écoblanchiment)**
Technique qui utilise des arguments écologiques et sociétaux à des fins purement marketing.

Identité de l'entreprise
Est véhiculée par sa mission, ses métiers, sa culture, son management, ses valeurs, son environnement de travail, etc.

Identité numérique
Ensemble des traces numériques laissées sur Internet permettant l'identification d'une personne.

Indicateur
Permet de mesurer un résultat, une évolution, une situation de manière qualitative ou quantitative.

INRS (Institut national de recherche et de sécurité pour la prévention des accidents du travail et des maladies professionnelles)
Organisme qui contribue à la prévention des accidents du travail et des maladies professionnelles.

Intelligence artificielle
Ensemble des théories et des techniques développant des programmes informatiques en vue de simuler l'intelligence humaine.

Label
Marque collective matérialisée par un signe qui atteste la prise en compte de certaines normes dans la conception, la fabrication et la distribution d'un produit.

Lead
Action réalisée par une personne à la suite d'une sollicitation digitale qui permettra de montrer l'intérêt qu'elle porte aux produits, à la marque ou à l'organisation.

Lean management
Concept de management qui vise à lutter contre le gaspillage en éliminant toutes les activités non rentables de l'entreprise.

Lobbying
Stratégie non-éthique qui consiste à faire pression auprès des décideurs dans le but de défendre ses propres intérêts sans prendre en compte ceux des autres parties prenantes.

Logistique
Optimisation de façon continue de tous les processus de la chaîne d'approvisionnement et de distribution.

Marketing d'influence
Ensemble des pratiques visant à exploiter le potentiel de recommandation des personnes actives sur le web et les réseaux sociaux (influenceurs) et qui sont à même d'influencer les habitudes de consommation.

Marketing digital
Ensemble des techniques de marketing utilisées sur les supports et les canaux digitaux.

Marketing direct
Ensemble des actions de communication personnalisées ou individualisées ayant

pour vocation de susciter une réponse immédiate et mesurable.

Marketing expérientiel
Ensemble des dispositifs qui visent à rendre l'expérience d'avant-achat mémorable pour le client.

Marque employeur
Reflet de l'entreprise auprès de ses salariés, des candidats potentiels aux postes qu'elle propose, des anciens salariés et également auprès des parties prenantes. Elle est également influencée par sa e-réputation.

Mécénat
Soutien financier ou matériel apporté par un mécène à un individu ou à une organisation pour la mise en valeur d'œuvres culturelles ou humanitaires en contrepartie de véhiculer une image positive dans l'esprit du consommateur et cela sur du long terme.

Méthode PESTEL
Outil d'analyse de l'environnement de l'entreprise qui permet d'analyser les opportunités et les menaces liées aux domaines de la politique, de l'économie, du social, de la technologie, de l'écologie et de la législation.

Mobilité professionnelle
Regroupe les changements professionnels qui s'effectuent de manière interne ou externe à l'organisation. Cette mobilité peut aussi avoir un caractère géographique.

Motivation
❶ *[des salariés]* Ensemble des éléments qui poussent un individu à agir et qui orientent son comportement dans le but d'atteindre un objectif.
❷ *[des consommateurs]* Émotion positive qui pousse le consommateur à agir. Il existe trois types de motivations : hédonistes, oblatives et d'auto-expression.

Négociation collective
Ensemble des discussions entre l'employeur et la délégation de chacune des organisations syndicales représentatives des salariés dans le but de conclure des accords qui viennent compléter le Code du travail ou les conventions collectives.

Norme
Cadre de référence établit entre professionnels et utilisateurs qui devra être suivi afin de pouvoir attester la qualité du produit ou du service.

Objectifs de communication
Objectifs que l'organisation veut atteindre grâce aux moyens de communication. Ils peuvent être cognitifs (faire connaître), affectifs (faire aimer) et/ou conatifs (faire agir).

Objet connecté
Objet qui offre des fonctionnalités supplémentaires grâce à une connexion Internet.

Offre
Est composée de l'ensemble des concurrents présents sur un marché, des produits qu'ils proposent et des moyens de distributions utilisés.

ONG (organisation non gouvernementale)
Organisation juridiquement autonome et indépendante du pouvoir politique défendant l'intérêt général et l'intérêt des citoyens.

Organisation civique
Association qui s'engage dans le domaine social, environnemental ou économique.

Organisme paritaire
Dans le cadre du financement de la formation professionnelle, structure

associative à gestion paritaire (nombre égal de représentants des employeurs et des salariés) qui collecte les contributions financières des entreprises.

Parcours client
Parcours d'achat qui débute lors de l'expression du besoin et s'achève le plus souvent lors de l'émission d'un avis.

Plan de marchéage (ou marketing opérationnel)
Est la combinaison de quatre variables aussi appelées « les 4P » : l'offre (Product), le prix (Price), la distribution (Place) et la communication (Promotion). Pour chacune des variables, une politique est déterminée.

PLV (publicité sur le lieu de vente)
Ensemble des outils publicitaires utilisés par les fabricants ou distributeurs sur le lieu de vente.

Processus de gestion
Enchaînement d'activités qui permettent de remplir l'un des objectifs de l'entreprise.

Produits d'exploitation
Opérations qui permettent à l'entreprise d'augmenter son résultat du fait de l'utilisation de ses seuls facteurs de production.

Protection sociale
Regroupe tous les mécanismes de prévoyance collective qui permettent aux individus de faire face aux conséquences financières des risques sociaux.

Qualification
Aptitude d'un salarié à exercer un emploi selon ses fonctions, ses diplômes et son expérience.

Qualité de vie au travail
Sentiment de bien-être au travail basé sur des éléments individuels et collectifs, qui regroupent la culture de l'organisation, les conditions de travail, etc.

Relations professionnelles
Ensemble des échanges entre les membres d'une organisation ou d'un groupe. Elles sont caractérisées par des interactions, des phases de dialogue, mais aussi par des tensions qui peuvent conduire à des conflits.

Relations publiques
Diffusion d'informations sur l'entreprise ou ses marques dans le but d'établir, de maintenir et de développer, tant en interne qu'en externe, des relations de confiance avec tous ses partenaires et ses cibles.

Rentabilité
Capacité à procurer un bénéfice.

Réseau (informatique)
Interconnexion filaire ou non (Wi-Fi) d'équipements destinée à permettre la circulation, le partage, le traitement et le stockage de l'information.

Réseau social
Site Internet ou application qui vise à favoriser les interactions sociales entre les utilisateurs ou les organisations et ainsi à constituer un réseau professionnel ou privé.

RGPD (règlement général relatif à la protection des données)
Règlement qui encadre le traitement des données à caractère personnel sur le territoire de l'Union européenne.

Rupture conventionnelle
Dispositif permettant à l'employeur et au salarié de se mettre d'accord pour rompre le contrat de travail qui les lie. Les deux parties fixent ensemble la date d'arrêt du contrat et le montant des indemnités qui doivent respecter un cadre légal.

Salon
Manifestation commerciale regroupant des exposants appartenant à un même secteur d'activité.

Serveur (informatique)
Système informatique qui délivre des services tels que le stockage de données, l'utilisation d'applications par un ou plusieurs clients, etc.

Seuil de rentabilité
Niveau d'activité minimum exprimé en chiffre d'affaires ou en quantités vendues à partir duquel l'entreprise commence à dégager un bénéfice.

Sponsoring (ou parrainage)
Soutien financier et matériel apporté par un parrain à un individu ou à une organisation en contrepartie de véhiculer la marque afin d'accroître la notoriété et d'améliorer la perception de l'image. Les résultats attendus sont sur du court ou moyen termes.

Stratégie d'intégration
L'entreprise choisit d'étendre ses activités au même niveau de la chaîne de valeur (horizontale) ou en amont et/ou en aval (verticale).

Stratégie de différenciation
L'entreprise fonde son avantage concurrentiel sur la spécificité de son offre.

Stratégie de diversification
L'entreprise décide d'occuper de nouveaux domaines d'activité (nouveaux métiers).

Street marketing (ou marketing de rue)
Action qui consiste à créer un événement dans la rue afin d'appréhender l'individu dans son contexte pour le surprendre, le séduire, et ainsi favoriser la mémorisation de la marque ou du produit. L'action peut être relayée par la presse ou diffusée *via* Internet.

SGBDR (systèmes de gestion de base de données relationnelle)
Logiciels permettant de créer et manipuler des bases de données.

Télémaintenance
Maintenance d'un parc informatique réalisée à distance, grâce à une connexion sécurisée *via* Internet.

Télétravail
Forme d'organisation du travail, exécuté volontairement par l'employé hors des locaux de l'employeur grâce aux technologies de l'information et de la communication.

Traitement de données personnelles
Opération ou ensemble d'opérations portant sur des données personnelles, quel que soit le procédé utilisé.

Travail collaboratif
Forme d'organisation du travail permettant l'échange et la mutualisation des apports sur des plateformes situées sur Internet.

Usager
Individu qui utilise un service public soit à titre gratuit, soit avec une participation financière n'excédant pas le coût de revient du service utilisé.

Workflow (ou flux de travaux)
Modélisation et gestion informatique d'un ensemble de tâches à accomplir dans le cadre d'un processus de gestion.

SUJET 1

4 heures

Chocolaterie Chatelier

La maison Chatelier est née en 1920. Émile Chatelier est le fondateur de cette chocolaterie renommée qui fournit les meilleurs restaurateurs, les épiceries fines et les grands magasins. La maison Chatelier possède en outre un petit réseau de distribution implanté dans le centre d'importantes villes de province ainsi que deux boutiques à Paris.

Les produits de cette PME sont également distribués dans de grandes enseignes de prestige en dehors de la France. Ainsi, l'entreprise Chatelier possède un corner au sein du célèbre magasin Harrod's de Londres. L'entreprise est en croissance, son chiffre d'affaires a augmenté à un rythme annuel moyen de 4 % par an ces cinq dernières années.

La chocolaterie Chatelier est basée à Uzès dans le Gard, au sud de la France. Elle regroupe un laboratoire de fabrication ainsi que le siège de l'entreprise. Elle compte un effectif total de 43 salariés.

L'entreprise est aujourd'hui presque exclusivement positionnée sur les chocolats artisanaux. Elle cherche de nouveaux leviers de croissance.

Émilie Chatelier, gérante et arrière-petite-fille du fondateur, souhaite explorer de nouvelles pistes de croissance en termes d'innovation de produits et d'internationalisation. D'autre part, Madame Chatelier est consciente du fait qu'une modernisation du système d'information et des processus de production est indispensable pour accompagner et soutenir la croissance de l'entreprise.

À quelles conditions Madame Chatelier peut-elle assurer le développement de son entreprise ?

Afin d'analyser cette situation, il vous est demandé d'étudier :

1. La croissance de l'entreprise
2. La rentabilité de l'offre et l'organisation du travail
3. La digitalisation de l'entreprise

Dossier 1 LA CROISSANCE DE L'ENTREPRISE (8 points)

La maison Chatelier, consciente de ses atouts, aimerait exploiter de nouveaux leviers de croissance. Le conseil de direction a décidé d'élaborer un plan de développement stratégique afin d'atteindre les objectifs fixés.

Travail à faire à l'aide des documents 1 à 6 :

1.1 Présenter, en vous appuyant sur la notion de chaîne de valeur, les orientations stratégiques de l'entreprise Chatelier.

1.2 Analyser la pertinence de ces orientations.

1.3 Analyser les nouveaux comportements des consommateurs qui conduisent l'entreprise à élargir son offre.

1.4 Expliquer quels sont les avantages pour l'entreprise de s'engager dans le commerce équitable.

Dossier 2 LA RENTABILITÉ DE L'OFFRE ET L'ORGANISATION DU TRAVAIL (5 points)

La mise au point d'une nouvelle gamme de produits équitables doit être précédée d'une étude de rentabilité. L'exigence de qualité s'accompagne également d'une maîtrise des coûts. La maison Chatelier doit, d'autre part, réorganiser les processus et les relations de travail dans son unité de production ce qui peut donner lieu à des conflits.

Travail à faire à l'aide des documents 7 à 8 :

2.1 Calculer la marge sur coûts spécifiques dégagée par le nouveau produit.

2.2 Justifier la pertinence du lancement de ce nouveau produit d'un point de vue financier.

2.3 Caractériser et justifier le type d'organisation du travail choisi pour accompagner le plan de développement.

2.4 Qualifier les différents facteurs de motivation des salariés de l'entreprise.

Dossier 3 LA DIGITALISATION DE L'ENTREPRISE (5 points)

La mise au point d'un site Internet performant devient indispensable pour accompagner la stratégie de croissance de la maison Chatelier. Pour cela, Madame Chatelier a fait appel à une entreprise de services numériques afin de mettre au point un site web dynamique grâce auquel les clients pourront commander à distance. De plus, elle compte intensifier la présence de l'entreprise sur les réseaux sociaux de façon à gagner en visibilité auprès des consommateurs.

Travail à faire à l'aide des documents 9 à 12 :

3.1 Recenser les différentes dispositions à mettre en œuvre pour assurer la sécurité du système d'information et des données conservées par l'entreprise.

3.2 Expliquer en quoi le choix de la digitalisation peut améliorer la relation client pour la chocolaterie.

3.3 Caractériser et justifier la pertinence de la forme et des objectifs de communication choisis par l'entreprise.

Question de synthèse (2 points)

Au terme de cette étude, analyser à quelles conditions Madame Chatelier peut assurer le développement de son entreprise.

Documents

Remarque : les documents 1, 3, 4, 7, 8, 9 et 12 ont été créés par les auteurs afin de proposer un sujet type du Bac.

Document 1 Le contexte et les orientations stratégiques de l'entreprise

La maison Chatelier est située à Uzès, une ville d'un peu plus de 8 000 habitants au nord de Nîmes dans le Gard. Elle est connue à l'échelle nationale et même internationale pour la qualité de ses produits qui bénéficient d'une image de produits haut de gamme confectionnés artisanalement avec le plus grand soin. La famille Chatelier perpétue la tradition des artisans chocolatiers de génération en génération.

Uzès est située dans le bassin d'emploi de Nîmes qui bénéficie d'infrastructures de transport très développées (autoroute et ligne TGV).

Les forces de l'entreprise reposent sur :
– un savoir-faire unique et préservé ;
– une main-d'œuvre fidèle et très attachée aux valeurs familiales de l'entreprise ;
– une capacité à innover en matière de produits.

Document 2 La chaîne de valeur

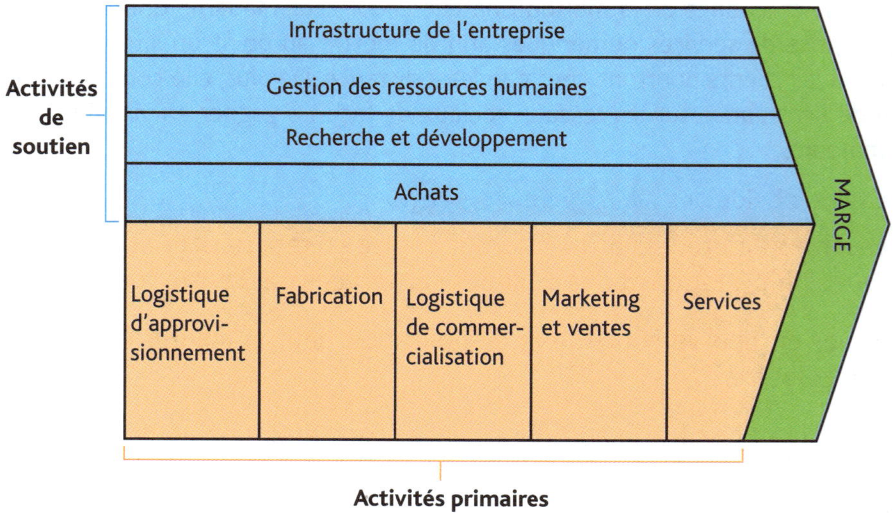

Source : schéma inspiré du manuel de Michael Porter, éditions Dunod, 1986

Document 3 Extrait du plan de développement stratégique 2020-2025 de la maison Chatelier

Objectifs	Moyens
Développer la vente à distance et améliorer la relation clientèle	– Remplacer le site vitrine par un site commercial. – Investir les réseaux sociaux.
Développer la gamme de produits	– Exploiter la tendance bio et éthique. – Innover. – Réorganiser le travail grâce à des équipes de production plus polyvalentes capables de fabriquer toutes les gammes de produits.
Développer les ventes à l'international	Mettre en place un service de vente à distance.

Document 4 Projet d'élargissement de l'offre de la maison Chatelier

Gammes actuelles		Ballotins de chocolats.
Gammes actuelles		Tuiles, orangettes et bonbons au chocolat.
Gammes actuelles		Pièces à la demande.
Nouveauté	FAIRTRADE MAX HAVELAAR	Ballotins confectionnés avec du chocolat issu du commerce équitable (l'entreprise a choisi de travailler avec le label Max Havelaar qui est déjà bien connu des consommateurs).

Document 5 Les producteurs de cacao et le commerce équitable

[...] ⊖ Le marché du chocolat est contrôlé par une poignée de multinationales, dont les américaines Mars et Mondelēz International (Cadbury), le géant suisse Nestlé et l'italienne Ferrero qui se partagent les profits. De l'autre côté, les prix trop bas laissent les petits producteurs dans une situation de pauvreté. En moyenne, le salaire quotidien pour une personne travaillant dans une plantation de cacao est de 0.84 $ au Ghana et à peine 0.50 $ en Côte d'Ivoire, ce qui se situe largement sous le seuil de l'extrême pauvreté selon la définition de la Banque mondiale. Cette situation peu envieuse n'inspire pas les jeunes à prendre la relève dans les plantations, alors que la moyenne d'âge des paysans augmente et met en danger la viabilité à long terme de la chaîne d'approvisionnement.

⊕ Acheter du cacao à un prix équitable permet de revaloriser le travail des producteurs et des productrices de cacao, qui, à leur tour, peuvent investir dans l'avenir de leurs enfants et de leur communauté. [...]

Source : extrait du site www.choisirequitable.org

Document 6 Produits équitables : les Français prêts à payer plus pour consommer mieux

Quatre Français sur cinq (79 %) souhaitent que les produits équitables soient plus nombreux sur leurs lieux de consommation, révèle un sondage OpinionWay pour Max Havelaar France [...]. D'après le sondage, quatre Français sur cinq (81 %) estiment que les acteurs de la grande distribution doivent en priorité proposer plus de produits équitables dans leurs rayons, mais que les écoles, les entreprises, et les restaurateurs doivent aussi contribuer au développement du secteur. Les résultats du sondage sont clairs : les Français prennent aussi en compte, au-delà du prix des produits (88 %) qu'ils achètent, l'endroit où ils sont fabriqués (75 % contre 62 % en 2017), les conditions de production (62 % contre 43 % en 2017), l'environnement (62 %), la personne qui a produit (54 % contre 35 % en 2017) et la rémunération des producteurs (36 % contre 26 % en 2017). [...]

Source : Marie Théobald, www.lefigaro.fr, publié le 09/05/2018

Document 7 Calcul des coûts spécifiques de la maison Chatelier en 2021

– Prévision de chiffre d'affaires (pour la nouvelle gamme) : 87 000 € TTC (TVA au taux de 5,5 %).
– Les coûts variables représentent 39 % du prix hors taxes du produit.
– Les coûts fixes spécifiques représentent 38 000 € hors taxes pour la nouvelle gamme.
– La nouvelle gamme n'engendre pas d'augmentation des charges fixes communes.

Document 8 Projet de réorganisation des services de la maison Chatelier

Organisation actuelle	Projet de réorganisation
– **Spécialisation des équipes de production :** • ballotins ; • tuiles, orangettes et bonbons au chocolat ; • pièces à la demande. – **Chaque équipe est encadrée par un responsable de production.**	– **Introduction de plus de polyvalence :** Madame Chatelier prévoit de conserver le principe des équipes encadrées par un responsable mais aimerait favoriser les changements d'équipe à une fréquence d'environ 6 mois. – **Instauration d'un *brainstorming* (remue-méninges) mensuel avec les équipes de production sur les sujets suivants :** • innovation produit ; • amélioration des procédés de production ; • amélioration des conditions de travail.

Document 9 Principales fonctionnalités du nouveau site Internet de la maison Chatelier

– Consultation du catalogue.
– Commande en ligne.
– Inscription à la *newsletter* (lettre d'information).
– Espace client personnalisé et sécurisé.
– Indication du point de vente le plus proche en fonction de données de localisation.

Le site doit par la suite être développé en application pour les appareils mobiles Android et iPhone.

Document 10 Le règlement pour la protection des données

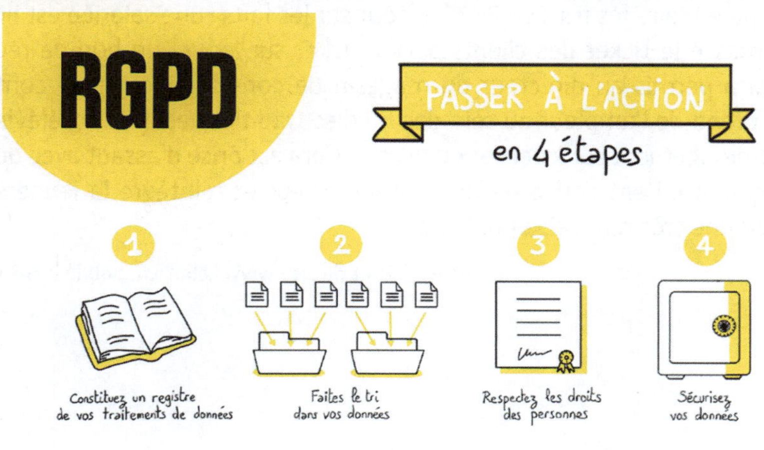

Source : extrait du site www.cnil.fr, publié le 08/07/2020

Document 11 Trois raisons d'éviter les réseaux sociaux

Les réseaux sociaux sont devenus beaucoup plus qu'un phénomène de société : il s'agit désormais d'un grand forum mondial, un outil de communication touchant aussi bien les particuliers que les sociétés. Les entreprises voient à travers les réseaux sociaux une source de publicité sans limite. Pour autant, on verra qu'intégrer ces réseaux n'est pas une idée toujours des plus inspirées.

La gestion du réseau social

Premier argument : le réseau social lui-même.

Intégrer un réseau social suppose d'être réactif !

Si vous n'êtes pas assez réactif, le consommateur ou le client ne s'intéresse pas à vous. Si vous êtes trop réactif (oui, cela peut arriver), le consommateur vous retirera de ses pages favorites. Cette réactivité limitée peut parfois poser des soucis.
C'est le cas du site aquarelle.com qui a vu sa page utilisée à des fins de service après-vente pour une cliente mécontente. Celle-ci a provoqué des réactions exacerbées du service client (muet au départ) et du *community manager* (il comparait la page de l'entreprise à un défouloir). Pour l'anecdote, la cliente recevra son bouquet de fleurs trois jours après la date prévue et l'entreprise aura perdu beaucoup de son image.

Détournement de la marque

Deuxième argument : le détournement. Vous êtes présents comme il le faut ? Parfait, encore faut-il éviter de faire l'objet d'un détournement. Une entreprise cotée du type Coca-Cola compte plus de 5 millions de fans en France. Des malins ont compris la combine en créant une page avec le même nom afin d'attirer des individus et d'engranger des revenus publicitaires. Au-delà du détournement de nom, c'est une image qui peut être facilement écornée.

Éviter le risque de *bad buzz*

Troisième argument : le fameux *bad buzz*. Reprenant un peu des deux arguments précédents, le *bad buzz* désigne tout simplement une mauvaise publicité pour une entreprise. Cora a pu en faire les frais en 2011, retour sur les faits : une salariée est licenciée car elle a ramassé le ticket des clients partis. Ticket sur lequel un bon de réduction y figurait qui a permis au directeur du magasin de considérer cet acte comme un vol. L'affaire prend de l'ampleur au sein des médias traditionnels (radio, télévision) et trouve son prolongement sur Internet où la page Cora est prise d'assaut avec des messages d'indignation. L'entreprise revient sur son erreur et réintègre la jeune salariée mais au prix d'une très mauvaise publicité.

Source : extrait du site www.kelinfo.fr, publié le 18/03/2013

Document 12 **La communication du nouveau projet à destination des salariés de la maison Chatelier**

– Réunion d'information générale.
– Réunions par équipes.
– Mise en place d'un tableau de bord des ventes sur l'intranet de l'entreprise.
– Mise en place d'un espace collaboratif sur l'intranet où chacun pourra apporter ses idées.

Travail préparatoire

étape 1 Lecture du sujet et organisation matérielle

▸ **Lisez le texte d'introduction présentant l'organisation.**

▸ **Lisez le texte d'introduction de chaque dossier** et détachez les documents du sujet afin de les regrouper par dossier à traiter.

▸ **Estimez le temps nécessaire à la réalisation d'un dossier.** Un sujet est conçu pour laisser au candidat 1 heure de lecture, relecture et manipulation des documents. Il reste 3 heures à répartir en fonction du barème présenté qui est représentatif du temps nécessaire. Par exemple, un dossier de 6 points sur 20 représentera 6/20 × 180 minutes soit 90 minutes donc 1 heure et 30 minutes.

étape 2 Le traitement des questions

Après lecture du texte d'introduction présentant l'organisation, chaque question doit faire l'objet d'un travail préparatoire au brouillon. Par exemple, pour la question 2.4 « Qualifier les différents facteurs de motivation des salariés de l'entreprise », procédez ainsi :

▸ **Lisez la question et notez les éléments de cours théoriques relatifs à la réponse sur votre brouillon.**

Les facteurs de motivation :
– *internes* : personnalité, vie individuelle et familiale, ambitions et aspirations ;
– *externes* : contenu du travail, degré de responsabilité, perspectives et évolutions, rémunération, relations professionnelles et ambiance de travail, culture de l'organisation, conditions de travail.

▸ **Repérez les éléments servant à illustrer votre réponse dans le(s) document(s).** Il faut touver les différents facteurs de motivation figurant dans le cas et les qualifier, c'est-à-dire les ranger dans l'une des catégories citées ci-dessus. Vous pouvez, par exemple, surligner dans les documents les différents facteurs de motivation que vous avez repérés dans des couleurs distinctes, en fonction de leur catégorie.

▸ **Inutile de rédiger une réponse structurée et exhaustive sur le brouillon,** le travail préparatoire vous permet de le faire ensuite directement sur votre copie.

Corrigé

Les textes en bleu et les questions du sujet apparaissant dans ce corrigé ne doivent pas figurer dans votre devoir. Nous les avons insérés pour vous guider.

Dossier 1 LA CROISSANCE DE L'ENTREPRISE

Les conseils du professeur

1.1 Présenter, en vous appuyant sur la notion de chaîne de valeur, les orientations stratégiques de l'entreprise Chatelier.

En ce qui concerne les activités primaires :

• **Le marketing et les ventes**

– L'entreprise souhaite développer les ventes grâce à l'internationalisation et la vente à distance pour générer davantage de chiffre d'affaires et de marge.

– Le label « commerce équitable » permet de profiter d'un argument commercial et marketing puissant.

• **La fabrication**

La réorganisation des processus de fabrication permettrait également de rationaliser les coûts en introduisant plus de polyvalence dans les équipes.

• **La logistique d'approvisionnement**

– Elle sera impactée par la recherche de producteurs répondant aux critères du commerce équitable.

– Les autres activités ne sont pas concernées.

En ce qui concerne les activités de soutien :

• **La gestion des ressources humaines**

La direction des ressources humaines devra organiser des formations en interne afin de développer progressivement la polyvalence des personnels de production.

Reprenez chaque élément de la chaîne de valeur (voir document 2, p. 90) et expliquez en quoi le projet de développement stratégique de l'entreprise va l'impacter ou non.

Les orientations stratégiques de l'entreprise pour les années à venir reposent sur une stratégie de croissance interne grâce à l'internationalisation. On ne peut pas dire qu'il s'agit d'une diversification car l'entreprise reste centrée sur son cœur de métier même si elle élargit son offre.

Terminez en formulant un avis sur la cohérence entre la stratégie choisie et les contraintes de l'entreprise.

1.2 Analyser la pertinence de ces orientations.

Au regard de la taille de l'entreprise, le projet paraît cohérent. En effet, l'entreprise Chatelier doit tenir compte de ses propres contraintes. Elle possède un personnel spécialisé et un savoir-faire unique dans son métier. La croissance sur de nouveaux marchés et la conquête de nouveaux clients sont des pistes de développement adaptées pour une entreprise qui a tout intérêt à se concentrer sur son métier.

Vous devez mettre en relation les choix de l'organisation avec son environnement.

1.3 Analyser les nouveaux comportements des consommateurs qui conduisent l'entreprise à élargir son offre.

Les comportements des Français évoluent vis-à-vis du commerce équitable. Ces derniers recherchent des produits responsables et éthiques. C'est pourquoi 81 % d'entre eux souhaiteraient que les produits équitables soient plus nombreux dans les rayons de la grande distribution, mais aussi dans les écoles, les entreprises et les restaurants.

Voir **lexique** p. 81

Les principales attentes des consommateurs concernent le lieu où les produits sont fabriqués, les conditions de production, l'environnement, la personne qui a produit et la rémunération des producteurs.

Le prix reste néanmoins un frein financier pour 88 % des consommateurs qui tendent à devenir des consom'acteurs.

1.4 Expliquer quels sont les avantages pour l'entreprise de s'engager dans le commerce équitable.

Le verbe directeur vous invite à détailler votre réponse. Ne vous contentez pas de citer.

Les principaux avantages sont :

- **une amélioration de la perception de la qualité des produits par les consommateurs** : les produits labellisés « commerce équitable » sont perçus comme étant de bonne qualité ;
- **une image véhiculée plus positive** : la marque est vue comme responsable et éthique ;
- **une fidélisation de la clientèle** : le lien est renforcé avec la marque qui s'engage ;
- **une augmentation de la demande** au fil des années qui induit donc une augmentation des ventes de l'entreprise labellisée.

Dossier 2 LA RENTABILITÉ DE L'OFFRE ET L'ORGANISATION DU TRAVAIL

2.1 Calculer la marge sur coûts spécifiques dégagée par le nouveau produit.

Élément	Montant en €*	Calcul
Chiffre d'affaires	82 464	$\frac{87\,000}{1,055}$
Coûts variables	32 161	39 % × 82 464
Marge sur coûts variables	50 303	82 464 – 32 161
Coûts fixes spécifiques	38 000	
Marge sur coûts spécifiques	**12 303**	**50 303 – 38 000**

* Arrondir les résultats à l'euro le plus proche.

N'oubliez pas de justifier vos calculs.

2.2 Justifier la pertinence du lancement de ce nouveau produit d'un point de vue financier.

Le lancement de ce nouveau produit est pertinent d'un point de vue financier car il permet de dégager une marge sur coûts spécifiques positive. En effet, le chiffre d'affaires réalisé grâce à la vente du nouveau produit est supérieur à l'ensemble des charges variables et fixes relatives au produit (charges spécifiques). La marge sur coûts spécifiques résultante participe au financement des charges fixes communes et permet une croissance du bénéfice.

Voir **lexique** p. 81

2.3 Caractériser et justifier le type d'organisation du travail choisi pour accompagner le plan de développement.

Le type d'organisation du travail choisi repose sur une organisation du travail plus souple. En effet, celle-ci s'appuie sur :
- une polyvalence horizontale accrue, c'est-à-dire que les salariés verront leurs tâches plus diversifiées grâce à la rotation dans les équipes ;
- une flexibilité accrue car les employés doivent pouvoir s'adapter à des situations différentes.

Cette nouvelle organisation ne fait pas appel à une plus grande polyvalence verticale car le principe des chefs d'équipe est conservé.

Mobilisez les notions vues en cours :
– organisation souple/rigide ;
– polyvalence verticale/horizontale.

2.4 Qualifier les différents facteurs de motivation des salariés de l'entreprise.

Facteurs internes	Facteurs externes
La maison Chatelier est une société en pleine croissance. Les salariés sont motivés d'un point de vue personnel car le fait d'être confiants dans la pérennité de l'entreprise leur permet de réaliser leurs ambitions personnelles et familiales. La dynamique positive de leur entreprise est un facteur de stimulation dans la réalisation de leurs projets personnels.	• **Le contenu du travail :** la diversification des tâches a pour but de rendre ces dernières plus stimulantes. • **L'ambiance de travail :** la volonté de la direction d'instaurer un dialogue régulier avec les salariés permet de prévenir les problèmes et les conflits. • **Les conditions de travail :** la réorganisation des tâches est l'occasion d'améliorer les processus et les conditions de travail. • **La culture et les valeurs de l'organisation :** le savoir-faire et le passé familial de l'entreprise favorisent une adhésion aux valeurs. Le personnel est attaché et fidèle à l'entreprise.

Reprenez la classification vue en cours :
– distinction entre les facteurs internes et externes ;
– types de facteurs externes.

Dossier 3 LA DIGITALISATION DE L'ENTREPRISE

3.1 Recenser les différentes dispositions à mettre en œuvre pour assurer la sécurité du système d'information et des données conservées par l'entreprise.

La mise en ligne d'un site web capable de récolter les données personnelles des clients va entraîner l'ouverture du système d'information sur l'extérieur. Celui-ci peut alors devenir vulnérable s'il n'est pas correctement protégé par des serveurs sécurisés se trouvant sur le *cloud* (informatique en nuage) par exemple grâce à un hébergement spécialisé.
Le règlement général pour la protection des données (RGPD) impose certaines obligations aux entreprises :

Répondez à l'aide de vos connaissances relatives :
– au système d'information (programme de Première) ;
– au *cloud* ;
– à la protection des données personnelles.

Obligations du RGPD	Dispositions adoptées par l'entreprise
Pertinence : ne collecter que les informations nécessaires.	La société doit se limiter aux informations nécessaires au traitement d'une commande.
Transparence : informer les clients qu'ils font l'objet d'un traitement de données.	L'inscription dans l'espace client doit s'accompagner de messages d'avertissement.
Respect des droits : satisfaire aux demandes de rectification, suppression et consultation dans un délai raisonnable.	Le site doit comporter les fonctionnalités prévues à cet effet dans l'espace client.
Maîtrise : protéger les données grâce à des mots de passe et des processus d'authentification cryptés.	L'inscription doit s'effectuer au minimum avec un pseudo et un mot de passe.

Donnez au moins trois arguments tirés de la situation présentée.

L'entreprise est également dans l'obligation d'identifier les risques et d'adopter les mesures de sécurité adéquates.

3.2 Expliquer en quoi le choix de la digitalisation peut améliorer la relation client pour la chocolaterie.

La digitalisation est un facteur d'enrichissement de la relation client car la maison Chatelier propose non seulement à ses clients de consulter un catalogue en ligne mais va, en outre, mettre en place l'inscription à une lettre d'information (*newsletter*).

Voir **lexique** p. 82

Par ailleurs, les possibilités offertes par la géolocalisation sont une aide supplémentaire pour le client qui est assisté dans la recherche d'un point de vente.
Enfin, l'utilisation des réseaux sociaux permet de créer des communautés d'utilisateurs/consommateurs et une communication avec les clients mais elle nécessite un contrôle permanent.

Utilisez des connecteurs logiques.

3.3 Caractériser et justifier la pertinence de la forme et des objectifs de communication choisis par l'entreprise.

Ne confondez pas la forme et l'objectif.

L'entreprise a mis en place une communication interne à destination des salariés.

Voir **lexique** p. 81

Forme	Objectif(s)	Justification
• Réunions générales • Tableau de bord des ventes	Cognitif	La direction veut informer les salariés de la stratégie, des objectifs et de leur réalisation.
Réunions par équipe	Cognitif et conatif	• Les responsables d'équipe ont pour but d'informer leur équipe sur le travail et la répartition des tâches. • Les collaborateurs sont guidés et accompagnés dans leurs actions.
Intranet collaboratif	Cognitif et affectif	L'intranet est une source d'information et un moyen d'expression pour les collaborateurs, mais c'est également un vecteur de communication efficace pour susciter l'adhésion aux valeurs de la société.

Présentez votre réponse de façon structurée, sous forme de tableau.

Question de synthèse

Au terme de cette étude, analyser à quelles conditions Madame Chatelier peut assurer le développement de son entreprise.

La question de synthèse reprend les réponses formulées au cours de l'étude de cas afin de proposer une réponse complète et structurée à la problématique.

PROPOSITION DE PLAN

Pour ce type de problématique, privilégiez un plan du type :
1. Objectifs
2. Moyens opérationnels ou conditions

I. Les objectifs

L'élargissement de l'offre peut participer à la croissance de la maison Chatelier :

• en exploitant de nouvelles tendances de consommation. En effet, la maison Chatelier exploite le désir des Français d'acheter des produits issus du commerce équitable pour lancer une gamme de chocolats équitables avec le label Max Havelaar ;

• en diversifiant ses modes de distribution grâce à la mise en place d'un site de vente à distance performant offrant de nombreuses fonctionnalités aux clients parmi lesquelles on retrouve le fait de se créer un espace client personnalisé et la possibilité d'être géolocalisé pour effectuer une recherche de point de vente.

II. Les conditions

Il y a cependant des conditions à respecter :

• **La réorganisation de l'entreprise** d'un point de vue matériel et humain. L'entreprise devra instaurer une organisation du travail plus souple fondée sur la polyvalence horizontale des collaborateurs.

• **L'adhésion des salariés** au projet grâce à la communication interne qui permettra une communication descendante sur les objectifs à atteindre, mais aussi une communication ascendante des salariés vers la direction.

• **La communication à destination des clients** des caractéristiques de l'offre et des valeurs véhiculées grâce à la présence sur les réseaux sociaux tout en restant conscient des risques à maîtriser.

• **Le respect des lois.** En effet, la société Chatelier souhaite accompagner sa croissance de nouveaux moyens de commercialisation et de communication. Elle doit respecter une nouvelle contrainte juridique liée au traitement des données (le RGPD).

Illustrez vos arguments en vous appuyant sur la situation présentée par le sujet.

SUJET 2

4 heures

GO Fitness

La société GO Fitness a été créée en 2009. L'enseigne regroupe aujourd'hui 12 salles de fitness réparties sur tout le territoire national.

Le concept des salles repose sur une proposition commerciale traditionnelle :

- un plateau de musculation en accès libre avec des poids libres et des machines ;
- un espace de cardio-training ;
- des cours collectifs ;
- la possibilité de souscrire à des séances d'entraînement individuel avec les coachs de la salle.

L'encadrement est assuré, dans chaque salle, par une équipe constituée de commerciaux et de coachs diplômés.

Madame Henry, directrice générale du groupe, a engagé son entreprise dans une politique volontariste de croissance. Elle s'appuie, au sein du siège basé à Lyon, sur une équipe commerciale dynamique.

L'équipe dirigeante de l'enseigne souhaite profiter de la croissance du marché des salles de sport. Elle désire également poursuivre son expansion géographique, d'une part, grâce à l'ouverture en propre[1] de nouvelles salles et, d'autre part, en proposant une offre de partenariat basée sur la franchise à des propriétaires de clubs indépendants ou à des investisseurs potentiels.

1. Dont elle est propriétaire.

Quels sont les moyens dont dispose Madame Henry pour garantir la pérennité et le développement de son groupe ?

Afin d'analyser cette situation, il vous est demandé d'étudier :

1. Les orientations stratégiques du groupe
2. Le financement de l'investissement
3. L'organisation de l'enseigne

Dossier 1 LES ORIENTATIONS STRATÉGIQUES DU GROUPE

(5 points)

L'équipe dirigeante de GO Fitness s'interroge sur la pérennité du concept des salles de fitness. Elle souhaite s'orienter vers une amélioration de son offre pour progressivement faire évoluer les salles en « lieux de vie ».

Travail à faire à l'aide des documents 1 à 4 :

1.1 Repérer les éléments caractéristiques du groupe GO Fitness.

1.2 Calculer et analyser l'évolution du chiffre d'affaires du groupe.

1.3 Après avoir identifié les options stratégiques choisies par le groupe, exposer leurs avantages respectifs.

1.4 Repérer les attentes et caractériser les besoins auxquels répond la mise en place des GO bars.

Dossier 2 LE FINANCEMENT DE L'INVESTISSEMENT (6 points)

Les dirigeants du groupe souhaitent auparavant étudier les conditions de faisabilité de ce projet car ce dernier nécessite un investissement conséquent. La faisabilité du projet dépend non seulement de sa rentabilité, mais également des moyens de financement disponibles.

Travail à faire à l'aide des documents 5 à 7 :

2.1 Calculer à partir de quel chiffre d'affaires le GO bar serait rentable pour un club.

2.2 Conclure sur l'opportunité de cet investissement.

2.3 Comparer les différentes modalités de financement qui s'offrent aux dirigeants du groupe.

2.4 Justifier le choix effectué par le groupe.

Dossier 3 L'ORGANISATION DE L'ENSEIGNE (7 points)

La croissance du groupe doit s'accompagner d'une politique de recrutement performante ainsi que d'une gestion des données personnelles des adhérents et des salariés conforme aux exigences réglementaires. De surcroît, la fiabilité du système d'information est essentielle pour préserver et protéger les données de l'entreprise.

Travail à faire à l'aide des documents 8 à 11 :

3.1 Repérer et énumérer les éléments constitutifs de la marque employeur du groupe.

3.2 Montrer que les valeurs véhiculées par le groupe et son management sont des facteurs de motivation pour les salariés.

3.3 Proposer et justifier un support de communication destiné aux salariés des clubs afin de promouvoir la mise en place des GO bars.

3.4 Distinguer les données personnelles des données stratégiques non personnelles conservées par le siège de GO Fitness. Donner des exemples.

3.5 Présenter les avantages d'une externalisation du traitement de l'information pour l'entreprise.

Question de synthèse (2 points)

Au terme de cette étude, exposer à quelles conditions Madame Henry est à même d'assurer la pérennité et le développement du groupe GO Fitness.

DOCUMENTS

Remarque : les documents suivants ont été créés par les auteurs afin de proposer un sujet type du Bac.

Document 1 Le groupe GO Fitness

Présentation

- Le groupe GO Fitness est propriétaire de 12 clubs en France.
- Son siège est à Lyon.
- Son groupe compte 168 salariés pour un chiffre d'affaires de 11 980 877 € en 2019.
- GO Fitness est une société anonyme au capital de 500 000 € détenu par 5 actionnaires à parts égales.

Chiffres d'affaires

Année	2015	2016	2017	2018	2019
CA en €	5 495 379	7 726 503	9 325 889	10 678 143	11 980 877

Document 2 Extrait du rapport de gestion du groupe GO Fitness

L'année passée, le groupe a financé l'ouverture de deux clubs à Cannes et Mâcon.
La croissance du groupe devra également, pour l'exercice 2020 et les années suivantes, reposer sur un développement des clubs franchisés. En effet, c'est la modalité qui apparaît la plus pertinente aujourd'hui pour assurer un rythme soutenu d'ouverture des clubs. […]

Le groupe doit poursuivre sa politique d'investissement visant à remplacer le matériel des salles de sport mais également s'engager sur une modernisation de son offre destinée à accroître le taux de fidélisation de ses adhérents. Le concept des GO bars est la première étape de cette démarche. […]

Document 3 Extrait du contrat de franchise de GO Fitness

La franchise est un partenariat entre une entreprise propriétaire d'une marque (franchiseur) et une autre entreprise (franchisé).

Le groupe GO Fitness (franchiseur) accorde le droit d'utiliser le nom de l'enseigne.

Le franchisé bénéficiera :
– d'un soutien marketing avec des campagnes de communication nationales ;
– d'une aide au financement et à la formation ;
– de la centrale d'achats du groupe.

En contrepartie, le franchisé devra :
– respecter la politique commerciale et l'image de marque du groupe ;
– verser un droit d'entrée de 15 000 € ;
– verser une redevance annuelle de 7 % du chiffre d'affaires hors taxes […].

Document 4 Présentation du concept « GO bar » réalisée par le pôle marketing de GO Fitness

Le constat

De nombreux adhérents se sont approprié les mini-espaces de repos qui sont dans le fond des salles GO Fitness, à côté du distributeur automatique, pour s'accorder des temps de détente et nouer des relations entre usagers. La salle est également un espace de détente et de convivialité. Les demandes de la part des adhérents concernant l'aménagement d'un vrai lieu de restauration et de détente sont pressantes. La clientèle est de plus en plus volatile, le marché est extrêmement concurrentiel et une offre de cette nature serait un facteur de fidélisation essentiel. L'offre sportive ne se suffit plus à elle seule. Les adhérents souhaitent se détendre « comme au café » autour d'une boisson pour discuter et échanger.

Le projet

Pour répondre à cette demande de la clientèle, l'enseigne souhaite créer de véritables espaces de détente et de restauration dans les clubs.

Les objectifs sont de proposer aux adhérents une offre de :
– boissons énergétiques et protéinées,
– compléments alimentaires,
– boissons vitaminées et reconstituantes diététiques,
– smoothies et bubble teas,
– boissons chaudes (café, déca, chocolat),
– glaces au yaourt.

Les contraintes

– Réorganiser l'aménagement des clubs existants afin de créer l'espace détente vers l'entrée du club, près du comptoir d'accueil, de façon à profiter des synergies potentielles. Les salariés présents au comptoir assureront également la nouvelle prestation de service. Ils seront commissionnés sur les ventes.
– Prévoir un plan d'investissement relatif au réaménagement et à l'achat du mobilier et des matériels nécessaires à chacun des clubs.

Document 5 Étude prévisionnelle sur la mise en place d'un GO bar

Charges fixes
– Amortissement des aménagements et du matériel : 2 850 € par an.
– Électricité et eau : 256 € par an.

Charges variables
– Commission des employés : 15 % du chiffre d'affaires hors taxes.
– Autres charges variables : 29 % du chiffre d'affaires hors taxes.

Prévision de chiffre d'affaires hors taxes

6 200 € pour un club moyen représentatif.

Document 6 Étude de financement pour la mise en place des GO bars dans les clubs existants

Besoin de financement dû à l'investissement :
168 000 € hors taxes pour la totalité des clubs.

Emprunt sur 5 ans au taux annuel de 1,1 %	Autofinancement	Autofinancement + crédit-bail
Annuités constantes de 34 716, 89 €.	Financement de 168 000 € HT soit 201 600 € TTC.	Autofinancement du mobilier et de l'aménagement pour un montant global de 102 400 € HT et location (avec option d'achat) du matériel pour une redevance mensuelle de 1 620 € HT pendant 5 ans.

Document 7 Extrait du rapport financier du groupe GO Fitness

Après la distribution des dividendes et le versement de la participation aux salariés, le groupe a dégagé un autofinancement de 0,8 % du chiffre d'affaires hors taxes pour l'année 2019. [...]

Document 8 Le système d'information de GO Fitness

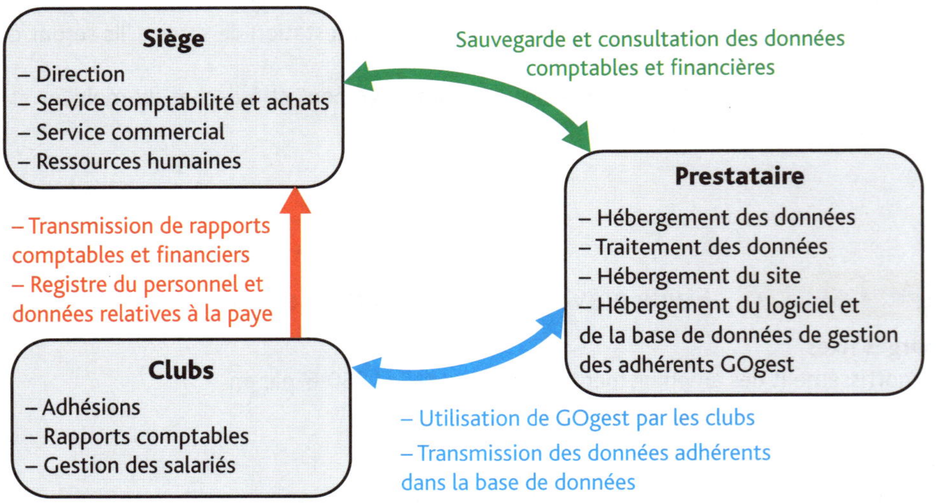

Le logiciel GOgest a été développé pour gérer les abonnements des adhérents des clubs du groupe. Il est hébergé chez le prestataire.

Document 9 Extrait de l'espace recrutement du site Internet de GO Fitness

Document 10 Extrait de la charte pour l'égalité de tous au sein du groupe GO Fitness

La charte adoptée par le groupe GO Fitness se fixe pour objectif la lutte contre toutes formes de discriminations, qu'elles soient fondées sur le patronyme, l'origine géographique, l'origine sociale, le handicap, le sexe, l'âge, l'orientation sexuelle, les mœurs, la situation de famille, les caractéristiques génétiques, les opinions politiques, les activités syndicales ou mutualistes, les convictions religieuses, l'apparence physique, l'état de santé, l'état de grossesse.

Cette charte met en œuvre une politique de gestion des ressources humaines centrée sur la reconnaissance et la valorisation des compétences individuelles.

Signer la charte signifie donc :

– manifester son engagement en faveur de la non-discrimination et de la diversité ;

– favoriser l'égalité des chances face à l'emploi.

En vertu de cette charte, nous nous engageons à :

1. Sensibiliser nos dirigeants et collaborateurs impliqués dans le recrutement, la formation et la gestion des carrières aux enjeux de la non-discrimination et de la diversité, afin de faire disparaître tous éventuels préjugés et réticences, en vue de favoriser l'intégration de tous. Cette sensibilisation se doit d'être permanente.

2. Respecter et promouvoir l'application du principe de non-discrimination sous toutes ses formes et dans toutes les étapes de la gestion des ressources humaines que sont notamment ▸▸▸

l'embauche, la formation ou la promotion professionnelle des collaborateurs (conformément, notamment, aux articles L 1132-1 du Code du travail et 225.1 du Code pénal).

3. Chercher à refléter la diversité de la société française, notamment sa diversité culturelle et ethnique dans notre effectif, aux différents niveaux de qualification, et garantir ainsi l'égalité des chances à compétences égales.

4. Communiquer auprès de l'ensemble de nos partenaires extérieurs et collaborateurs notre engagement en faveur de la non-discrimination et de la diversité. [...]

(Document réalisé d'après la charte du groupe OGER.)

Document 11 Extrait du contrat de prestation informatique entre GO Fitness et son prestataire

L'hébergement physique des données

Les prestations sont les suivantes :
– l'allocation d'une capacité de stockage technique sur serveur informatique ;
– l'installation et la maintenance du service en ligne du client sur un serveur mutualisé ou dédié ;
– la mise en ligne du service client et son accessibilité ;
– la fourniture de l'énergie informatique nécessaire à la réalisation des prestations. [...]

Travail préparatoire

étape 1 Lecture du sujet et organisation matérielle

▸ **Lisez le texte d'introduction présentant l'organisation.**

▸ **Lisez le texte d'introduction de chaque dossier** et détachez les documents du sujet afin de les regrouper par dossier à traiter.

▸ **Estimez le temps nécessaire à la réalisation d'un dossier.** Un sujet est conçu pour laisser au candidat 1 heure de lecture, relecture et manipulation des documents. Il reste 3 heures à répartir en fonction du barème présenté qui est représentatif du temps nécessaire. Par exemple, un dossier de 6 points sur 20 représentera 6/20 × 180 minutes soit 90 minutes donc 1 heure et 30 minutes.

étape 2 Le traitement des questions

Certaines questions doivent faire l'objet d'un travail préparatoire au brouillon. Par exemple, pour la question 3.4 « Distinguer les données personnelles des données stratégiques non personnelles conservées par le siège de GO Fitness. Donner des exemples », procédez ainsi :

▸ **Lisez la question et notez les éléments de cours théoriques relatifs à la réponse sur votre brouillon :**
– *données stratégiques non personnelles* : elles sont déterminantes dans la stratégie de l'organisation mais ne permettent pas d'identifier les individus ;
– *données personnelles* : elles permettent d'identifier directement ou indirectement une personne physique.

▸ **Repérez les éléments servant à illustrer votre réponse dans le(s) document(s).** Surlignez, dans le schéma du système d'information (document 8), les différents flux qui sont porteurs de données personnelles d'une couleur et les autres d'une autre couleur.

▸ **Inutile de rédiger une réponse structurée et exhaustive sur le brouillon,** le travail préparatoire vous permet de le faire ensuite directement sur votre copie.

Corrigé

Les textes en bleu et les questions du sujet apparaissant dans ce corrigé ne doivent pas figurer dans votre devoir. Nous les avons insérés pour vous guider.

Dossier 1 LES ORIENTATIONS STRATÉGIQUES DU GROUPE

Les conseils du professeur

1.1 Repérer les éléments caractéristiques du groupe GO Fitness.

Éléments	Caractéristiques
Type	Entreprise privée
Statut	Société anonyme
Finalité	Économique (organisation à but lucratif)
Objectifs	Pérenniser et assurer la croissance de l'activité
Activité	– Salles de sports – Secteur tertiaire
Effectif	Petites et moyennes entreprises (moins de 250 salariés)
Type de production	Production de services (secteur tertiaire)
Origine du financement	Privé car il s'agit d'une société anonyme dont les capitaux sont privés
Champ d'action géographique	Le territoire national

Il est ici judicieux de présenter votre réponse sous forme de tableau pour plus de lisibilité. Cela vous permet également de n'oublier aucun élément.

1.2 Calculer et analyser l'évolution du chiffre d'affaires du groupe.

Année	2015	2016	2017	2018	2019
CA en €	5 495 379	7 726 503	9 325 889	10 678 143	11 980 877
Évolution		40,60 %	20,70 %	14,50 %	12,20 %

Taux d'évolution de 2015 à 2019 : +118 %
Taux moyen : 22 %

De 2015 à 2019 l'évolution du chiffre d'affaires est toujours positive. L'évolution globale est d'ailleurs très importante (+118 %). Cependant, les taux d'évolution diminuent régulièrement en passant de 40 % à 12 %. Les taux des années 2018 et 2019 sont bien inférieurs au taux moyen.
Le chiffre d'affaires de l'entreprise est donc en croissance sur 5 ans, mais le rythme de croissance diminue d'année en année. En effet, de 2016 à 2019, le taux de croissance du chiffre d'affaires a chuté de plus de 28 points et reste inférieur par rapport au taux moyen. Go Fitness doit mettre en place des actions pour renouer avec un rythme de croissance plus fort et continuer son développement.

Mobilisez les formules vues en cours : une différence de pourcentages s'exprime en points.
La formule à utiliser est : $\frac{VA - VD}{VD} \times 100$
VA : valeur d'arrivée
VD : valuer de départ

Vous pouvez, après avoir fait un constat des variations, expliquer pourquoi elles évoluent ainsi.

1.3 Après avoir expliqué les options stratégiques choisies par le groupe, exposer leurs avantages respectifs.

L'entreprise a opté pour :
• **une stratégie de diversification.** En effet, le concept GO bar est un service qui n'entre pas dans le cadre initial des activités de GO Fitness (le sport). Cette nouvelle activité va permettre de répondre à un besoin qui a été identifié ;
• **une stratégie de croissance conjointe.** Le groupe va poursuivre sa politique d'ouverture de salles en propre (croissance interne). Il va également développer un réseau en franchise grâce à une association avec des propriétaires indépendants (croissance conjointe) afin d'accélérer son développement.

Voir **lexique** p. 87

Voir **lexique** p. 82

1.4 Repérer les attentes et caractériser les besoins auxquels répond la mise en place des GO bars.

Voir **lexique** p. 80

Attentes	Besoins	Justifications
Consommer une boisson ou une barre énergétique	Physiologique	Reconstituer son potentiel énergétique après une séance de sport.
Se détendre et discuter	Estime	Le partage d'expériences et l'écoute des autres renforce l'estime de soi.
	Appartenance	Les adhérents appartiennent au même sous-groupe d'individus : les sportifs. Ils fréquentent la même salle.

Rappelez-vous que la classification des besoins la plus courante est celle de Maslow.

Dossier 2 LE FINANCEMENT DE L'INVESTISSEMENT

2.1 Calculer à partir de quel chiffre d'affaires le GO bar serait rentable pour un club.

Éléments	En €	En % du chiffre d'affaires
Chiffre d'affaires	6 200	100 %
Charges variables	$6\,200 \times \frac{44}{100} = 2\,728$	15 % + 29 % = 44 %
Marge sur coût variable	6 200 – 2 728 = 3 472	$\frac{3\,472}{6\,200} = 0{,}56$ soit 56 %
Coûts fixes	2 850 + 256 = 3 106	
Bénéfice	3 472 – 3 106 = 366	

Le calcul du chiffre d'affaires minimum correspond au calcul du seuil de rentabilité. Vous devez présenter le compte de résultat par variabilité des charges (ou différentiel).

Seuil de rentabilité en valeur (chiffre d'affaires minimum) :

Voir **lexique** p. 87

$$\frac{3\,106}{0{,}56} = 5\,546{,}43\ €$$

2.2 Conclure sur l'opportunité de cet investissement.

Le seuil de rentabilité représente le chiffre d'affaires correspondant à un bénéfice nul. La prévision de chiffre d'affaires est supérieure au seuil de rentabilité donc le GO bar serait rentable. Il est judicieux d'envisager l'investissement.

2.3 Comparer les différentes modalités de financement qui s'offrent aux dirigeants du groupe.

Modalité	Emprunt	Autofinancement	Crédit-bail + autofinancement
Coût total	34 716,89 × 5 ans = 173 584,45 €	168 000 €	102 400 + (1 620 × 5 ans × 12 mois) = 199 600 €
Avantages	Pas besoin d'une trésorerie importante.	Il n'y a pas de coût supplémentaire.	• Le paiement est mensuel. • Les formalités sont simples.
Inconvénients	Le coût du crédit.	Il faut disposer des fonds immédiatement.	Le coût est élevé et on n'est pas propriétaire du matériel pendant la durée de location.

Pour comparer plusieurs solutions, expliquez les avantages et les limites de chacune.
La présentation sous forme de tableau est à privilégier.

2.4 Justifier le choix effectué par le groupe.

Même si l'autofinancement est la solution la moins onéreuse et le crédit-bail la plus simple, le groupe ne possède pas la trésorerie suffisante. En effet, il possède un autofinancement de 0,8 % de son chiffre d'affaires soit : $11\,980\,877 \times \frac{0{,}8}{100} = 95\,847{,}02$ €.

Le groupe doit donc recourir à l'emprunt pour financer son investissement.

Dossier 3 L'ORGANISATION DE L'ENSEIGNE

3.1 Repérer et énumérer les éléments constitutifs de la marque employeur du groupe.

Éléments	Explications
Mission	Développer l'activité sportive et l'emploi.
Valeurs et culture d'entreprise	• Promouvoir la diversité et l'égalité des chances. • Lutter contre les discriminations.
Management et politique de ressources humaines	• Encourager l'évolution des salariés dans l'entreprise. • Valoriser les compétences.

Les notions de cours doivent faire l'objet d'une argumentation grâce aux éléments de réponse se trouvant dans les documents même si ces derniers ne peuvent pas tout détailler.

Par ailleurs, GO Fitness met en avant sa responsabilité sociale grâce à la rédaction d'une charte pour l'égalité de tous.

3.2 Montrer que les valeurs véhiculées par le groupe et son management sont des facteurs de motivation pour les salariés.

La lutte contre les discriminations et l'égalité des chances sont deux arguments forts car :

- le recrutement est fondé sur les compétences ;
- l'évolution dans l'entreprise repose sur le mérite ;
- la promotion interne est encouragée.

Voir **lexique** p. 81

La possibilité d'évoluer professionnellement en fonction de critères objectifs encourage les salariés à s'investir dans leur travail.

3.3 Proposer et justifier un support de communication destiné aux salariés des clubs afin de promouvoir la mise en place des GO bars.

Vous ne devez pas concevoir le support mais proposer un type de support adapté et justifier votre choix.

Type de communication	Interne
Cible	Salariés
Objectifs	• **Cognitif** : faire connaître le nouveau service. • **Affectif** : provoquer l'adhésion au projet.

Un support adapté pourrait être l'affichage dans les locaux réservés au personnel s'il s'agit juste d'une information reprenant les points essentiels du nouveau service. Le siège peut également élaborer un support digital comme une page d'information sur l'intranet du groupe afin de détailler les modalités de mise en œuvre du projet.

Attention, le type de support choisi ne doit être visible que par la cible du message.

3.4 Distinguer les données personnelles des données stratégiques conservées par le siège de GO Fitness. Donner des exemples.

Voir **lexique** p. 83

Données personnelles	• L'identité et les coordonnées postales et bancaires des adhérents. • L'identité et les coordonnées postales et bancaires des salariés. • Les données relatives au travail des salariés (heures effectuées, statut, rémunération...). • Les identifiants et mots de passe utilisés pour se connecter au site et au logiciel.
Données stratégiques	• Données financières et comptables. • Statistiques (de fréquentation) des clubs. • Plans de développement stratégique.

3.5 Présenter les avantages d'une externalisation du traitement de l'information pour l'entreprise.

Les différents avantages pour le groupe GO Fitness sont :
- la capacité d'hébergement des serveurs du prestataire ;
- la sécurisation des serveurs ;
- la maintenance assurée par le prestataire ;
- le savoir-faire du prestataire.

Donnez au moins trois avantages.

Question de synthèse

Au terme de cette étude, exposer à quelles conditions Madame Henry est à même d'assurer la pérennité et le développement du groupe GO Fitness.

La question de synthèse reprend toutes les réponses formulées au cours de l'étude de cas afin de proposer une réponse complète et structurée à la problématique.

PROPOSITION DE PLAN

I. Les objectifs

Le développement du groupe peut revêtir plusieurs formes :

- une stratégie de croissance conjointe grâce à un partenariat en franchise avec des propriétaires indépendants ;
- une diversification des activités grâce à la création des GO bars qui vont apporter un service supplémentaire plébiscité par les adhérents et qui constituent un facteur d'attractivité et de fidélisation supplémentaire.

II. Les conditions

Il y a cependant des conditions à respecter :

- s'assurer de la rentabilité et du financement grâce à la mise en œuvre d'outils de contrôle de gestion tels que le calcul d'un seuil de rentabilité ;
- posséder une culture d'entreprise et des valeurs qui permettent d'attirer les investisseurs et les futurs partenaires ;
- mener une politique de recrutement et de management des ressources humaines ambitieuse à même d'attirer les profils recherchés et de les fidéliser ;
- optimiser et sécuriser le système d'information afin de protéger les données conservées par l'entreprise ;
- communiquer sur l'offre en interne et à l'extérieur.

SUJET 3 BAC 2023
France métropolitaine

4 heures

Ankama

Créé en 2001, Ankama est un groupe spécialisé dans la création numérique et artistique et plus particulièrement dans le domaine du divertissement. Il est incontournable dans le monde du jeu vidéo.

Ankama, c'est l'histoire de trois amis : Anthony Roux alias ToT, Camille Chafer alias Cam et Emmanuel Darras qui décident en 2001, à Roubaix, d'ouvrir leur entreprise : Ankama. Ils créent tout d'abord des sites web en investissant 3 000 € chacun. Les trois premières années sont difficiles car les clients sont encore rares.

Petit à petit, une idée émerge : et s'ils créaient leur propre jeu vidéo ? L'équipe y voit du potentiel et décide de poursuivre l'aventure. Après des nuits blanches et des journées de 14 heures de travail, le jeu vidéo « Dofus » voit le jour.

Le 1er septembre 2004, la première version du jeu est commercialisée. « Dofus » commence à fonctionner et de nouveaux utilisateurs se laissent tenter chaque mois. Un an après sa sortie, le titre compte sur 450 000 joueurs et 25 000 abonnés. Face au succès, l'équipe s'étoffe de plusieurs dizaines de salariés.

Fin 2004, un concurrent commercialise un jeu qui deviendra culte : « *World of Warcraft* ». Anthony Roux confie à Konbini[1] que cette nouveauté les a inquiétés. « On s'est dit qu'ils allaient nous faire énormément de mal parce qu'ils faisaient la même chose que nous, c'est un jeu communautaire[2]. Au final, ils ont démocratisé le principe du jeu communautaire en ligne. »

Toutefois, le succès d'Ankama est exponentiel et le jeu « Dofus » s'exporte rapidement. Très vite, la communauté de joueurs compte 1 300 000 fidèles connectés par mois. Mais, le succès du jeu à l'étranger s'est rapidement essoufflé et l'internationalisation de l'entreprise se révèle être un échec. Rapidement, l'entreprise s'est diversifiée dans la création de bandes dessinées et de séries et films d'animation. Aujourd'hui, le groupe Ankama est composé de plusieurs filiales, chacune dédiée à une activité. C'est dans ce contexte que l'entreprise s'interroge sur sa capacité à gérer de manière cohérente cette diversité d'activités tout en tenant compte de sa forte culture organisationnelle.

1. Média en ligne français présent principalement sur les réseaux sociaux.
2. Type de jeu vidéo en ligne qui se joue à travers un réseau social.

Les spécificités d'Ankama en matière de diversité d'activités et de culture organisationnelle lui permettent-elles d'être performante ?
Afin d'analyser cette situation, il vous est demandé d'étudier :

❶ Les ressources et les compétences de l'entreprise Ankama

❷ La performance de l'activité « bande dessinée »

❸ Une culture organisationnelle forte

Dossier 1 LES RESSOURCES ET LES COMPÉTENCES DE L'ENTREPRISE ANKAMA

(6 points)

Après le succès du jeu initial « Dofus », l'entreprise se diversifie très vite vers d'autres activités notamment grâce aux compétences de ses salariés. Ankama compte aujourd'hui entre 300 et 350 salariés dans des domaines de compétences variés dont des informaticiens, des graphistes, des animateurs. Elle réalise un chiffre d'affaires de 38 millions d'euros en 2021 dont 70 % pour l'activité « jeux vidéo ». 85 millions de comptes ont été créés dans le monde, dont plus de 40 millions en France.

Travail à faire à l'aide des documents 1 à 8 :

1.1 Démontrer l'intérêt pour l'entreprise Ankama d'avoir opté pour différents domaines d'activité stratégiques.

1.2 Identifier les ressources et compétences permettant à Ankama d'accompagner ce choix stratégique.

1.3 Montrer que la décision de maîtriser toutes les activités de la chaîne de valeur pour son activité « bande dessinée » relève du management stratégique.

1.4 Présenter les intérêts et les limites pour Ankama de ne pas externaliser certaines de ses activités.

Dossier 2 LA PERFORMANCE DE L'ACTIVITÉ « BANDE DESSINÉE »

(6 points)*

Le groupe Ankama détient une filiale d'édition « Ankama Éditions » permettant l'édition et la publication de mangas et de bandes dessinées (BD), environ 60 par an. Elles peuvent faire partie de l'univers de fiction fantastique créé par Ankama, le Krosmoz, comme c'est le cas pour les bandes dessinées « Wakfu » ou « Dofus ». D'autres ouvrages, hors univers Krosmoz, sont également proposés.

L'activité de production des bandes dessinées représente aujourd'hui une activité importante pour Ankama. L'entreprise souhaite analyser les répercussions de la production et de la commercialisation de ses BD sur ses coûts. Le service comptable a établi que le coût de revient d'une BD est de 10,34 € lorsque l'entreprise en produit 3 000 unités.

Travail à faire à l'aide des documents 1, 9 et 10 :

2.1 Présenter le mode de production des BD choisi par Ankama.

2.2 Retrouver, par le calcul, le coût de revient d'une BD lorsque l'entreprise en produit 3 000 unités.

2.3 Comparer le coût de revient unitaire d'une BD pour un lot de 3 000 unités et celui d'une BD pour un lot de 100 unités et justifier la pertinence du mode production mis en place par Ankama.

2.4 Calculer la marge et le taux de marge d'une BD (pour un lot de 3 000) et en déduire la pertinence de commercialiser ou non le produit.

---

* Note des auteurs : le sujet du Bac propose un barème sur 100 points (dossier 1, 30 points ; dossier 2, 30 points ; dossier 3, 40 points) ; nous avons choisi, ici, de ramener la notation sur 20 points en adaptant les points attribués à chaque dossier.

Dossier 3 UNE CULTURE ORGANISATIONNELLE FORTE

(8 points)

Dès la création d'Ankama, Anthony Roux, un des dirigeants, a adopté un management atypique fondé sur la culture d'entreprise et empreint de ses valeurs.

De nombreux salariés adhérent à cette culture et à ce style de management constituant ainsi une communauté à part entière. La forte culture de l'entreprise, associée à la personnalité du dirigeant, transparaît dans sa communication et le choix des activités attirant ainsi de nouveaux clients contribuant à conforter cette identité.

Travail à faire à l'aide des documents 3, 5, 6, 8, 11, 12 et 13 :

3.1 Identifier les éléments de culture de l'entreprise Ankama.

3.2 Repérer et justifier le style de direction d'Anthony Roux.

3.3 Montrer que le style de direction participatif aurait été pertinent au regard de la culture de l'organisation.

3.4 En une quinzaine de lignes, à l'aide de vos connaissances et en vous inspirant d'exemples d'organisations dont Ankama, montrer que l'utilisation d'outils numériques de communication influence l'identité des organisations.

DOCUMENTS

Document 1 Les principales filiales d'Ankama

Ankama a structuré ses activités autour de filiales lui assurant sa diversification. Son cœur de métier est basé sur la création numérique et artistique. Après avoir développé des jeux vidéo, l'entreprise s'est diversifiée dans la création de bandes dessinées, de séries et films d'animation, de jeux de société et de produits dérivés. Les différentes filiales sont :

Ankama Games	Elle développe tous les jeux vidéo.
Ankama Animations	Elle produit des films et des séries télévisées d'animation comme les séries d'animation *Wakfu* et *Dofus : Aux trésors de Kerubim* ou encore le film *Dofus, livre 1 : Julith*.
Ankama Éditions	Elle publie des ouvrages qui couvrent des univers liés à Dofus et Wakfu, mais aussi des univers totalement indépendants, dans des genres allant du roman, à l'art-book, en passant par le manga ou la BD.
Ankama Products	Elle dirige la production de produits dérivés (peluches, papeterie, affaires scolaires, figurines, etc.).
Ankama Boardgames	Elle crée de nombreux jeux de société indépendants de l'univers du Krosmoz, en finançant certains par du financement participatif.

Source : d'après le site Internet d'Ankama

Document 2 Le concept d'Ankama

Le mode de communication d'Ankama est défini comme transmédia[1]. Des histoires sont proposées sur de multiples canaux, toutes ancrées dans le même univers, le Krosmoz, mais elles ne se répètent jamais. Les joueurs ne trouveront donc pas deux fois la même histoire dans le jeu vidéo, les bandes dessinées et les dessins animés par exemple. L'objectif est de construire un univers riche dans lequel on peut raconter toutes les histoires, de la plus drôle à la plus sérieuse, et séduire les joueurs, spectateurs et lecteurs afin de les inviter à poursuivre la découverte dans d'autres médias. La cible est très large. Les produits Ankama plaisent autant aux jeunes enfants qu'aux adultes : ces derniers, pour la plupart, jouent eux-mêmes depuis leur enfance et n'hésitent pas à dépenser.

En 2005, le premier manga « Dofus » est édité sur papier (22 tomes aujourd'hui). La société sort ensuite de sa zone de confort en publiant d'autres titres de mangas. Parmi les plus réussis, on trouve City Hall publié en 2012 [...]. Une autre publication d'Ankama en 2013 rencontre un grand succès, Radiant, de Tony Valente. Ankama peut être fier car Radiant est désormais édité au Japon depuis août 2015. Une belle réussite pour Tony Valente, car peu d'artistes français ont réussi à appliquer les codes du manga de façon à être publiés au pays du soleil levant.

Dès 2007, une nouvelle branche d'Ankama commence à travailler sur un dessin animé « Wakfu », qui se composera de 52 épisodes et sera diffusé sur France 3. [...] La diversification se poursuit ensuite avec les jeux de cartes, séries, figurines, romans, jeux de société, magazines. [...] La seule chose qui manquait à cet univers était un film. Depuis le 3 février 2016, Ankama a désormais le sien avec « Dofus - livre 1 : Julith ». Une consécration pour les créateurs d'Ankama.

1. Pratique qui consiste à développer un contenu narratif sur plusieurs médias en différenciant le contenu développé.

Source : Hitek.fr et les auteurs

DOCUMENT 3 Portrait d'Anthony Roux, un patron atypique

À 44 ans, Anthony Roux est un patron bien dans ses baskets et très organisé. Il a fondé la société Ankama il y a 20 ans avec deux amis d'enfance. Aujourd'hui, il est à la tête d'une société qui emploie entre 300 et 350 personnes en France tout en conservant ses valeurs.

Une des valeurs à laquelle Anthony est le plus attaché, c'est la fidélité [...]. Fidélité dans le travail : il a embauché des amis avec lesquels il a été étudiant et est très fier quand il « travaille avec des personnes avec lesquelles ça se passe bien ». Fidélité en amitié : il a les mêmes depuis toujours.

Lorsqu'ils ont chacun apporté 3 000 euros pour fonder la société, ses associés et lui n'imaginaient pas le succès fulgurant qu'Ankama allait rencontrer. À l'âge de 28 ans, il a dû gérer le recrutement de 80 personnes en apprenant sur le tas toutes les compétences juridiques en la matière. Un sacré accélérateur d'apprentissage ! « C'était l'aventure et cela nous a permis d'acquérir une certaine forme de liberté : celle d'avoir les moyens de faire ce qu'on veut. » [...]

Il est plutôt du genre à faire confiance à ses employés et leur offre un cadre de travail agréable : salles de sport, de cinéma, avec des avantages non négligeables comme zéro jour de carence et une crèche. Son avis sur le télétravail ? « Je n'y crois pas, surtout pour la création en équipe. On a besoin d'être ensemble autour d'une table. Les trois premiers mois du confinement, j'ai cru devenir fou ! » [...]

Gros bosseur, il a fait construire sa maison à 300 mètres d'Ankama. Ainsi il travaille de 8 h à 20 h sans perdre de temps dans les transports et peut garder un œil sur l'avancée des projets de ses salariés. Cela tombe bien, il n'a pas le permis ! [...] En ce moment il teste la version alpha

▸▸▸

du petit dernier après « Dofus » et « Wakfu : Waven ». Une vie bien remplie pour un homme resté simple avec une âme d'enfant. [...]

Source : d'après roubaixxl.fr, le 2 février 2022

DOCUMENT 4 Qu'est-ce que l'Ankama *Launcher*[1] ?

Pourquoi avoir créé un *launcher* ?

Cette plateforme transmédia permet de répondre à un problème important. Nous allons citer l'exemple de la série « Wakfu ». Cette dernière a été vendue dans 170 pays. Cependant, cela n'a pas permis au jeu « Wakfu » d'être davantage connu. Les fans de la série ignoraient tout simplement son existence. Nous remarquons que les utilisateurs apprécient un média, mais pas forcément un univers complet : la série est devenue plus célèbre que le jeu lui-même alors que sa rentabilité est moindre. Il en a été de même pour la bande dessinée du même nom. Nous créons donc beaucoup de contenus, mais avec une communauté éparpillée, qui ne connaît pas l'ensemble de l'offre Ankama.

Pour remédier à cela, il a été primordial de réunir dans une seule et même plateforme, le launcher, l'ensemble des contenus Ankama pour faire rayonner l'univers et donner une porte d'entrée à tous les produits.

Quels avantages ?

Il permet de lancer en simultané plusieurs jeux ou plusieurs instances d'un même jeu et passer facilement de l'un(e) à l'autre.

Quelle est la différence entre l'*updater* et l'Ankama *launcher* ?

À la différence de l'updater, qui donne uniquement accès à nos jeux, l'Ankama Launcher permet également de consulter les contenus transmédia (jeux, séries, BD, *streaming*, boutiques virtuelles et physique, chat, etc.) et les actualités d'Ankama.

Ce portail vous permet, en toute simplicité, de retrouver les univers Ankama et de vivre des aventures uniques dans le Krosmoz.

1. Il s'agit d'un programme d'installation menant à un portail qui permet d'accéder aux multiples univers d'Ankama.

Source : adaptation vidéo PIX 2022 – Ankama, de la production à la diffusion : le modèle de l'outsider et support.ankama.com

DOCUMENT 5 Ankama se prépare à lancer un service de *Webtoons*[1] et des mini-séries sur son *launcher*

Le webtoon

Ankama se lance dans le monde des services de librairie numérique, le *webtoon*, accessible directement depuis son *launcher*. [...]

Originaire de Corée et très tendance, le *webtoon* est une lecture à la verticale de bandes dessinées, exclusivement sur son téléphone. La force : il y a un épisode toutes les semaines. Toutes les BD version papier d'Ankama ont donc été transformées en digital pour devenir des *webtoons*. Elles vont donc se retrouver, au même titre que les dessins animés, sur le *launcher*, même si certaines ne sont plus imprimées aujourd'hui. Elles retrouvent donc une seconde vie. Les fans pourront continuer à s'immerger dans l'univers d'Ankama et découvrir ou redécouvrir des BD plus anciennes.

De plus, le *launcher*, permet à Ankama de développer ses propres mini-séries, avec pour cible les adolescents et jeunes adultes. Produire des séries pour cette tranche d'âge n'était pas

▶▶▶

envisageable avec France Télévision, qui exige uniquement des contenus dédiés à des enfants en bas âge (enfants jusqu'à 8 ans).
À travers son *launcher*, l'entreprise peut donc raconter des histoires plus originales. Ils pourront ainsi promouvoir directement sur leur plateforme tous les autres contenus d'Ankama.

La transversalité entre les contenus

« Par exemple : pour la mini-série "la dernière aventure du comte Lance Durn", nous développons en parallèle un webtoon sous le même nom. Un épisode de la mini-série sortira toutes les semaines le samedi, et le mercredi suivant sortira un épisode en webtoon qui viendra compléter l'aventure, toujours en complément de l'histoire. On ne raconte jamais deux fois la même histoire, c'est toujours un apport, un bonus. Donc si vous le voulez, vous allez pouvoir regarder uniquement la série, mais si vous voulez plus d'informations, vous pouvez jouer et lire la webtoon. Les contenus se complètent. » explique Anthony Roux.

1. Bande dessinée sud-coréenne en ligne.

Source : gamosaurus.com et adaptation extrait vidéo PIX 2022
Certaines données ont été adaptées par rapport au contexte et au questionnement du sujet.

DOCUMENT 6 « Dofus » 18 ans après, pourquoi ce jeu a-t-il toujours autant de succès ?

S'il y a un jeu dont l'avenir était incertain au moment de sa conception, c'est bien « Dofus », le MMORPG[1] à la française signé Ankama. Et pourtant, nous voilà dix-huit ans après son lancement et le jeu continue de rassembler des milliers de joueurs sur ses serveurs. Sur ce jeu, nous pouvons compter 150 000 à 160 000 joueurs par jour.
[...] Autre point important : « Dofus » parvient à se démarquer par son système de combat inhabituel pour un MMORPG. Contrairement aux jeux WoW, Everquest, EVE Online, *Guild Wars* ou encore *FF XIV Online*, ce jeu propose des combats au tour par tour[2] en ligne qui fonctionne parfaitement comme cela. Rares sont les MMORPG aboutis et célèbres proposant un tel système de combat. Naturellement, les amateurs du genre, qui permet plus de stratégie et de communication, ont donc peu de jeux vers lesquels se tourner s'ils souhaitent mélanger ces deux types de jeux. « Dofus » a donc face à lui tout un panel de joueurs n'ayant pas de réels concurrents sur lesquels se rabattre. [...] Ankama est le seul représentant de ce système de combat. C'est un type de jeu qui est propice au développement, à l'innovation et surtout aux échanges, ce qui correspond parfaitement à la vision d'Ankama.
En effet, « Dofus », a cartonné au départ, car il a été l'un des premiers réseaux sociaux, avant Facebook et Twitter. Il fonctionne toujours aujourd'hui, car les joueurs continuent de discuter ensemble telle une vraie famille nombreuse. Anthony Roux a même reçu quatre faire-part de joueurs qui ont appelé leur enfant par un prénom inventé dans le jeu, « Elely ». Il reçoit régulièrement des attentions de joueurs qui ont grandi avec l'univers et qui sont aujourd'hui parents, mais tout aussi fidèles.
[...] S'ils sont encore nombreux à explorer les terres créées par Ankama, c'est que l'entreprise développe sans cesse des nouveautés y compris dans les contenus lui permettant ainsi de perdurer. [...]

1. MMORPG est l'abréviation de massively multiplayer online roleplaygame, ou « jeu de rôle en ligne massivement multijoueur ».
2. Le jeu de stratégie au tour par tour est un genre de jeu vidéo de stratégie. Comme son nom l'indique, l'action s'y déroule au tour par tour et le joueur doit donc « attendre son tour » pour jouer.

Source : jeux vidéo.com, le 17 juillet 2022 et adaptation vidéo PIX
Certaines données ont été adaptées par rapport au contexte et au questionnement du sujet.

DOCUMENT 7 La conception des produits Ankama

Pour Anthony Roux, « le *launcher* est un outil supplémentaire qui nous permet de conserver notre indépendance. Nous nous sommes rendu compte, grâce à une veille concurrentielle, que nous sommes les précurseurs et les seuls à créer l'ensemble de nos contenus. Tout est réalisé au sein d'Ankama, personne d'autre ne fait ça. Par exemple, pour le manga *Naruto*, ce n'est pas l'éditeur de Naruto qui fait la série *Naruto*. Même chose sur *One Piece* : les personnes qui font l'animation ne sont pas les mêmes que celles qui font la BD. Ceux qui créent les jeux vidéo *One Piece* ne sont pas non plus ceux qui dessinent la BD ni réalisent la série. Ils sont donc obligés de raconter quasiment et systématiquement la même histoire, qu'ils étirent sur différents médias. Notre idée est de ne jamais raconter deux fois la même histoire peu importe le média. Par exemple, le jeu vidéo se passera dix ans après la série et il ne racontera pas la même histoire que la bande dessinée, le tout en conservant une cohérence d'ensemble. Cela nous permet de ne pas avoir de nombreux styles différents au sein d'un même univers.
Toutefois nous avons rencontré des difficultés sur différents aspects. Un éditeur a refusé d'éditer notre première BD, nous avons donc décidé de créer notre propre maison d'édition qui constitue notre filiale Ankama Éditions. De même, nous avons eu du mal à trouver un producteur pour nos séries, nous avons donc développé notre maison de production : Ankama Products. Nous avons tout appris de cette manière-là, "sur le tas", grâce aux refus. Nous les remercions aujourd'hui. »

Source : Extrait vidéo PIX 2022 : Ankama, de la production à la diffusion : le modèle de l'outsider

DOCUMENT 8 Le blog d'Anthony Roux, dirigeant, alias « ToT »

Ce blog, tenu par le dirigeant, Anthony Roux, est un support de communication privilégié par ce dernier pour tenir la communauté informée des avancées sur divers jeux, d'idées du dirigeant ou encore de ses pensées sur Ankama. Il s'y exprime dans un ton familier, n'hésitant pas à utiliser des mots vulgaires. Toute personne peut, par ailleurs, poster un message en réponse à un de ses articles afin de poser une question, donner un avis ou tout simplement encourager le dirigeant d'Ankama.
Il a créé ce blog pour continuer à échanger avec la communauté sur tout ce qui le touche personnellement. « Nos projets étant aussi variés que nombreux, il me fallait un petit espace à moi qui aurait pour objectif de me permettre de vous parler sans langue de bois sur ce que nous préparons. Ici, nous discuterons des projets bien en amont de leur création, nous échangerons sur la sortie de certains et je vous parlerai également de ce qui m'inspire et me fait avancer. » Nous pouvons y lire des articles sur des jeux spécifiques ou sur un sujet qui lui tient à cœur. Il y parle ainsi de « la très bonne santé financière d'Ankama ».

Source : tot-prod.blog

DOCUMENT 9 Le processus de production de bandes dessinées

Le processus de création de la bande dessinée (BD) peut se schématiser en trois étapes : l'approvisionnement, la production et la distribution.

▸▸▸

• L'approvisionnement en papier. Les commandes se font par tonne, en fonction des besoins, avec un supplément de sécurité. Les tonnes de papier sont ensuite stockées dans un entrepôt.
• La production de la BD. Pour cela, il faut réunir plusieurs professionnels : un illustrateur, payé afin de dessiner la BD, un correcteur, qui corrige l'ensemble de la BD. La BD est envoyée ensuite à l'impression. D'autres professionnels peuvent potentiellement être appelés lors de cette étape comme un maquettiste, pour créer les couvertures, et un graphiste pour faire les finitions.
• La distribution des BD dans les différents points de vente. En dehors de la production en elle-même, d'autres dépenses doivent être prévues. Il faut notamment prévoir le recours à des commerciaux afin de vendre la BD.

Source : les auteurs
Certaines données ont été adaptées par rapport au contexte et au questionnement du sujet.

DOCUMENT 10 Informations sur le coût de la production d'une bande dessinée

Pour produire une bande dessinée, il a fallu suivre un processus de production précis, engendrant des charges directes et indirectes.

1. CHARGES DIRECTES :

• **Approvisionnement**

Papier	667 grammes pour une BD, à un prix de 0,10 € les 100 grammes

• **Production**

Illustration	6 000 € pour le lot de 3 000 BD
Correction	0,5 minute par BD pour un montant de 11,07 € par heure
Impression	Le prix de l'impression dépend de la quantité : o Entre 1 et 1 000 exemplaires : 2,1 € par exemplaire o Entre 1 001 et 3 000 exemplaires : 1,8 € par exemplaire o Entre 3 001 et 5 000 exemplaires : 1,5 € par exemplaire

• **Distribution**

Distribution	Le distributeur : le coût de la distribution dépend de la quantité distribuée : o Entre 1 et 1 000 exemplaires : 15 % du prix de vente HT o Entre 1 001 et 3 000 exemplaires : 12 % du prix de vente HT o Entre 3 001 et 5 000 exemplaires : 10 % du prix de vente HT

2. CHARGES INDIRECTES :

	Approvisionnement	Production	Distribution
Unité d'œuvre (UO)	100 g de papier	1 h de main-d'œuvre directe (MOD) de l'atelier correction	Nombre de BD vendues
Coût de l'UO	0,06 €	190,80 €	1,69 €

3. INFORMATIONS COMPLÉMENTAIRES :
• Quantité produite en temps normal : 3 000 BD.
• Prix de vente de la BD au distributeur : 17,56 € HT soit 18,52 € TTC.

- Le coût de revient unitaire pour une production de 100 BD est de 11,17 €.
- Le coût de revient unitaire pour une production de 3 000 BD est de 10,34 €.
- Dans le secteur, le taux de marge généralement appliqué est de 60 %.

Source : les auteurs
Certaines données ont été adaptées par rapport au contexte et au questionnement du sujet.

DOCUMENT 11 Ankama et le financement participatif

Les fans ont répondu massivement présents à l'appel au financement participatif lancé par Ankama, l'éditeur de jeux vidéo, créateur du célèbre jeu vidéo « Dofus ». 100 000 euros ont été récoltés en seulement 73 minutes.
Ankama, basé à Roubaix, créateur du célèbre jeu vidéo « Dofus », a fait un énorme carton en matière de financement participatif pour financer la saison 4 de « Wakfu », qui est un peu le petit frère de « Dofus », dans ce même univers fantastico-médiéval baptisé le Krosmoz. « Wakfu » est né en jeu vidéo en 2012 puis a été décliné ensuite en série télévisée. Les trois premières saisons avaient été financées et diffusées par France Télévisions qui a ensuite trouvé le personnage de Waku un peu trop mature, il ne correspondait plus à sa cible.
De ce fait, Ankama a lancé un appel à sa communauté de fans sous la forme d'un financement participatif sur Kickstarter1 afin de pouvoir créer la saison 4, soit treize épisodes. Ce projet a également été une opportunité pour Ankama de communiquer plus largement sur son offre. Chaque épisode coûte entre 300 000 et 400 000 euros. Ankama a fait une demande de financement de 100 000 euros par épisode, soit un quart du financement global. Le succès a été immédiat […]. La somme atteignait 1 300 000 euros au bout de seulement deux jours ! L'entreprise a donc décidé de faire un épisode bonus supplémentaire. Ils sont plus de 15 000 à y avoir contribué pour un montant moyen de 80 à 85 euros par personne. Il s'agit en général d'anciens fans de la série qui ne voulaient pas la voir disparaître. Ankama est ravi car il s'agit du record européen de financement pour un dessin animé. […]

1. Plateforme de financement participatif.

Source : « La relance éco » : à Roubaix, Ankama soulève l'enthousiasme de ses fans, 30/06/2020 - Par Odile Senellart, France Bleu Nord

DOCUMENT 12 Le dirigeant et la gestion des ressources humaines

Pour attirer les salariés, l'entreprise signe des contrats à durée indéterminée (CDI) très fréquemment. L'entreprise envoie ses animateurs à Tokyo se former auprès de professionnels japonais. Le dirigeant, Anthony Roux, n'hésite pas à recruter les amis des salariés, ou encore les jeunes diplômés. Il encourage et facilite le changement d'un projet à un autre pour chaque salarié, permettant ainsi l'amélioration des compétences, et l'entretien de leur créativité.
Pour manager ses équipes, Anthony Roux se révèle un meneur d'hommes inventif, et charismatique. « Anthony est un artiste, un graphiste. Dès que cela touche à ses domaines, il a d'excellents conseils à donner, il sait de quoi il parle » salue Laurent Bocquet, développeur sur « Dofus » jusqu'en 2019. Il n'hésite pas à faire le tour des différents projets pour veiller à la bonne avancée de chacun.
Au sein des équipes, le travail prime, l'ambiance peut être légère, le tutoiement généralisé. Anthony Roux, qui vit tout près, invite parfois des employés à un barbecue, va au cinéma avec certains, joue au foot le midi avec d'autres. « On est en bande. Il y a des personnes que je

▸▸▸

connais depuis vingt ans, avec qui j'étais à l'école, et que je considère plus comme mes frères que mes vrais frères », décrit Anthony.
« En dix-huit ans, bien sûr que j'ai fait des erreurs, reconnaît Anthony Roux. Mais dans les faits, on essaye d'être bienveillants. » Il énumère les initiatives prises pour ses salariés : l'achat et l'ouverture d'un restaurant, la crèche collective…

Source : les auteurs d'après « Le Monde », 14/01/2020 et retranscription vidéo PIX 2022

DOCUMENT 13 Témoignages des salariés d'Ankama

4,0 ★★★★☆

Une expérience qui dure

Chef de projet (employé actuel) - Roubaix (59) - 11 mai 2021

Ankama est une entreprise à laquelle on s'attache rapidement et réellement, à travers les projets qui y sont développés mais également les liens qui s'y nouent.
La structure est optimale pour proposer un cadre de travail à la fois efficace et agréable. Les missions sont toujours challengeantes et, quel que soit le pôle ou le projet, permettent d'exprimer sa créativité.
L'entreprise se veut familiale, et lorsqu'on y trouve sa place, il est difficile d'envisager de la quitter, tant elle fait partie intégrante de nos vies.
Évidemment, tout n'est pas toujours rose et certaines périodes peuvent être plus compliquées à gérer ; des objectifs parfois intenses (mais jamais de crunch pour autant) ou des leads pas toujours au bon endroit, ou au bon poste. Néanmoins, lorsqu'on est de bonne volonté, tout trouve toujours sa solution.
C'est donc une aventure professionnelle qui dure depuis près de 10 ans pour moi, et que j'apprécie toujours autant, notamment en raison de la grande variété des missions et des évolutions proposées.

✓ **Points positifs**
Créativité à l'honneur, Bonne ambiance, Relations humaines valorisées, Missions challengeantes, Valorisation des profils juniors

✕ **Points négatifs**
Localisation (Roubaix), Communication interne à améliorer

5,0 ★★★★★

Entreprise dynamique proposant des projets passionnants

Lead Data Analyst (employé actuel) - Roubaix (59) - 11 mai 2021

Proposant des projets palpitants menés par des personnes passionnées, Ankama est une superbe structure pour se former, apprendre et grandir au milieu de gens talentueux.

Groupe indépendant, la satisfaction des joueurs est toujours la priorité.

Les collaborateurs sont humains et toujours aidants, ce qui rend le climat de travail agréable.

Je recommande !

✓ **Points positifs**
Projets intéressants et personnel investi

Source : indeed.fr

Travail préparatoire

étape 1 Lecture du sujet et organisation matérielle

▸ **Lisez le texte d'introduction présentant l'organisation.**

▸ **Lisez le texte d'introduction de chaque dossier** et détachez les documents du sujet afin de les regrouper par dossier à traiter.

▸ **Estimez le temps nécessaire à la réalisation d'un dossier.** Un sujet est conçu pour laisser au candidat 1 heure de lecture, relecture et manipulation des documents. Il reste 3 heures à répartir en fonction du barème présenté qui est représentatif du temps nécessaire. Par exemple, un dossier de 6 points sur 20 représentera 6/20 × 180 minutes soit 90 minutes donc 1 heure et 30 minutes.

étape 2 Le traitement des questions

▸ **Ce sujet ne comporte pas de questions au choix.** Le barème de correction tient compte du nombre d'arguments mis en avant lors de la réponse.

▸ **Les questions qui consistent à identifier des éléments de réponse,** présenter ou relever des arguments dans les documents, sans méthodologie particulière, **ne nécessitent pas de travail préparatoire au brouillon.** Il est alors conseillé de surligner les éléments de réponse dans les documents afin de reformuler sa réponse argumentée (sous forme d'énumération par exemple) sur votre copie (voir la question 1.3 pour exemple).

▸ **D'autres questions nécessitent un travail préparatoire au brouillon.** Par exemple pour la question 1.2, procédez ainsi :

– Lisez la question et notez les éléments de cours relatifs à la réponse au brouillon :
 • les ressources humaines, matérielles et immatérielles ;
 • les compétences.

– Repérez les éléments de réponse dans les documents.

– Surlignez avec des couleurs différentes les ressources en les distinguant par type, ainsi que les compétences.

– Inutile de rédiger une réponse structurée et exhaustive sur le brouillon, le travail préparatoire vous permet de le faire ensuite directement sur votre copie.

▸ **La dernière question (3.4) nécessite de rédiger une réponse argumentée, en deux parties d'une quinzaine de lignes,** qui fait appel aux exemples tirés de la situation présentée dans le sujet et à vos connaissances personnelles. Il convient alors de noter rapidement au brouillon les différents arguments. Votre réponse doit respecter le plan imposé par la formulation de la question. Ici, il s'agit de démontrer que l'utilisation d'outils numériques de communication influence l'identité d'une organisation. Vous devez donc montrer qu'il existe un lien entre les deux notions et ne pas les évoquer séparément.

Corrigé

Les textes en bleu et les questions du sujet apparaissant dans ce corrigé ne doivent pas figurer dans votre devoir. Nous les avons insérés pour vous guider.

Dossier 1 LES RESSOURCES ET LES COMPÉTENCES DE L'ENTREPRISE ANKAMA

Les conseils du professeur

1.1 Démontrer l'intérêt pour l'entreprise Ankama d'avoir opté pour différents domaines d'activité stratégiques.

Les différents domaines d'activité stratégique (DAS) de l'entreprise Ankama portent sur la création numérique et artistique, et notamment sur les jeux vidéo, les bandes dessinées, les séries et films d'animation, les jeux de société et produits dérivés.

Vous pouvez utiliser l'acronyme DAS dans la construction de votre réponse, à condition de l'expliciter clairement à la première occurrence.

Ces différents domaines d'activités sont centrés autour de la création numérique et artistique du divertissement. Cela permet à l'entreprise de créer des effets de synergies et d'obtenir des effets positifs en étant présente sur différents domaines : meilleure rentabilité, développement des compétences, pas de dépendance vis-à-vis d'un marché et donc répartition des risques.

Ankama bénéficie ainsi des avantages d'une stratégie de diversification liée (conglomérale).

Voir **lexique** p. 83

1.2 Identifier les ressources et compétences permettant à Ankama d'accompagner ce choix stratégique.

Pour accompagner ce choix stratégique, l'entreprise Ankama a pu s'appuyer sur des ressources et des compétences.

Il est important de différencier les différents types de ressources et de compétences afin de structurer votre réponse.

• **Les ressources humaines :**
– les qualifications très variées et spécialisées des 300 à 350 salariés, dans des domaines de compétence différents (graphisme, informatique…) ;
– le charisme d'Anthony Roux, le dirigeant, ses fortes valeurs (fidélité, confiance en ses salariés…), son sens de l'entreprenariat et sa force de travail.

• **Les ressources immatérielles :**
– la marque Ankama ;
– une image de marque très positive et un fort attachement à elle ;
– une forte notoriété ;
– un système de jeu innovant.

• **Les ressources technologiques** :
– une plateforme transmédia : le *launcher* ;
– un blog : celui du dirigeant.

• **Les compétences liées au savoir-faire et aux RH :**

Voir **lexique** p. 81

– la maîtrise de la conception complète de contenu narratif sur divers médias : jeux vidéo, manga, bande dessinée, dessin animé, série, film ;
– la capacité d'innovation et de création au niveau du contenu et de l'originalité des histoires ;
– l'aptitude à s'ajuster à la demande grâce à des services tels que *Webtoons* et la création de mini-séries ;
– la capacité à créer des relations éthiques et respectueuses grâce aux *soft skills* des salariés ;

• **Les compétences organisationnelles** : elles ont permis de créer des infrastructures avantageuses pour les salariés.

1.3. Montrer que la décision de maîtriser toutes les activités de la chaîne de valeur pour son activité « bande dessinée » relève du management stratégique.

L'entreprise a choisi l'option stratégique d'intégration en concevant elle-même l'ensemble de ses contenus et en distribuant ses produits. Cela lui permet de maîtriser l'ensemble des éléments de la chaîne de valeur de la conception à la distribution dans son *launcher*.
Cette décision relève bien du management stratégique car :
– elle est prise par un **niveau hiérarchique supérieur** : c'est Anthony Roux, dirigeant de l'entreprise, qui a choisi de ne pas externaliser ;
– elle nécessite des **ressources importantes**, notamment au niveau des ressources humaines (compétences particulières) et financières ;
– elle est **difficilement réversible** et se joue sur du **long terme** car elle engage des ressources importantes ;
– elle **engage la pérennité** de l'entreprise en raison des ressources financières engagées qui sont très importantes.

Pour montrer que la décision prise relève du management stratégique, il est nécessaire de reprendre l'ensemble des éléments qui la caractérisent et de vérifier chacun d'eux.

1.4 Présenter les intérêts et les limites pour Ankama de ne pas externaliser certaines de ses activités.

Intérêts	Limites
– Contrôle de toutes les activités, ce qui permet une maîtrise de la qualité et un maintien de la qualité à un niveau élevé. – Capacité à répondre rapidement aux évolutions du marché et notamment de la demande. – Réalisation d'économies d'échelle. – Indépendance vis-à-vis des sous-traitants.	– Investissements nécessaires très importants. – Limitation de la flexibilité de l'entreprise Ankama. – Obligation de maîtriser l'ensemble des éléments de la chaîne de valeur.

Afin de favoriser la lecture de la réponse, une présentation sous la forme d'un tableau est à privilégier.

Dossier 2 LA PERFORMANCE DE L'ACTIVITÉ « BANDE DESSINÉE »

2.1 Présenter le mode de production des BD choisi par Ankama.

Ankama a choisi le mode de production en série et, plus précisément, en grande série. Ce dernier se caractérise par la fabrication

Ne confondez pas modes de production (à l'unité, en série...) et modes de pilotage de la production (flux tendus / poussés). Après avoir identifié le mode de production

d'un produit identique en grande quantité. C'est le cas ici puisque les BD produites par Ankama sont distribuées à plusieurs milliers d'exemplaires.

choisi par Ankama, justifiez votre réponse avec les données fournies en annexes.

2.2 Retrouver, par le calcul, le coût de revient d'une BD lorsque l'entreprise en produit 3 000 unités.

Réalisez les calculs au brouillon sans tracer les tableaux.

Approvisionnement de papier pour 1 BD : 667 g	Calcul	Résultat
Charges directes : 0,10 € les 100 g	100 g → 0,10 € 667 g → x € x = 0,10 × 667/100	0,67 €
Charges indirectes : UO : 100 g Coût : 0,06 € pour 100 g	100 g → 0,06 € 667 g → x € x = 0,06 × 667 / 100	0,40 €
Total		**1,07 €**

Règle de proportionnalité ou « produit en croix ».

Production de 1 BD	Calcul	Résultat
Charges directes : Illustration Correction Impression	 6 000 €/3 000 BD 0,5 minute à 11,07 € l'heure donc 11,07/60 × 0,5 (*)	 2,00 € 0,09 € 1,80 €
Charges indirectes : UO : 1 h de main-d'œuvre de correction Coût : 190,80 €	60 minutes (1 heure) → 190,80 € 0,5 minute → x € x = 190,80 × 0,5 / 60	0,40 €
Total		**5,48 €**

* 60 minutes (1 heure) → 190,80 €
0,5 minute → x €
x = 190,80 × 0,5 / 60

Le calcul du coût de revient à l'aide de charges directes et indirectes fait référence à la méthode des coûts complets. Il est préférable de calculer les différents coûts (approvisionnement, production, distribution) dans des tableaux séparés.

Distribution de 1 BD	Calcul	Résultat
Charges directes :	12 % × 17,56 €	2,10 €
Charges indirectes : UO : 1 BD Coût : 1,69 €		1,69 €
Total		**3,79 €**
Coût de revient = 1,07 + 5,48 + 3,79 = 10,34 €		

Le coût de production intègre les coûts d'approvisionnement, il s'élève à 6,55 € (1,07 + 5,48).

2.3 Comparer le coût de revient unitaire d'une BD pour un lot de 3 000 unités et celui d'une BD pour un lot de 100 unités et justifier la pertinence du mode de production mis en place par Ankama.

Le coût de revient unitaire d'une BD pour un lot de 3 000 s'élève à 10,34 €. Celui pour une fabrication d'un lot de 100 s'élève à 11,17 €. La différence entre les deux coûts unitaires atteint 0,83 €. Le mode de production en grande série est donc pertinent car il

Pour justifier la pertinence du mode de production, vous devez indiquer son effet sur le coût de revient. Il est également souhaitable de présenter un impact positif sur un indicateur financier ou commercial tel que la marge.

permet d'obtenir un coût de revient plus faible. En effet, les charges directes unitaires (pour 1 BD) d'impression et de distribution diminuent quand les quantités augmentent.
La baisse du coût de revient permet donc d'accroître la marge réalisée sur les ventes de BD.

2.4 Calculer la marge et le taux de marge d'une BD (pour un lot de 3 000) et en déduire la pertinence de commercialiser ou non le produit.

• **Marge** : prix de vente HT – coût de revient HT
soit 17,56 – 10,34 = 7,22 €.
• **Taux de marge** : marge / coût de revient HT
soit 7,22/ 10,34 = 0,6982 soit 69,82 %.
La commercialisation du produit est pertinente car le taux de marge de Ankama (69,82 %) est supérieur de 9,82 points à celui du secteur (60 %).

Les calculs de marge et de taux de marge sont au programme de 1re. Pour en apprécier la pertinence, comparez vos résultats à ceux du secteur.

Rappel : une différence de pourcentages s'exprime en points.

Dossier 3 UNE CULTURE ORGANISATIONNELLE FORTE

3.1 Identifier les éléments de culture de l'entreprise Ankama.

La culture organisationnelle se définit comme l'ensemble des croyances, des valeurs et des attitudes d'une entreprise, et la manière dont celles-ci influencent le comportement des membres du personnel.

Voir **lexique** p. 82

L'entreprise Ankama est caractérisée par une forte culture organisationnelle, notamment par les éléments suivants :
• l'esprit familial qui règne au sein des locaux, le tutoiement, l'ambiance décontractée ;
• la fidélisation des salariés par la confiance qui leur est accordée ;
• le développement personnel et la possibilité de créer ;
• le bien-être au travail (salle de sport, crèche).

3.2 Repérer et justifier le style de direction d'Anthony Roux.

Anthony Roux, en prenant les décisions stratégiques, seul avec ses associés, exerce un style de direction paternaliste. La proximité qu'il entretient avec eux insuffle un esprit familial dans les relations de travail (tutoiement, etc.). De plus, il fait preuve de bienveillance envers ses salariés en améliorant notamment leurs conditions de travail : salles de sport, crèche…

Il est important dans ce type de question de justifier la réponse en citant les éléments précis donnés dans les annexes.

3.3 Montrer que le style de direction participatif aurait été pertinent au regard de la culture de l'organisation.

Dans le style de direction participatif, le dirigeant définit les règles du jeu, implique ses salariés dans les prises de décision, délègue le pouvoir et favorise l'utilisation des outils web pour gérer les collaborations.

Définissez d'abord le style de direction participatif, puis montrez son avantage principal (la motivation, en l'occurrence).

Dans cette entreprise, le style de direction participatif pourrait être pertinent au regard des éléments de culture organisationnelle. En effet, la confiance accordée aux salariés permettrait de les associer dans les décisions de l'organisation. Le mode de fonctionnement du dirigeant pourrait également permettre de les motiver davantage et de les impliquer encore plus.

3.4 En une quinzaine de ligne, à l'aide de vos connaissances et en vous inspirant d'exemples d'organisations dont Ankama, montrer que l'utilisation d'outils numériques de communication influence l'identité des organisations.

Il existe deux types de communication, la communication interne et externe.
La communication interne a pour but de créer une culture commune, de développer la cohésion ou encore de fédérer les salariés. En effet, ces actions développent chez ces derniers un sentiment d'appartenance. Cette communication peut être ascendante, descendante et transversale.
La communication externe, elle, permet la promotion de l'organisation, la conquête de nouveaux marchés, la fidélisation des clients ou l'accroissement de la notoriété de l'organisation.
Il existe deux types de communication externe : la communication institutionnelle et la communication commerciale qui ont chacune des buts différents. La communication institutionnelle permet la promotion de l'organisation, le développement de son image de marque, de sa e-réputation, alors que la communication commerciale regroupe l'ensemble des actions liées à la publicité, au marketing.
Les outils numériques de communication pouvant être utilisés sont le blog, le *launcher*, le site Internet, le réseau professionnel Indeed ou encore Viadeo, les réseaux sociaux (Instagram, Facebook, etc.), les plateformes de financement participatif (Tipeee, Ulule, Kickstarter).
L'utilisation de ces outils numériques permet de renforcer l'image de marque, de développer la notoriété et la marque employeur, mais aussi de partager la culture et les valeurs de l'organisation.
L'influence de ces outils peut cependant parfois être négative. Par exemple, la maîtrise des avis peut être compliquée : si les avis laissés par les joueurs sont négatifs, ils vont apporter mauvaise réputation à l'organisation.

> Prenez le temps de structurer votre réponse en utilisant les connecteurs logiques. En citant les outils numériques connus et en articulant votre réponse autour de ces mots-clés, le correcteur verra que vous maîtrisez les notions.

SUJET 4

4 heures

Le palais des festivals et des congrès de Cannes

Le palais des festivals et des congrès de Cannes est géré par la Société d'Économie Mixte des Événements Cannois (SEMEC).

La SEMEC, créée le 1er janvier 1992, dispose d'une délégation de service public. Elle possède plusieurs missions :

- la promotion de la ville de Cannes autour du tourisme de loisirs de la clientèle individuelle et des groupes ;
- la commercialisation de la destination affaires de type clientèle de congressistes ;
- la gestion de l'office du tourisme et du palais des festivals et des congrès ;
- l'animation événementielle de la ville.

Depuis 2014, sa présidence est assurée par Claire-Anne Reix.

Le palais des festivals et des congrès de Cannes a été inauguré en 1982 et rénové en 2015. Il est la vitrine de la ville et compte 35 000 m² de surfaces d'exposition et de nombreuses salles. Il est situé au centre-ville de Cannes, sur la célèbre Croisette, une longue promenade bordée de palmiers et de pins entre la plage et la ville. Son événement majeur est le festival international de Cannes qui est le festival de cinéma le plus médiatisé au monde.

Le palais des festivals accueille de nombreux autres événements, salons et manifestations toute l'année.

Quelles sont les actions mises en œuvre pour soutenir la compétitivité du palais des festivals de Cannes ?

Afin d'analyser cette situation, il vous est demandé d'étudier :

1. Le contexte managérial
2. La situation financière et la stratégie commerciale
3. La responsabilité sociétale et environnementale

Dossier 1 LE CONTEXTE MANAGÉRIAL (6 points)

Le palais des festivals est la locomotive du tourisme cannois. Son activité ne se limite pas à l'organisation du célèbre festival de Cannes. Il accueille toute l'année un nombre important d'événements professionnels et culturels.

Travail à faire à l'aide des documents 1 à 5 :

1.1 Expliquer en quoi la SEMEC, qui gère le palais des festivals, exerce des missions de service public.

1.2 Identifier les domaines d'activité stratégiques du palais des festivals.

1.3 Effectuer une analyse de l'environnement.

1.4 Identifier les facteurs clés de succès du palais des festivals.

Dossier 2 LA SITUATION FINANCIÈRE ET LA STRATÉGIE COMMERCIALE

(7 points)

La pérennité du palais des festivals s'accompagne d'une structure financière solide et d'une politique commerciale dynamique dont le but est de fidéliser les clients actuels, d'une part, et de capter une clientèle potentielle, d'autre part, grâce à des outils de marketing diversifiés.

Travail à faire à l'aide des documents 6 à 10 :

2.1 Calculer et analyser les indicateurs du bilan de la SEMEC.

2.2 Analyser la profitabilité de la SEMEC.

2.3 Repérer les composantes de l'offre du palais des festivals et montrer que le moyen de communication utilisé est cohérent avec les cibles visées.

2.4 Identifier les objectifs fixés par le palais des festivals et repérer les moyens mis en œuvre pour les atteindre. Conclure sur leur pertinence.

Dossier 3 LA RESPONSABILITÉ SOCIÉTALE ET ENVIRONNEMENTALE

(5 points)

Le palais des festivals est résolument engagé dans une démarche de certification visant à formaliser ses engagements sociétaux et environnementaux. Cette démarche « éco-citoyenne » est également un signal fort envoyé aux parties prenantes.

Travail à faire à l'aide des documents 11 et 12 :

3.1 Après avoir cité quelques critères de non-discrimination que les organisations doivent observer, expliquer l'engagement du palais des festivals en matière d'égalité homme/femme. Montrer les répercussions possibles sur la performance du palais des festivals.

3.2 Indiquer le rôle des certifications et labels. Quels impacts ceux-ci peuvent-ils avoir sur les usagers du palais des festivals ?

3.3 Après avoir rappelé l'utilité d'un indicateur, proposer un indicateur ayant trait à la formation.

Question de synthèse

(2 points)

Au terme de cette étude, analyser quels sont les objectifs du palais des festivals et des congrès de Cannes et les actions mises en œuvre pour rester compétitif sur un marché concurrentiel.

DOCUMENTS

Document 1 Définition : la Société d'économie mixte (ou SEM)

La société d'économie mixte ou SEM est une société anonyme dont la majeure partie du capital, plafonnée à 85 %, est la propriété de personnes publiques, comme par exemple l'État ou une collectivité territoriale [...].

Source : extrait du site www.petite-entreprise.net

Document 2 Rapport de la cour des comptes

La société d'économie mixte pour les événements cannois (Semec) est titulaire d'une délégation de service public (DSP), confiée par la ville de Cannes en 2010 pour une durée de dix ans, dans le cadre de laquelle elle exerce la totalité de son activité.
Ce contrat [...] lui confie, en premier lieu, la gestion du palais des festivals et des congrès de Cannes, premier palais des congrès de province en termes d'activité, charge à elle d'y organiser des activités de congrès, de salons et de festivals, en deuxième lieu, la politique touristique et notamment la gestion de l'office de tourisme et, en troisième lieu, la mise en œuvre de l'activité événementielle de la ville, notamment au travers de l'organisation de concerts, feux d'artifices et festivals de rue. [...]
Alors que l'activité de salons et congrès est concurrentielle (en France et à l'étranger), les activités relevant de l'événementiel et du tourisme constituent des services publics administratifs. [...]

Source : synthèse du Rapport de la chambre régionale des comptes Provence-Alpes-Côte d'azur du 13 février 2018

Document 3 Entretien avec Claire-Anne Reix, présidente du palais des festivals et des congrès de Cannes

[...] **Quels sont les types de congrès les plus récurrents ?**
Ceux liés au cinéma, à la télévision, à l'audiovisuel. C'est la marque de fabrique de Cannes. Mais il y en a d'autres qui se développent beaucoup tels que la sécurité, les technologies de pointe, le mobilier et l'événementiel. [...]

Comment le Palais peut-il concurrencer des infrastructures comme il existe à Barcelone ?
Il faut jouer avec nos atouts. À Barcelone, il y a des m² à n'en plus finir mais les hôtels sont à une heure de route. Si on a perdu certains congrès, c'est parce qu'ils sont devenus trop grands. On ne délocalise pas un congrès pour rien : c'est une date, un lieu. Nos

▸▸▸

atouts, c'est cette baie extraordinaire, cette ville où on peut bien vivre. On privilégie la qualité. Mais rien n'est jamais acquis, on cherche à se différencier. Il faut atteindre un juste équilibre : on cherche sur les axes de progrès à être performant et à garder l'authenticité de Cannes. C'est le secret.

Quels sont les avantages d'organiser un salon à Cannes plutôt qu'ailleurs ?

Le lieu. Mais c'est aussi la possibilité d'avoir une interface unique. Les congressistes ont affaire à des professionnels qui ont l'habitude des événements internationaux. [...]

Source : Nice Matin, propos recueillis par Alhena Domela, publié le 11/07/2018

Document 4 Séminaires et Incentives[1] au Palais

Cannes, destination touristique, destination d'affaires et destination « récompense »

Quel cadre plus motivant et plus fédérateur que la baie de Cannes, son patrimoine culturel et événementiel, et sa qualité de vie ? Pour vos incentives et séminaires, Cannes et sa région offrent toute l'année une mosaïque d'activités sportives, créatives, typiques et inédites dans un environnement exceptionnel sous le soleil. [...]

Activités sportives

Sports nautiques, golf, tennis, randonnée, quelle que soit l'activité sportive, le cadre est enchanteur. [...]

Activités typiques et créatives

La région est riche, gourmande et ludique [...]. Autre richesse locale, le parfum : organisez une visite en pays grassois et repartez avec un parfum spécialement créé pour l'occasion.

Activités originales

Le littoral cannois se prête admirablement aux rallyes motorisés : arrangez un circuit thématique en voitures de collection, véhicules de luxe, plus écologiquement, à vélo électrique ou encore en solex, pour découvrir une côte pittoresque qui inspira et inspire encore de nombreux artistes. Vitrine du luxe, Cannes possède trois casinos, à tester pour une ambiance festive. Pourquoi ne pas vous laisser chouchouter avec les offres bien-être et beauté, ou encore se laisser guider à travers la ville avec ses 300 enseignes shopping.

Source : extrait du site www.palaisdesfestivals.com

1. Incentive : terme qui désigne l'ensemble du domaine d'activité lié à la motivation des ventes (organisation voyages, programmes cadeaux, organisation de challenges, événements vendeurs, etc.).

Document 5 Les NRJ Music Awards à Cannes

Créés par la station de radio du même nom, les NRJ Music Awards récompensent les artistes de l'année français et internationaux, par un système de votes pour chaque catégorie. Cette cérémonie, en partenariat avec la Ville, est exclusivement ouverte sur invitation en direct du palais des festivals et des congrès et retransmise en *prime-time* sur TF1.

Source : extrait du site www.cannes.com

Document 6 Les clients du palais des festivals de Cannes

Événement avec un grand E, le Festival de Cannes réunit chaque année en mai le monde du cinéma. 70 ans d'histoire entre Cannes et le 7e art. Une histoire qui a suscité bien d'autres vocations. **Grâce au Palais des Festivals et des Congrès, le calendrier cannois est jalonné d'événements d'ampleur mondiale.** Des dizaines de décideurs et d'organisateurs ont choisi Cannes pour offrir le cadre et la structure les mieux adaptés à leur projet. Ancrés dans leur histoire et dans celle du Palais, ils sont nombreux d'année en année à nous réitérer leur confiance. Manifestations grand public, salons professionnels, festivals internationaux, sommets géo-politiques, tous ces événements sont nos références. Ils témoignent de notre volonté de proposer un espace réceptif toujours plus performant dans un environnement privilégié. [...]

Source : extrait du site www.palaisdesfestivals.com

Document 7 Cannes innove en déployant un marketing d'influence digital ciblé

[...] Cannes intensifie sa présence sur ses marchés prioritaires pour tirer le meilleur des nouvelles lignes aériennes et assume ses choix en déployant un marketing encore plus ciblé pour toucher les clientèles, les décideurs directs et les influenceurs. **Une stratégie digitale qui permet de toucher plus de publics tout en limitant l'empreinte carbone des opérations de promotion** classiques consistant en de nombreux déplacements à l'étranger. Parmi les actions fortes :

• **Conquérir le marché chinois,** dont les segments à fort pouvoir d'achat [...].

• **Multiplier les workshops virtuels sur les marchés long-courriers (USA, Chine, Russie)** afin de faciliter l'accessibilité de la promotion internationale au plus grand nombre d'hôteliers, en limitant les coûteux déplacements à l'étranger.

• **Multiplier les accueils d'influenceurs** toute l'année [...].

• **Le « Cannes digital Camp » pour partager les bonnes pratiques digitales avec les professionnels :** ateliers d'accompagnement proposés à l'ensemble des acteurs du tourisme cannois, grâce au Club des Community Managers et le « Cannes Digital Camp », un nouveau rendez-vous annuel pour partager les bonnes pratiques et anticiper les nouveaux usages du digital.

• **Faire de Cannes la 1re destination « staycation » après Paris et Londres** : de nouvelles expériences proposées aux clientèles de proximité cannoises et azuréennes dès janvier 2020.

• **Plus de 100 spectacles pour développer l'attractivité culturelle et festive** [...].

• **Un objectif de 3 millions de visiteurs pour les sites Internet de la destination, dont l'audience a déjà progressé de +30 % en 2019,** avec le lancement d'un nouveau portail tourisme pour un renouveau éditorial.

• **Dynamiser les campagnes digitales B2C,** en partenariat avec le CRT Côte d'Azur France et en soutien aux actions promotionnelles sur 3 marchés prioritaires (USA, Europe et Chine) ; développer des opérations de promotion hors périodes de forte fréquentation telles que les soldes d'hiver, « Sales and The City », le printemps, et la

Toussaint ; ainsi que sur des dates stratégiques pour les professionnels à l'instar de la 2e semaine du Festival International du Film.

• **Objectif 2020 : dépasser le cap des 10 millions de personnes touchées par les réseaux sociaux** : développer les séquences « live » sur Facebook et Instagram, les stories en partageant les coulisses de la destination ; enrichir le parcours Instagram avec les nouveaux spots « instagramables » ! Une dynamique bien engagée en 2019 avec une audience atteinte de 7,9 millions (+2 millions vs 2018). [...]

Source : extrait du site www.palaisdesfestivals.com, article « CP - PAC 2020 : Cannes, une destination d'avance », publié le 07/11/2019

Document 8 La destination Cannes mise sur le marketing d'influence : Bruno Maltor[1] en invité vedette

[...] **Le marketing d'influence, au centre de la communication digitale de la destination Cannes**

Reflet de l'évolution des usages et modes d'information, le marketing d'influence rime avec marketing personnalisé et participatif où chaque visiteur est aussi un média.

Les blogs et réseaux sociaux sont devenus incontournables en matière de promotion touristique. Plus d'un milliard et demi de personnes sont connectées aux réseaux sociaux. En France, plus de deux internautes sur trois disposent d'un compte Facebook, Instagram, Twitter, Snapchat... et passent en moyenne 1 h 20 par jour sur ces plateformes. Ils y suivent des influenceurs qui les inspirent au quotidien. Cette tendance s'avère notamment forte en matière de voyages qui se décident de plus en plus par rapport à des expériences vécues.

La direction du tourisme du palais des festivals et des congrès de Cannes entend associer l'ensemble des professionnels – hôteliers, prestataires d'activités, commerçants, dans cette démarche de promotion. Ces acteurs sont autant de créateurs et diffuseurs de contenus. L'association de toutes les forces vives de la ville permettra à l'empreinte digitale d'être forte, subtile et désirable. [...]

Les blogueurs influenceurs, partenaires stratégiques pour Cannes

Blogueur, instagrameur, youtuber... Un influenceur est une personne qui possède une audience qualifiée sur une ou plusieurs plateformes « social media » (blog, Instagram, Facebook, Snapchat, Youtube...) et qui arrive à toucher et engager ses lecteurs par son expertise dans certains domaines : lifestyle, sport, voyage, gastronomie...

Bénéficier de la viralité et de la qualité de contenus inspirants d'un blogueur comme Bruno Maltor est une belle opportunité pour dynamiser l'image de Cannes. Grâce à son audience mais également aux réseaux de sa communauté, la réalisation d'une vidéo promotionnelle sur la destination va permettre d'augmenter la visibilité de la ville sur ces plateformes auprès d'un large public. L'objectif est également de montrer une facette plus authentique et insolite de Cannes, comme peuvent le vivre les habitants. [...]

Source : extrait du site www.palaisdesfestivals.com, article « La destination Cannes mise sur le marketing d'influence : Bruno Maltor en invité vedette », publié le 27/07/2018

1. Bruno Maltor est le fondateur du blog « Votre Tour du Monde » qui compte plus de 2 millions de visiteurs par an (nombre de visiteurs uniques en 2017).

Document 9 Bilan fonctionnel 2018 de la SEMEC

ACTIF		PASSIF	
Emplois stables		**Ressources stables**	
Immobilisations brutes	97 182 968	Ressources stables	100 168 628
Actif circulant		**Passif circulant**	
Stocks	247 747	Dettes fournisseurs, fiscales et sociales	9 157 846
Créances	7 222 271		
Disponibilités	4 673 488		
Total	**109 326 474**	**Total**	**109 326 474**

Source : extrait du site www.infogreffe.fr

Document 10 Le résultat de la SEMEC

Année	2018	2017	2016	2015	2014
Chiffre d'affaires	45 188 268	43 822 233	41 492 542	37 766 655	37 581 160
Bénéfice ou perte	– 46 830	299 778	693 573	21 648	569 687

Source : extrait du site www.infogreffe.fr

Document 11 Politique RH : l'égalité homme femme à la SEMEC

[...] L'égalité professionnelle entre les hommes et les femmes s'inscrit dans le cadre des principes généraux d'égalité de traitement et de non-discrimination pour lesquels notre entreprise s'efforce d'œuvrer.

En effet, le palais des festivals et des congrès veille au quotidien, au travers de sa politique sociale, au respect du principe d'égalité de traitement des hommes et des femmes et ce tant lors de l'embauche, de l'exécution ou de la rupture du contrat de travail qu'en matière de rémunération, de formation professionnelle... [...]

[L'index « égalité hommes-femmes »] est fondé sur cinq indicateurs traitant :

• des écarts de rémunération entre les femmes et les hommes ;
• des proportions de femmes et d'hommes augmentés ;
• des proportions de femmes et d'hommes promus ;
• du pourcentage de femmes augmentées à leur retour de congé maternité ;
• du nombre de femmes et d'hommes parmi les 10 plus hautes rémunérations de la société.

Pour l'exercice 2018, la SEMEC avait obtenu la note de 80/100.
Pour l'exercice 2019, la SEMEC a obtenu la note de 78/100.
[...] Le palais des festivals et des congrès souhaite continuer à œuvrer afin de parvenir à un meilleur équilibre des genres, en abordant des sujets tels que la parentalité et l'équilibre vie personnelle/vie professionnelle, favorisant ainsi l'épanouissement de chacun.

Bruno Demarest
Directeur des Ressources Humaines

Source : extrait du site www.palaisdesfestivals.com

Document 12 Les certifications du palais des festivals

Afin de se distinguer de la concurrence et accroître sa compétitivité, le palais des festivals s'est engagé dans une démarche de certification.
Il poursuit 4 objectifs :
- **Responsabilité sociétale** (respect des droits de l'Homme, protection de l'enfance, prévention de la corruption, égalité des chances, transparence des pratiques, engagement sociétal local).
- **Qualité** (satisfaction totale des clients, professionnalisation continue des équipes).
- **Santé et sécurité** (amélioration des conditions de travail, prévention des maladies professionnelles, sécurité des personnels et des parties prenantes).
- **Environnement** (tri des déchets, maîtrise de la pollution des eaux usées, réduction de CO_2, maîtrise de la consommation d'eau, d'électricité et de papier).

Ces derniers témoignent de la volonté du palais des festivals de prendre en compte les enjeux liés au développement durable et les enjeux sociétaux.
Les performances environnementales sont mesurées à l'aide d'indicateurs tels que la consommation d'électricité, d'eau, de papier ainsi que le volume de déchets et leur valorisation.
Le palais des festivals possède de nombreuses certifications :

Certifications	Ce qui est certifié
Normes iso 9001 – 14001 et OHSAS 18001 (CERTIFICATION INTERNATIONAL SOCOTEC – ISO 9001, ISO 14001, OHSAS 18001)	– Qualité du management. – Tri des déchets. – Santé et sécurité au travail.
Norme iso 26000 (ISO 26000 RESPONSABILITÉ SOCIÉTALE)	Responsabilité sociétale et environnementale.
Norme iso 18788 (ISO 18788 apave)	– Sureté des personnes et des biens. – Sécurité des événements.

Le palais des festivals reprend l'ensemble de ces engagements dans une charte d'éthique qui fédère les salariés autour de ce projet commun.

Travail préparatoire

étape 1 Lecture du sujet et organisation matérielle

▸ **Lisez le texte d'introduction présentant l'organisation.**

▸ **Lisez le texte d'introduction de chaque dossier** et détachez les documents du sujet afin de les regrouper par dossier à traiter.

▸ **Estimez le temps nécessaire à la réalisation d'un dossier.** Un sujet est conçu pour laisser au candidat 1 heure de lecture, relecture et manipulation des documents. Il reste 3 heures à répartir en fonction du barème présenté qui est représentatif du temps nécessaire. Par exemple, un dossier de 6 points sur 20 représentera 6/20 × 180 minutes soit 90 minutes donc 1 heure et 30 minutes.

étape 2 Le traitement des questions

Certaines questions doivent faire l'objet d'un travail préparatoire au brouillon. La question de synthèse (qui n'est pas systématique dans les sujets de bac), par exemple, doit faire l'objet d'une attention particulière. Pour la traiter, procédez ainsi :

▸ **Commencez par lire attentivement la question de synthèse et élaborez un plan général, de préférence en deux parties.**
Le choix des parties varie en fonction de la problématique et des différentes questions qui sont posées tout au long du sujet, dans les différents dossiers.
Plusieurs types de plans sont envisageables :
– constat / solutions ;
– causes / solutions ;
– objectifs / conditions (ou moyens) ;
– avantages / limites ;
– etc.
À vous de déterminer la meilleure option, une fois que vous avez bien saisi tous les enjeux de la problématique.

▸ **Au fil de votre devoir, lorsque vous répondez aux questions des dossiers, pensez à noter au brouillon l'idée principale qui figurera dans la réponse à la question de synthèse.**
Par exemple, pour la question 1.4, notez : « Le palais des festivals bénéficie de nombreux facteurs clés de succès liés à sa situation géographique exceptionnelle, sa renommée et ses infrastructures. »

▸ **Enfin, rédigez la réponse à la question de synthèse au propre.**
Reprenez chaque idée principale notée au brouillon et rédigez votre réponse en plaçant l'idée dans la partie concernée. Pensez à articuler les idées entre elles avec des connecteurs logiques.

Corrigé

Les textes en bleu et les questions du sujet apparaissant dans ce corrigé ne doivent pas figurer dans votre devoir. Nous les avons insérés pour vous guider.

Dossier 1 LE CONTEXTE MANAGÉRIAL

Les conseils du professeur

1.1 Expliquer en quoi la SEMEC, qui gère le palais des festivals, exerce des missions de service public.

Une mission de service public doit servir l'intérêt général.
Or la SEMEC possède une délégation de service public et assure des missions qui répondent à ce critère, à savoir :
- l'animation de l'activité événementielle de la ville de Cannes (concerts, feux d'artifice, festivals de rue) ;
- la promotion des activités touristiques de la ville.

Vous devez expliquer ce qu'est une mission de service public avant de répondre à la question.

1.2 Identifier les domaines d'activité stratégiques du palais des festivals.

Le palais des festivals intervient dans plusieurs domaines d'activité stratégiques :
- l'organisation de séminaires professionnels ;
- l'organisation de congrès, de festivals et de salons ;
- l'organisation de spectacles tels que les NRJ Music Awards.

Voir **lexique** p. 83

1.3 Effectuer une analyse de l'environnement.

Opportunités	Menaces
• La destination « Cannes » et ses infrastructures. • Le climat favorable. • L'attractivité de la France pour les clients internationaux. • Un contexte politique et économique stable. • Le développement mondial des congrès professionnels (sécurité, nouvelles technologies…).	• De nombreuses destinations concurrentes. • La contraction de l'activité économique en France et dans le monde.

Les documents du sujet vous permettent d'effectuer une analyse du macro-environnement.

1.4 Identifier les facteurs clés de succès du palais des festivals.

Les facteurs clés de succès du palais des festivals sont :
- une infrastructure importante (35 000 m² de salles et de nombreuses surfaces d'exposition) ;
- une localisation exceptionnelle (en plein centre-ville, sur la Croisette) ;
- sa renommée internationale grâce au festival de Cannes ;
- son intégration dans une structure juridique (SEMEC) qui gère également la politique événementielle et touristique de la ville.

Afin d'identifier les facteurs clés de succès, vous devez repérer les forces de l'organisation.

Dossier 2 LA SITUATION FINANCIÈRE ET LA STRATÉGIE COMMERCIALE

2.1 Calculer et analyser les indicateurs du bilan de la SEMEC.

Indicateurs	Calculs
Fonds de roulement net global (FRNG)	Ressources stables – actif stable (emplois stables) 100 168 128 – 97 182 968 = **2 985 660**
Besoin en fonds de roulement (BFR)	Actif circulant hors trésorerie – passif circulant hors trésorerie (247 747 + 7 222 271) – 9 157 846 = **– 1 687 828**
Trésorerie nette (TN)	FRNG – BFR 985 160 – (–1 687 828) = **4 673 488**

L'analyse du bilan consiste à calculer et analyser le fonds de roulement net global et le besoin en fonds de roulement.

• Le FRNG correspond au surplus de ressources stables après le financement des emplois stables (immobilisations). Il est positif donc la SEMEC finance correctement ses immobilisations.
• Un BFR positif correspond à un besoin résiduel de financement de l'exploitation, il doit être couvert par le FRNG. Ici, le BFR est négatif ce qui signifie que l'exploitation n'engendre aucun besoin mais qu'au contraire elle dégage une ressource supplémentaire.
• La TN est positive car les ressources sont supérieures aux besoins.
Le bilan de la SEMEC montre que sa structure financière est saine en 2018.

Attention, une trésorerie nette positive ne signifie pas que l'entreprise possède une capacité d'autofinancement équivalente car elle a des dettes dans son bilan qui sont à régler à une certaine échéance.

2.2 Analyser la profitabilité de la SEMEC.

Pour analyser la profitabilité, on peut calculer le résultat de l'entreprise en pourcentage du chiffre d'affaires réalisé.

Année	2018	2017	2016	2015	2014
Profitabilité	– 0,10 %	0,68 %	1,67 %	0,06 %	1,52 %

La SEMEC dégage un résultat compris entre – 0,10 % et 1,67 % du chiffre d'affaires réalisé suivant les années. Elle est financièrement à l'équilibre.

Vous devez analyser le résultat. Pour cela, vous pouvez soit calculer son évolution, soit le rapporter au chiffre d'affaires.

2.3 Repérer les composantes de l'offre du palais des festivals et montrer que le moyen de communication utilisé est cohérent avec les cibles visées.

L'offre proposée par le palais des festivals de Cannes est une offre de services composée d'événements d'ampleur mondiale tels que les :
• festivals internationaux ;
• salons professionnels ;
• sommets géopolitiques ;
• manifestations grand public.

Mobilisez les connaissances acquises en Première en management.
Les objectifs sont, dans le cas présent, quantitatifs. Il aurait été nécessaire de les classer s'ils avaient été qualitatifs.

Pour communiquer sur cette offre le palais a investi dans le marketing d'influence afin de toucher une cible internationale composée de professionnels et du grand public. Ce moyen est très pertinent puisqu'il permet de personnaliser le message, et de proposer une diffusion rapide, sélective et adaptée à chaque cible.

Voir lexique p. 84

2.4 Identifier les objectifs fixés par le palais des festivals et repérer les moyens mis en œuvre pour les atteindre. Conclure sur leur pertinence.

Objectifs quantitatifs	Moyens mis en œuvre
Conquérir le marché chinois, dont les segments à fort pouvoir d'achat.	Création et lancement du « Cannes digital Camp » pour partager les bonnes pratiques digitales avec les professionnels.
Faire de Cannes la première destination « staycation ».	Multiplication des workshops virtuels sur les marchés long-courriers (USA, Chine, Russie) afin de faciliter l'accessibilité de la promotion internationale au plus grand nombre d'hôteliers, en limitant les coûteux déplacements à l'étranger.
Atteindre l'objectif de 3 millions de visiteurs pour les sites Internet de la destination.	• Lancement d'un nouveau portail tourisme pour un renouveau éditorial. • Accueil de plus de 100 spectacles pour développer l'attractivité culturelle et festive.
Parvenir à l'objectif de 10 millions de personnes touchées par les réseaux sociaux en 2020.	• Multiplication de l'accueil d'influenceurs toute l'année. • Développement de séquences « live » sur Facebook et Instagram pour partager les coulisses de la destination. • Enrichissement du parcours Instagram avec les nouveaux spots « instagramables ». • Dynamisation des campagnes digitales B2C avec des partenariats. • Développement des opérations de promotion hors périodes de forte fréquentation.

Les moyens utilisés par le palais des festivals sont pertinents. En effet, le nombre de visiteurs du site Internet a augmenté de 30 % en 2019. De plus, l'audience des réseaux sociaux a atteint 7,9 millions de visiteurs uniques en 2019 soit une augmentation de plus de 33 % par rapport à 2018 (5,9 millions en 2018).

Pour calculer l'évolution de l'audience, la formule du taux d'évolution a été utilisée :

$$\frac{VA - VD}{VD} \times 100$$

VA : valeur d'arrivée

VD : valeur de départ

Dossier 3 LA RESPONSABILITÉ SOCIÉTALE ET ENVIRONNEMENTALE

3.1 Après avoir cité quelques critères de non-discrimination que les organisations doivent observer, expliquer l'engagement du palais des festivals en matière d'égalité homme/femme. Montrer les répercussions possibles sur la performance du palais des festivals.

Les critères de non-discrimination indiqué dans l'article L. 1132-1 du Code du travail sont au nombre de 23. On peut notamment citer les critères suivants : l'origine, le sexe, les mœurs, l'orientation sexuelle, l'âge, la situation de famille, etc.

Vous ne devez lister que quelques critères de non-discrimination, mais d'autres pourraient être cités, par exemple : les opinions politiques, les convictions religieuses, un handicap, etc.

Le palais des festivals s'engage dans une démarche d'égalité homme/femme en portant attention à cette égalité dès l'embauche d'un salarié, et tout au long de sa carrière au sein de l'organisation (rémunération, formation professionnelle, etc.).

Cette démarche peut influencer la performance de l'organisation. En effet, un salarié qui trouve un équilibre entre sa vie privée et sa vie professionnelle, qui se sent rémunéré à sa juste valeur, sera plus motivé et enclin à s'investir dans ses tâches.

De plus, la communication faite par le palais des festivals montre une image positive de l'organisation, ce qui constitue une véritable promotion de la marque employeur.

Voir **lexique** p. 85

3.2 Indiquer le rôle des certifications et labels. Quels impacts ceux-ci peuvent-ils avoir sur les usagers du palais des festivals ?

Les certifications et labels permettent aux organisations d'officialiser des démarches qualitatives et de pouvoir valoriser leurs actions auprès du public.

Afin de montrer que vous avez bien cerné la problématique de la question, indiquez que vous connaissez l'importance des labels et certifications.

Les usagers du palais des festivals, en prenant connaissance des labels et certifications détenus par ce dernier, en ont une image positive et dynamique. Par ailleurs, la communication autour de ses certifications et labels permet au palais des festivals de se distinguer des organisations proposant des activités similaires, de toucher un plus large public et de s'inscrire dans une démarche éco-citoyenne en sensibilisant les usagers.

3.3 Après avoir rappelé l'utilité d'un indicateur, proposer un indicateur ayant trait à la formation.

Un indicateur permet de mesurer un résultat, une évolution, une situation de manière qualitative ou quantitative.

Les indicateurs permettant de mesurer les actions de formation sont :

- le nombre de jours de formation par employé ;
- le nombre d'heures de formation par employé ;
- le pourcentage de salariés ayant reçu une formation dans l'année ;
- etc.

D'autres indicateurs peuvent être acceptés par le correcteur, du moment qu'ils restent cohérents avec la mise en situation.

Question de synthèse

Au terme de cette étude, analyser quels sont les objectifs du palais des festivals et des congrès de Cannes et les actions mises en œuvre pour rester compétitif sur un marché concurrentiel.

PROPOSITION DE PLAN

I. La situation du palais des festivals

Le palais des festivals fait partie de la SEMEC qui est une société d'économie mixte présente dans plusieurs domaines d'activité stratégiques. Il organise chaque année de nombreuses manifestations culturelles, événementielles et professionnelles telles que des festivals, des congrès ou des séminaires.
Le palais bénéficie par ailleurs de nombreux facteurs clés de succès liés à sa situation géographique exceptionnelle, sa renommée et ses infrastructures. La structure financière de la SEMEC est saine et les produits dégagés chaque année permettent globalement de couvrir les charges. Sa clientèle est française et internationale. Les destinations concurrentes telles que Barcelone sont cependant nombreuses et le palais des festivals ne peut pas se contenter de se reposer sur ses acquis pour demeurer compétitif.

Avant d'exposer les objectifs, vous pouvez faire un constat et, donc, dans une première partie, rappeler quelle est la situation managériale, financière et commerciale de l'organisation.

II. Les objectifs et les actions mises en œuvre

Afin de rester concurrentiel, le palais des festivals compte fidéliser et capter une clientèle de professionnels grâce à une politique commerciale dynamique axée sur le marketing digital.

Voir **lexique** p. 84

Le développement de l'activité culturelle et événementielle de la ville de Cannes, orchestré par la SEMEC, contribue également à renforcer son attractivité aux yeux des clients potentiels.
De surcroît, le palais des festivals cultive son image d'institution éco-citoyenne. En effet, le lieu a adopté une démarche de responsabilité sociétale et environnementale (charte d'éthique) qui consiste à lutter contre les discriminations, promouvoir l'égalité hommes-femmes et faire le choix du développement durable. Toutes ces actions sont mesurées à l'aide d'indicateurs et participent à l'attractivité du palais des festivals.

Utilisez des connecteurs logiques.

SUJET 5 BAC 2022
France métropolitaine

4 heures

CARAÏBES FUMÉS

Avec ses célèbres rillettes de poisson fumé vendues sous la marque « Cap Créole », la société Caraïbes Fumés a réussi à se faire une place incontournable à la table des Guadeloupéens.

Créée en 1996 par Olivier Berhault, un cuisinier passionné, cette PME locale qui évolue dans le secteur de la transformation et de la conservation de poissons, mollusques et crustacés avait pour vocation initiale d'alimenter les cafés, hôtels et restaurants de la région en poisson fumé. Implantée dans la commune de Bouillante en Guadeloupe, petite ville balnéaire connue pour ses paysages sauvages et son port de pêche, le dirigeant a réalisé que l'intérêt pour son produit pouvait dépasser le cadre de la restauration. Il s'est décidé à élargir sa clientèle en se tournant vers les particuliers. Il leur propose alors de nouveaux produits tels que la célèbre rillette de marlin[1] fumé et toute une déclinaison d'autres saveurs. En 2018, Caraïbes Fumés prend un nouveau tournant : Monsieur A. rachète la société et propose à Olivier Berhault de prendre la direction de la production. La PME prend alors de l'ampleur et ouvre d'autres unités commerciales dans deux autres communes de Guadeloupe.

Caraïbes Fumés compte aujourd'hui 30 salariés et propose plus de 150 références, sous forme de rillettes, poissons fumés, filets de poisson et autres farces de poisson, commercialisées sous la marque Cap Créole. Aujourd'hui, la notoriété de Cap Créole sur l'île n'est plus à faire et les emblématiques rillettes de marlin se retrouvent dans tous les supermarchés de la région. Le marché guadeloupéen semble arriver à saturation et Monsieur A. s'interroge :

Comment Caraïbes Fumés peut-elle accroître sa performance ?

1. Grand poisson pêché dans les mers tropicales.

Afin d'analyser cette situation, il vous est demandé de traiter les dossiers suivants :

❶ Analyse de la situation de Caraïbes Fumés

❷ Un management au service des performances commerciale et sociale de Caraïbes Fumés

❸ L'implantation en Martinique, une piste de développement pour Caraïbes Fumés

Dossier 1 ANALYSE DE LA SITUATION DE CARAÏBES FUMÉS

(7 points)*

Documents à exploiter : documents 1 à 6.

L'histoire de Caraïbes Fumés débute en 1996 grâce à Olivier Berhault. Chef cuisinier et passionné de pêche, il donne naissance à la marque de poisson fumé et rillettes Cap Créole, dont la réputation n'est plus à faire en Guadeloupe. Vingt-cinq ans plus tard, l'entreprise poursuit sa croissance.

* Note des auteurs : le sujet du Bac propose un barème sur 100 points (dossier 1, 34 points ; dossier 2 ; 32 points ; dossier 3, 34 points) ; nous avons choisi, ici, de ramener la notation sur 20 points en adaptant les points attribués à chaque dossier.

Questions obligatoires

1.1 Présenter l'activité principale, les partenaires et les ressources clés du modèle économique de l'entreprise Caraïbes Fumés.

1.2 Identifier les menaces auxquelles l'entreprise Caraïbes Fumés doit faire face.

1.3 Présenter des éléments du diagnostic interne de l'entreprise Caraïbes Fumés.

Questions au choix

1.4a Montrer que l'entreprise Caraïbes Fumés poursuit une finalité environnementale et que cette finalité répond aux attentes de ses partenaires et consommateurs.

1.4b Identifier les avantages concurrentiels de l'entreprise Caraïbes Fumés et montrer que ces avantages ont permis de faire face aux menaces.

Dossier 2 UN MANAGEMENT AU SERVICE DES PERFORMANCES COMMERCIALE ET SOCIALE DE CARAÏBES FUMÉS (6 points)

Documents à exploiter : document 1, et documents 5 à 8 .

Dès la reprise de Caraïbes Fumés, Monsieur A. a mis en place toute une série de mesures. Il a fait le choix d'analyser et de réajuster les processus internes, avec pour objectif un accroissement des résultats. C'est toute la chaîne de valeur qui a été touchée.

Questions obligatoires

2.1 Identifier le style de direction du dirigeant de l'entreprise Caraïbes Fumés. Justifier la réponse.

2.2 Relever, dans les activités de la chaîne de valeur, trois éléments de la démarche qualité mise en place dans l'entreprise Caraïbes Fumés.

Questions au choix

2.3a En une quinzaine de lignes minimum et de manière structurée, montrer que la performance sociale est une préoccupation de l'entreprise Caraïbes Fumés.

2.3b En une quinzaine de lignes minimum et de manière structurée, montrer que les outils numériques de l'entreprise Caraïbes fumés sont au service de l'amélioration de sa performance commerciale.

Dossier 3 L'IMPLANTATION EN MARTINIQUE, UNE PISTE DE DÉVELOPPEMENT POUR CARAÏBES FUMÉS (7 points)

Documents à exploiter : documents 9 à 13 .

Le succès incontesté de la marque Cap Créole en Guadeloupe n'est qu'une première étape dans l'histoire de Caraïbes Fumés. Monsieur A. a de nombreux projets pour l'avenir de son entreprise. Du point de vue de l'activité, il souhaite désormais élargir ses horizons en s'implantant en Martinique.

Questions obligatoires

3.1 Calculer les indicateurs de création de valeur de Caraïbes Fumés en 2020 (valeur ajoutée, résultat d'exploitation, résultat net) et procéder à l'analyse de sa performance financière.

3.2 Présenter les raisons justifiant le lancement des deux nouvelles structures en Martinique (l'unité de production et la boutique).

3.3 Analyser l'équilibre financier de Caraïbes Fumés en Guadeloupe en calculant le fonds de roulement net global (FRNG), le besoin en fonds de roulement (BFR) et la trésorerie nette (TN).

3.4 Proposer trois sources de financement envisageables pour le lancement des deux nouvelles structures en Martinique.

Documents

Document 1 Le concept Cap Créole

Caraïbes Fumés est le nom de l'entreprise qui a donné naissance aux produits « Cap Créole », cette marque bien connue pour ses rillettes de marlin en Guadeloupe. Cette aventure commence par la passion d'un chef cuisinier Olivier Berhault. Ce pêcheur de marlin, pour optimiser la conservation de sa pêche, a eu l'idée de faire fumer ces gros poissons d'une centaine de kilogrammes. Un fumoir bricolé dans son garage a permis l'approvisionnement des restaurateurs de la région qui ont apprécié son poisson fumé. En cherchant une solution pour limiter les pertes, le chef a ensuite voulu traiter les chutes de poissons. Il décide de les transformer en rillettes. L'entreprise s'est alors organisée et structurée petit à petit autour de ces activités qui font aujourd'hui sa réputation et sa renommée : d'un petit local de 80 m^2 à Bouillante près du port de pêche en 1997, l'entreprise s'est progressivement agrandie en rachetant les locaux avoisinants pour arriver à un laboratoire de production de 800 m^2 en 2021. Avec une telle superficie, Caraïbes Fumés est incontestablement le plus gros fabricant de produits à base de dérivés de poissons de Guadeloupe. « Nous avons quelques concurrents, qui font du bon poisson fumé pour certains, mais qui ne distribuent qu'à une toute petite échelle » confie Monsieur A., directeur de l'enseigne.

Malgré cette taille conséquente, Monsieur A. souligne aujourd'hui le besoin d'évolution de cet espace de production qui, malgré sa grande superficie à l'échelle de la Guadeloupe, est devenu trop exigu en matière de stockage et relativement peu fonctionnel. « Le local est constitué d'une succession de petites pièces avec des marches et des différences de hauteurs, la surface de production n'est pas idéale, car peu adaptée aux besoins de l'activité. Mais nous y tenons, c'est là que l'histoire Caraïbes a commencé. Nous tenons à rester dans ces locaux. »

Des salariés impliqués

L'entreprise s'appuie énormément sur le talent d'Olivier Berhault en sa qualité de chef cuisinier et membre fondateur de l'entreprise. « En tant que chef de production, j'ai une totale confiance en ses choix culinaires », explique l'actuel dirigeant Monsieur A.

Aujourd'hui, l'entreprise dénombre une trentaine de salariés sélectionnés avec soin pour leur motivation. « On tâche de garder une ambiance familiale, je connais chacun de mes employés, je connais leur famille, leurs enfants… J'aime que mes salariés soient contents d'être là. S'ils ne sont pas contents, j'essaie de comprendre pourquoi. Je suis là pour écouter ce genre de choses. C'est ma responsabilité, et cela leur permet également de rester motivés » précise Monsieur A.

Des produits diversifiés

Si Caraïbes Fumés est connu pour ses produits dérivés de poisson fumé en provenance de Guadeloupe (marlin, thon, daurade, etc.), l'entreprise vend également quelques préparations à base de poisson d'import. Elle fabrique aujourd'hui environ 150 produits.

Chaque année, sortent de nouveaux produits variés et innovants qu'elle distribue à sa clientèle par le biais de ses trois boutiques, des supermarchés de l'île, mais également depuis son site internet marchand. Ce dernier, créé récemment, a permis d'augmenter les ventes de l'entreprise.

Des emballages écologiques

Devant la quantité de plastique utilisée, l'entreprise s'est tournée vers des emballages biodégradables adaptés. « Je suis prêt à rogner sur mes marges pour avoir un impact environnemental moindre. C'est d'une part, notre responsabilité et d'autre part, une vraie demande de nos clients. En boutique par exemple, nous comptons vendre certains produits dans des bocaux en verre avec consigne. J'ai aussi changé de fournisseur de cartons d'emballage en optant pour un fournisseur local. Ça me coûte un peu plus cher, mais si ça fait vivre une entreprise locale, je trouve que c'est important » précise Monsieur A.

Des saveurs originales

Si la réputation de Caraïbes Fumés tient à ses rillettes de marlin, elle n'en est pas moins liée à la créativité de ses recettes. « L'innovation est essentielle dans ce métier. Nous devons avoir des produits nouveaux régulièrement. Par exemple, pour contrer l'absence du chiffre d'affaires réalisé avec les restaurateurs pendant la crise de la Covid-19, nous nous sommes recentrés sur les ventes aux particuliers et avons créé une recette de marlin fumé au rhum vieux. Ces produits distribués dans nos boutiques et dans la grande distribution ont connu du succès.

Nous conservons toujours nos produits phares pour faire fonctionner Caraïbes Fumés, mais l'innovation est nécessaire. Elle nous permet de rester dynamique et de nous démarquer » explique Monsieur A.

Une communication personnalisée et digitalisée

En termes de communication, les mots d'ordre sont personnalisation et digitalisation. « Nous évitons les prospectus. D'un point de vue environnemental, c'est un désastre ; ils finissent toujours sur la voie publique sans être lus. Je préfère envoyer des courriels personnalisés à nos clients pour fidéliser et promouvoir des publications sur les réseaux sociaux. »

La problématique de l'approvisionnement

Concernant l'export, Caraïbes Fumés n'est pas fermée à l'idée mais pointe du doigt la nécessité de développer son outil de production et de consolider son approvisionnement.

▸▸▸

« La question de l'approvisionnement sera et restera toujours un problème central. En effet, compte tenu de la saisonnalité de la pêche locale, l'entreprise doit parfois se fournir en Amérique latine, ou ailleurs pour assurer la continuité des livraisons et de la production. « On achète le maximum de poissons aux pêcheurs en période haute car nous avons la capacité de les conserver, de les traiter et de les congeler, pour satisfaire nos clients pendant la partie de l'année où il n'y a pas de poisson. »

Source : d'après un entretien avec le dirigeant Monsieur A.

Document 2 La consommation de produits issus de la pêche en Guadeloupe

La Guadeloupe consomme 14 000 à 15 000 tonnes de poissons et coquillages par an, soit 37 kg par habitant et par an, ce qui la place parmi les plus gros consommateurs de la planète. La pêche guadeloupéenne reste essentiellement une activité artisanale qui ne peut satisfaire à elle seule la demande. La pêche locale ne permettrait de couvrir que 60 % de cette consommation annuelle.

Source : Comité régional des pêches

Document 3 L'image des produits de la pêche en 2020

Quelle est la perception des produits aquatiques ?
Les produits d'origine animale souffrent d'un déficit d'image, mais le niveau d'image et de confiance des poissons reste supérieur à celui de la viande.

Est-ce que la crise sanitaire modifie le comportement des consommateurs ?
La crise sanitaire actuelle semble pousser les consommateurs à recentrer leurs achats sur des produits aquatiques nationaux et locaux :
- les trois quarts des répondants préfèrent consommer des produits français ;
- six répondants sur dix privilégient les achats auprès de producteurs locaux.

Source : Baromètre de l'image des produits de la pêche - FranceAgriMer 2020

Document 4 Les industries de l'agroalimentaire face à de nombreux défis

L'impact de la crise de la Covid 19 sur les industries de l'agroalimentaire
Même si les entreprises agroalimentaires françaises, et plus généralement tous les acteurs de la chaîne alimentaire, ont démontré leur capacité d'adaptation pour répondre aux besoins alimentaires, ces dernières ont, elles aussi, été durement frappées par le ralentissement global de l'économie. Selon les enquêtes de l'Association Nationale des Industries Alimentaires, plus de 70 % d'entre elles ont affiché pendant la crise une baisse de chiffre d'affaires. [...]

▸▸▸

Une hausse des coûts de production
Les coûts de production, en augmentation de 3 à 16 %, ont également dégradé les capacités du secteur. La hausse des prix des matières premières, des emballages, des transports, de la maintenance et des équipements de protection des salariés sont autant de postes ayant participé à cette envolée des coûts et à la baisse de la rentabilité des industries de l'agroalimentaire.

Source : Agromedia.fr, 15/03/2021

Document 5 Les changements opérés par la nouvelle direction

En 2018, Monsieur A. rachète Caraïbes Fumés des mains de son fondateur Olivier Berhault avec pour ambition de développer la notoriété de « Cap Créole » et de faire de sa marque un incontournable des tables guadeloupéennes, en matière de poisson fumé. Il a mis en oeuvre, sans concertation et dès son arrivée, toute une série de mesures.

Développement de la gamme de produits
Caraïbes Fumés lance alors plus de 70 nouveaux produits en cinq ans. Ces produits, tous à base de poissons présents dans la mer des Caraïbes, revisitent la cuisine du terroir antillais : marlin à la sauce colombo, *nuggets* de daurade, gratin de christophines au poisson fumé, etc.
L'objectif est d'optimiser l'utilisation des restes du fumage et, en parallèle, de dynamiser la production à partir de poisson frais en maintenant le cap sur l'innovation. « Notre chef de production a encore de nombreuses idées à proposer pour développer la gamme, toujours autour du poisson ».

Structuration de la commercialisation
Monsieur A. décide également de développer le réseau de commercialisation en ouvrant successivement deux boutiques dans deux communes stratégiques de l'île et en approvisionnant l'ensemble des hypermarchés et supermarchés de la Guadeloupe.

Développement de l'outil de production
Le développement de l'activité passe également par celui de l'outil de production. « D'un petit local de 80 m^2, nous sommes passés à un laboratoire de production de plus de 800 m^2 avec un vrai fumoir professionnel. » Le laboratoire s'est progressivement équipé de machines sophistiquées. Celles-ci n'ont pas pour vocation de remplacer l'homme, l'objectif sous-jacent est d'offrir un certain confort aux salariés. « On va continuer à se moderniser. Toute solution qui nous permettra de limiter les troubles musculo-squelettiques, on les prendra. Notre intérêt est d'avoir des salariés contents de travailler avec nous et qui ne souffrent pas à chaque fois qu'ils effectuent une tâche de production. »
Par ailleurs, l'organisation a fait de la sécurité alimentaire un vrai sujet. « Nous avons donc investi, il y a trois ans, dans un logiciel de suivi de production agro-alimentaire. Cela a été une grande révolution mais ça fonctionne plutôt bien. Il y a une véritable traçabilité[1] des aliments. Si demain nous avons un problème sur un lot de rillettes, nous savons où il est, quand il a été produit, quel poisson a été utilisé, quel sac de sel, d'épices. C'est aussi une question de réputation. Nous avons eu une expérience d'un

▸▸▸

client restaurateur qui nous a contactés parce qu'une cliente s'est plainte d'une intoxication alimentaire. Nous avons récupéré tous les produits du lot dans l'après-midi et les avons déposés à l'Institut Pasteur pour analyse. Bien heureusement, le problème ne venait pas de notre production. Mais nous sommes rassurés d'être en mesure de faire cela. » L'acquisition de ce logiciel de production, quoique coûteux, était nécessaire car il a permis d'optimiser les rendements. Dès la première année de reprise en 2018, les résultats ont été au rendez-vous : la production de rillettes de marlin a augmenté de 40 %. Depuis, le volume augmente de 10 % chaque année.

Approvisionnement et production de qualité

Le niveau de qualité des poissons dépend du choix des fournisseurs et de leur mode de surgélation. Leurs techniques de congélation en font un produit de bonne qualité. Nous n'hésitons pas à mettre le prix en nous fournissant auprès de bateaux équipés de surgélateurs puissants qui congèlent à -60 °C en un temps record.

Un autre point essentiel qui participe aussi largement à la production de qualité est celui des techniques de fumage qui font aussi toute la différence avec d'autres marques présentes sur le marché. De ce côté, les secrets de fumage de Caraïbes Fumés sont bien gardés du public et donc de la concurrence.

Source : d'après un entretien avec le dirigeant

1. Capacité à suivre un produit de l'achat des matières premières jusqu'à la consommation du produit final.

Document 6 Les procédures qualité de Caraïbes Fumés

La transformation est une activité très exigeante en normes et en qualité. Caraïbes Fumés attache une grande importance à la qualité de ses produits et a mis en place un service qualité avec auto-contrôle et analyse des produits.

La qualité de nos produits est reconnue :

– label EPV (Entreprise du Patrimoine Vivant) depuis 2011, renouvelé en 2016 ;
– prix inter-entreprise en 2013 : 1er prix pour l'innovation et 1er prix pour « entreprise d'avenir » ;
– chambre de métiers et de l'artisanat : meilleur artisan ;
– références dans le Guide du Routard et Petits Futés.

Source : capcreole.com

Document 7 Les ressources humaines au cœur de la stratégie de Caraïbes Fumés

Monsieur A. est fier de le dire : le *turn-over* (rotation du personnel) de son entreprise est très faible. Satisfait de ses conditions de rémunération, dans un bassin d'emploi assez compliqué, le personnel recruté a tendance à y rester. Les rémunérations sont nettement au-dessus de celles indiquées dans la convention collective nationale de l'industrie agroalimentaire.

▸▸▸

Le salaire minimum dans l'entreprise Caraïbes Fumés est calculé à partir du SMIC mensuel auquel il est ajouté 200 euros. Une grille des salaires permet des augmentations au fur et à mesure de l'ancienneté et de la progression dans les postes. Des primes sont versées deux fois par an, aux mois de juin et de décembre en fonction des résultats de l'entreprise, auxquelles peut s'ajouter une prime exceptionnelle indexée sur la performance individuelle des salariés.
La direction organise régulièrement des « week-end Cap Créole » afin de fédérer les personnels. Ces rencontres sont des moments de partage en famille dans des cadres idylliques.
D'un point de vue organisationnel, tout est mis en œuvre pour impliquer les salariés. Des séances de travail se tiennent lors de petits déjeuners collaboratifs, des formations sont mises en place sur proposition de la direction ou à la demande du personnel. Les salariés méritants et investis peuvent se voir proposer des promotions internes pour devenir chef d'équipe ou responsable de la gestion commerciale. Soucieux du bien-être et de la sécurité de son personnel, Monsieur A. reste proche de chacun et assure des actions de formation au moins deux fois par an dans le cadre de l'hygiène en laboratoire et de la sécurité au travail afin de limiter les troubles musculo-squelettiques.

Source : les auteurs du sujet

Document 8 La chaîne de valeur de Porter

La chaîne de valeur de Michael Porter décrit les activités liées les unes aux autres et dont la coordination est essentielle pour l'obtention d'un avantage concurrentiel.
L'outil permet d'analyser la valeur que crée chacune des activités de l'entreprise et les coûts qu'elles génèrent. Cette valeur correspond à la somme que le client est prêt à payer pour obtenir le produit.
Michael Porter distingue :
– les activités principales lesquelles concernent la production et la vente d'un produit ;
– les activités de soutien lesquelles renforcent et améliorent l'efficacité des activités principales.

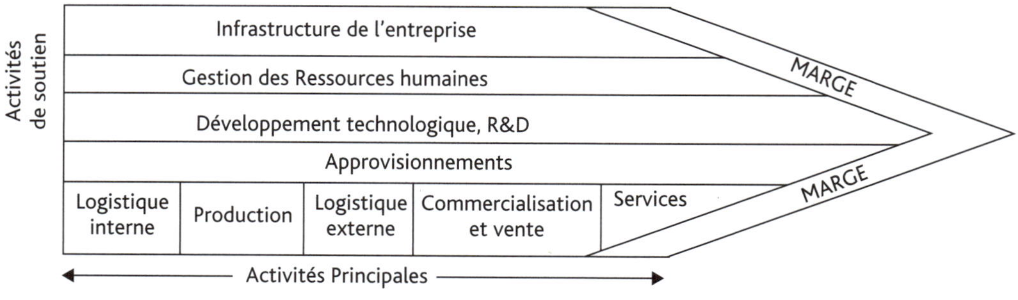

Source : succes-marketing.com

Document 9 L'entreprise Caraïbes Fumés ouvre de nouvelles structures en Martinique

Monsieur A. s'est fixé pour objectif de développer à la fois son outil de production et sa clientèle. Il a d'abord cherché à acquérir un terrain côtoyant le laboratoire de Bouillante en Guadeloupe. Mais, il a finalement opté pour une implantation en Martinique : « en créant des structures là-bas, cela nous offre deux avantages : une identité martiniquaise pour toucher la population locale et l'accès à la pêche martiniquaise ». Cette solution permet également de faire face à la saturation du marché guadeloupéen.
Ce projet, de l'ordre de plusieurs millions d'euros, dont le déploiement s'effectuera en deux phases – le lancement d'une boutique traiteur puis l'ouverture de l'usine de production devrait être finalisé à l'horizon de mars 2022 et devenir rentable en 2027. Fort d'une expérience positive en Guadeloupe, Monsieur A. compte utiliser tous les outils à sa disposition pour financer son projet.

Source : les auteurs du sujet

Document 10 Compte de résultat de Caraïbes Fumés au 31 décembre 2020

Charges d'exploitation	En euros	Produits d'exploitation	En euros
Consommation de l'exercice (consommations intermédiaires)	2 012 893	Production de l'exercice	3 225 485
Impôts et taxes	19 588		
Charges de personnel	683 948		
Dotation aux amortissements	120 638		
Autres charges d'exploitation	10 238		
Total des charges d'exploitation	2 847 305	Total des produits	3 225 485
CHARGES FINANCIÈRES	0	PRODUITS FINANCIERS	0
CHARGES EXCEPTIONNELLES	815	PRODUITS EXCEPTIONNELS	50 810
TOTAL DES CHARGES	2 848 120	TOTAL DES PRODUITS	3 276 295
RÉSULTAT (BÉNÉFICE)	428 175	RÉSULTAT (PERTE)	

Source : Caraïbes Fumés/certaines données ont été adaptées

Document 11 Indicateurs de création de valeur pour 2019 (en euros)

Valeur ajoutée	961 668
Résultat d'exploitation	388 008
Résultat exceptionnel	219 058
Résultat net	605 818

Source : Caraïbes Fumés/certaines données ont été adaptées

Document 12 Bilan fonctionnel de Caraïbes Fumés au 31 décembre 2020

EMPLOIS	Montants en euros	RESSOURCES	Montants en euros
EMPLOIS STABLES		**RESSOURCES STABLES**	
Immobilisations incorporelles	0	Capitaux propres	1 735 800
Immobilisations corporelles	823 373	Emprunts et dettes financières	18 908
Immobilisations financières	189 743		
Total	**1 013 116**	**Total**	**1 754 708**
ACTIF CIRCULANT		**TRÉSORERIE PASSIVE**	
Stocks	309 395	Dettes fournisseurs	210 563
Créances	424 790		
Total	**734 185**	**Total**	**210 563**
TRÉSORERIE ACTIVE		**TRÉSORERIE PASSIVE**	
Disponibilités	217 970		
Total	**217 970**	**Total**	**0**
TOTAL EMPLOIS	**1 965 271**	**TOTAL RESSOURCES**	**1 965 271**

Source : Caraïbes Fumés/certaines données ont été adaptées

Document 13 Aides et accompagnement à la création d'entreprises

La Martinique met à la disposition des entrepreneurs un large catalogue d'aides et d'accompagnements personnalisés, pour tous les projets d'entreprise.
Qu'il s'agisse d'une création ou d'une reprise d'activité, d'une cession ou d'une transmission, les différents acteurs locaux que sont les collectivités locales, la Chambre de commerce et d'industrie ou encore les associations et regroupements d'entreprises sont là pour prodiguer informations et conseils. Les créateurs d'entreprise pourront être renseignés et aiguillés sur les différentes aides financières sous forme de subvention, de prêt, d'exonération de cotisations sociales ou de crédit d'impôt, sur les aides à l'embauche ou à la formation, sur les dispositifs techniques tels que l'accompagnement de leur projet, la prestation de veille, l'implantation en pépinières ou couveuses d'entreprise.

Source : martinique.org

Travail préparatoire

étape 1 Lecture du sujet et organisation matérielle

▸ **Lisez le texte d'introduction présentant l'organisation.**

▸ **Lisez le texte d'introduction de chaque dossier** et détachez les documents du sujet afin de les regrouper par dossier à traiter.

▸ **Estimez le temps nécessaire à la réalisation d'un dossier.** Un sujet est conçu pour laisser au candidat 1 heure de lecture, relecture et manipulation des documents. Il reste 3 heures à répartir en fonction du barème présenté qui est représentatif du temps nécessaire. Par exemple, un dossier de 6 points sur 20 représentera 6/20 × 180 minutes soit 90 minutes donc 1 heure et 30 minutes.

étape 2 Le traitement des questions

▸ **Certaines questions sont au choix.** Choisissez celle pour laquelle vous avez relevé le plus d'éléments de réponse dans les documents. Le barème de correction tient compte du nombre d'arguments mis en avant lors de la réponse.

▸ **Les questions qui consistent à identifier des éléments de réponse,** présenter ou relever des arguments dans les documents, sans méthodologie particulière, **ne nécessitent pas de travail préparatoire au brouillon.** Il est alors conseillé de surligner les éléments de réponse dans les documents afin de reformuler sa réponse argumentée (sous forme d'énumération par exemple) sur votre copie (voir la question 1.2 pour exemple).

▸ **Les autres questions nécessitent un travail préparatoire au brouillon.** Par exemple pour la question 1.3, procédez ainsi :

– Lisez la question et notez les éléments de cours relatifs à la réponse sur votre brouillon :
  - *les forces* : elles concernent les ressources humaines, matérielles, immatérielles ainsi que les compétences ;
  - *les faiblesses* : elles peuvent relever des mêmes sous-catégories.

– Repérez les éléments de réponse dans les documents.

– Surlignez de 2 couleurs différentes les forces et les faiblesses dans le document 1.

– Inutile de rédiger une réponse structurée et exhaustive sur le brouillon, le travail préparatoire vous permet de le faire ensuite directement sur votre copie.

Corrigé

Les textes en bleu et les questions du sujet apparaissant dans ce corrigé ne doivent pas figurer dans votre devoir. Nous les avons insérés pour vous guider.

Dossier 1 ANALYSE DE LA SITUATION DE CARAÏBES FUMÉS

Les conseils du professeur

1.1 Présenter l'activité principale, les partenaires et les ressources clés du modèle économique de l'entreprise Caraïbes Fumés.

- **L'activité principale**

L'entreprise Caraïbes Fumés est spécialisée dans la production et la commercialisation de produits à base de poissons fumés.

Soyez le plus précis possible dans votre réponse. Ici, il n'y a pas que la production à mentionner, il faut aussi penser à la commercialisation et indiquer clairement le produit qui est concerné.

- **Les partenaires**

L'entreprise travaille en partenariat avec les pêcheurs de Guadeloupe qui sont aussi ses fournisseurs.

- **Les ressources clés**

– Les ressources humaines, qui comprennent un chef de production (cuisinier de formation) et des salariés motivés et impliqués.
– Les ressources matérielles, composées d'un laboratoire de production de 800 m^2 et de boutiques présentes sur l'île.
– Les ressources immatérielles qui portent la marque « Cap Créole », mais également, la notoriété de l'entreprise détenue en Guadeloupe ainsi que le site de l'entreprise.

1.2 Identifier les menaces auxquelles l'entreprise Caraïbes Fumés doit faire face.

Caraïbes Fumés doit faire face à plusieurs menaces :

Les menaces sont des composantes du diagnostic externe. Une présentation sous forme d'énumération peut être utilisée, à condition d'expliquer chaque idée. Il est important de ne pas confondre les menaces (éléments externes à organisation) et les faiblesses (éléments internes).

- la pêche est une activité saisonnière ce qui entraîne des variations importantes selon la période de l'année ;
- la crise de la Covid-19 a entraîné des fermetures de restaurants et une baisse de la fréquentation touristique, ce qui a provoqué un ralentissement de l'économie et une baisse du chiffre d'affaires ;
- l'augmentation de certains produits et services (matières premières, emballages, transport, équipements, etc.) a entraîné une augmentation des coûts de production du secteur de l'agroalimentaire de 3 à 16 % ;
- les produits d'origine animale souffrent d'un déficit d'image même si le niveau d'image et de confiance du poisson reste supérieur à celui de la viande ;
- les difficultés d'approvisionnement des matières premières sont une réalité.

1.3. Présenter des éléments du diagnostic interne de l'entreprise Caraïbes Fumés.

• **Les ressources humaines**
– *Force :* une trentaine de salariés motivés.

• **Les ressources matérielles**
– *Forces :* un réseau de trois boutiques sur tout le territoire ; le fumoir professionnel.
– *Faiblesses :* le laboratoire de production est peu pratique, sa superficie est trop petite au regard de la production ; il y a un problème de stockage et d'approvisionnement en poisson toute l'année dû à la saisonnalité de la pêche.

• **Les ressources immatérielles**
– *Forces :* la marque et l'entreprise sont renommées et reconnues ; l'innovation est mise en avant (de nombreuses recettes sont créées, le procédé de fumage unique) ; l'entreprise est un fabricant important de produits dérivés du poisson en Guadeloupe ; une démarche qualité est mise en place grâce au logiciel de suivi de production.

• **Les compétences**
– *Forces :* la capacité à conserver, traiter et congeler les poissons ; les compétences professionnelles et le savoir-faire d'Olivier Berhault ; le fumage des poissons dont le secret est bien gardé ; la capacité d'innovation.

Le diagnostic interne peut aussi être présenté sous la forme d'un tableau dans lequel vous faites état des forces et des faiblesses de l'organisation.

Voir **lexique** p. 81

1.4a Montrer que l'entreprise Caraïbes Fumés poursuit une finalité environnementale et que cette finalité répond aux attentes de ses partenaires et consommateurs.

La finalité environnementale est poursuivie par Caraïbes Fumés car elle met en place des processus qui prennent en compte l'environnement. Ainsi, le processus de production intègre des matières premières provenant essentiellement de la Guadeloupe, et les chutes de poissons sont traitées pour ne pas être perdues (transformation en rillettes). Par ailleurs, les emballages sont écologiques. Enfin, la communication de l'entreprise est digitalisée afin d'éviter une utilisation de papier.

Cette finalité répond aux attentes des partenaires puisqu'elle contribue aux activités des entreprises locales et rassure les consommateurs soucieux de trouver des produits respectueux de l'environnement.

Utilisez des connecteurs logiques.

1.4b Identifier les avantages concurrentiels de l'entreprise Caraïbes Fumés et montrer que ces avantages ont permis de faire face aux menaces.

Les avantages concurrentiels de Caraïbes Fumés reposent sur des savoir-faire et sur sa capacité à innover.

La réponse à cette question est en partie liée aux questions 1.2. et 1.3. Attention, vous ne devez pas reprendre telles quelles les réponses à ces questions, mais montrer la cohérence entre les forces de l'entreprise et les menaces.

En effet, l'entreprise possède des savoir-faire dans la conservation, le traitement et la congélation lui permettant de faire face à la saisonnalité.

De plus, sa force d'innovation favorise la création de recettes originales pour la vente auprès des particuliers et la confection de produits de qualité. Cela lui permet de se différencier de la concurrence (notamment des produits asiatiques) et de faire face à la crise de la Covid-19.

Dossier 2 UN MANAGEMENT AU SERVICE DES PERFORMANCES COMMERCIALE ET SOCIALE DE CARAÏBES FUMÉS

2.1 Identifier le style de direction du dirigeant de l'entreprise Caraïbes Fumés. Justifier la réponse.

Le dirigeant a instauré un style de direction paternaliste.
En effet, il entretient des liens étroits avec ses salariés, comme il l'indique lui-même dans un entretien : « On tâche de garder une ambiance familiale, je connais chacun de mes employés, je connais leur famille, leurs enfants. J'aime que mes salariés soient contents d'être là. S'ils ne sont pas contents, j'essaie de comprendre pourquoi. Je suis là pour écouter ce genre de choses. C'est ma responsabilité. »

Les salariés sont motivés et récompensés pour leur investissement : « une prime exceptionnelle indexée sur la performance individuelle des salariés », « Les salariés méritants et investis peuvent se voir proposer des promotions internes ».

Les salariés sont également formés, et leur bien-être au travail est pris en compte par la direction : « le directeur reste proche de chacun et assure des actions de formation au moins deux fois par an dans le cadre de l'hygiène en laboratoire et de la sécurité au travail afin de limiter les troubles musculo-squelettiques ».

Il est important, dans ce type de question, de justifier la réponse en citant les documents.

2.2 Relever, dans les activités de la chaîne de valeur, trois éléments de la démarche qualité mise en place dans l'entreprise Caraïbes Fumés.

La mise en place de la démarche qualité dans l'entreprise Caraïbes Fumés impacte les activités de la chaîne de valeur suivantes :
- la gestion des ressources humaines, car l'entreprise met en place des actions de formation sur l'hygiène ;
- le développement technologique (R&D) qui permet d'obtenir des techniques de fumage performantes ;
- les approvisionnements qui sont assurés par des fournisseurs sélectionnés pour leur savoir-faire dans le processus de surgélation ;
- la production qui repose en partie sur une technique de fumage originale et de nombreux contrôles qualité ;

Vous devez lister les éléments de la chaîne de valeur concernés et justifier chacun d'entre eux par au moins un élément de réponse tiré des documents.

• la commercialisation, car l'entreprise a reçu de nombreux prix et labels (EPV, meilleur artisan...) ;
• les services, car l'entreprise affiche une traçabilité de ses produits grâce à un logiciel de suivi de production.

2.3a En une quinzaine de lignes minimum et de manière structurée, montrer que la performance sociale est une préoccupation de l'entreprise Caraïbes Fumés.

La performance sociale prend en compte les résultats obtenus par une entreprise en matière de climat social, comme le bien-être au travail des salariés et le comportement des dirigeants et des cadres à l'égard de leurs subordonnés.

Voir **lexique** p. 81

La performance sociale est une préoccupation pour Caraïbes Fumés. En effet, l'entreprise est soucieuse des conditions de travail de ses salariés qu'elle cherche à motiver et impliquer. Pour cela, elle met en place un certain nombre d'actions :
• lutte contre les troubles musculo-squelettiques, notamment en investissant dans de nouvelles machines de production et en assurant des actions de formation ;
• conditions de rémunération attractives (salaires plus élevés que le salaire minimum, primes collectives et individuelles) ;
• organisation de week-ends et de petits-déjeuners collaboratifs.

Tous ces éléments participent à fidéliser les salariés, et donc à limiter le *turn-over* au sein des effectifs.

2.3b En une quinzaine de lignes minimum et de manière structurée, montrer que les outils numériques de l'entreprise Caraïbes Fumés sont au service de l'amélioration de sa performance commerciale.

La performance commerciale peut être définie comme la capacité d'une entreprise à proposer une organisation optimale afin de répondre au mieux aux attentes des consommateurs ou des clients par une offre adaptée. Caraïbes Fumés utilise les outils numériques dans plusieurs domaines pour améliorer sa performance commerciale.

En effet, l'entreprise a mis en place différents outils de communication digitale qui concourent à l'amélioration de sa performance commerciale. Elle a notamment choisi de procéder à l'envoi d'emails personnalisés pour fidéliser ses clients. Cela lui permet de cibler sa clientèle et de renforcer le sentiment d'appartenance. Elle a aussi utilisé les réseaux sociaux pour étendre sa visibilité, augmenter sa notoriété et renforcer son image. Enfin, elle a mis en place un site marchand, ce qui lui permet d'accroître ses ventes et son chiffre d'affaires ainsi que sa visibilité.

De plus, l'entreprise Caraïbes Fumés utilise un logiciel de suivi de production agro-alimentaire. Les objectifs sont doubles : d'une

Prenez le temps de bien structurer votre réponse en utilisant des connecteurs logiques. Les outils numériques se retrouvent dans de nombreux domaines (communication, production, commercialisation, etc.), il est donc judicieux d'articuler votre réponse en fonction de cela.

part, renforcer la sécurité alimentaire en assurant une meilleure traçabilité des aliments, une réaction rapide en cas d'intoxication alimentaire et une communication de crise mieux maîtrisée ; d'autre part, améliorer la qualité de la production pour mieux satisfaire le client.

Caraïbes Fumés utilise donc des outils numériques au service de l'amélioration de sa performance commerciale.

Dossier 3 L'IMPLANTATION EN MARTINIQUE, UNE PISTE DE DÉVELOPPEMENT POUR CARAÏBES FUMÉS

3.1 Calculer les indicateurs de création de valeur de Caraïbes Fumés en 2020 (valeur ajoutée, résultat d'exploitation, résultat net) et procéder à l'analyse de sa performance financière.

Calcul des indicateurs pour 2020

Valeur ajoutée	3 225 485 – 2 012 893	1 212 592 €
Résultat d'exploitation	3 225 485 – 2 847 305	378 180 €
Résultat net	3 276 295 – 2 848 120	428 175 €

Analyse :

- La valeur ajoutée était de 961 668 € en 2019 ; elle a augmenté de 26,09 % en 2020. L'entreprise crée donc davantage de richesse.
- Le résultat d'exploitation montre la performance de l'activité habituelle sans tenir compte des éléments exceptionnels et financiers. Il est en léger recul par rapport à 2019 (- 2,53 %).
- Le résultat net (bénéfice) est en recul assez important par rapport à 2019 (- 29,32 %) en dépit d'une hausse de la valeur ajoutée. Cette baisse est due à une augmentation importante des charges exceptionnelles.

L'analyse est aussi importante que les calculs eux-mêmes. Les informations fournies en annexe vous permettent de faire une analyse comparative avec l'année précédente.

3.2 Présenter les raisons justifiant le lancement des deux nouvelles structures en Martinique (l'unité de production et la boutique).

Le lancement d'une boutique traiteur permettra de toucher la clientèle martiniquaise et de conférer une identité locale à la production.
L'ouverture d'une unité de production en Martinique favorisera quant à elle l'accès aux zones de pêche martiniquaises. Cela permettra, d'une part, d'augmenter les capacités de production et, d'autre part, de surmonter la saturation du marché guadeloupéen.

3.3 Analyser l'équilibre financier de Caraïbes Fumés en Guadeloupe en calculant le fonds de roulement net global (FRNG), le besoin en fonds de roulement (BFR) et la trésorerie nette (TN).

Calcul des indicateurs pour 2020

FRNG	1 754 708 – 1 013 116	741 592 €
BFR	734 185 – 210 563	523 622 €
TN	Lecture du bilan : 217 970 – 0 Équilibre financier : 741 592 – 523 622	217 970 €

Analyse :

Le FRNG (fonds de roulement net global) est supérieur au BFR (besoin en fonds de roulement). Les ressources sont suffisantes pour couvrir les besoins. Il reste une trésorerie nette positive. L'équilibre financier est donc respecté.

L'analyse de l'équilibre financier consiste à comparer le FRNG et le BFR. Il ne faut pas se contenter d'analyser les trois indicateurs séparément.

3.4 Proposer trois sources de financement envisageables pour le lancement des deux nouvelles structures en Martinique.

Les sources de financement envisageables sont :
- le financement par emprunt auprès d'une banque ;
- l'autofinancement ;
- l'octroi de subventions de la part des collectivités territoriales ;
- les exonérations de cotisations sociales ou les crédits d'impôt ;
- une augmentation de capital.

Parmi toutes les sources de financement internes ou externes connues, choisissez celles qui sont les plus adaptées à la situation et au statut juridique de l'organisation. Évitez par exemple de proposer un financement participatif (adapté à une start-up) ou la récolte de dons ou de cotisations (adaptée pour une association).

Athènes, statue de Socrate par le sculpteur italien Piccarelli.

Entraînement

Retrouve deux sujets inédits corrigés et commentés sur hachette-educ.fr/a/annales-STMG ou flashe directement ce code.

Philosophie

Présentation du programme

Les auteurs et les notions

- Le programme de philosophie en Terminale est un **programme de notions**, auxquelles s'adjoint une **liste d'auteurs**.
- Il y a au total 7 **notions** : l'art, la justice, la liberté, la nature, la religion, la technique et la vérité (p. 211). Les notions seront abordées tout au long de l'année au travers de **questions et de textes**.

Conseil

De nombreux élèves sont tentés de laisser tomber le travail de la philosophie pendant l'année pensant qu'ils peuvent tout réviser au dernier moment, mais c'est une erreur ! Ne lâchez rien pendant l'année !

Les perspectives

- Vous vous demandez peut-être : « Comment réviser le Bac de philosophie puisque tous les sujets de dissertation et tous les textes possibles et imaginables peuvent tomber ? »
- Rassurez-vous ! Il y a **trois perspectives**, qui permettent de limiter les sujets qui peuvent être donnés au Bac. Elles correspondent à des cadres, dans lesquels les sujets posés et le cours doivent s'inscrire.
- Ces perspectives sont : **L'existence humaine et la culture, La morale et la politique, La connaissance**.

Exemple

Une notion comme « la raison » pourra être abordée dans la perspective de la connaissance, mais également dans celle de la morale et de la politique ou encore de l'existence humaine et de la culture. Il faut donc être vigilant(e) lorsque vous révisez votre cours : les notions peuvent être traitées selon un point de vue **transversal**. Et c'est d'ailleurs aussi ce qui rend l'exercice intéressant !

Les repères philosophiques

Les **repères philosophiques** (p. 218) sont des définitions de concepts philosophiques qui doivent vous aider à rédiger et à conceptualiser votre propos. Il est indispensable de les connaître.

Descriptif de l'épreuve

L'épreuve de philosophie sera évaluée en Terminale et aura pour coefficient 2 dans votre note finale. Lors de l'épreuve écrite, **trois sujets vous seront proposés au choix : deux sujets de dissertation et un sujet d'explication de texte** (avec des questions).

Les sujets de dissertation

Durée : 4 heures
Épreuve : écrite
Notation : sur 20 points
Coefficient : 2

A. Le principe

Les intitulés de **sujets de dissertation** prennent la forme d'une **question simple** qui interroge **une ou plusieurs notions du programme.** Ce sera l'occasion de mobiliser votre **culture philosophique** acquise pendant l'année.

B. Ce que l'on attend de vous dans une dissertation

Si vous choisissez la dissertation, le correcteur attend, avant tout :
– un **raisonnement** organisé, rigoureux et argumenté qui articule plusieurs points de vue sur la question ;
– des **connaissances** sur les notions du programme ;
– une **expression** écrite claire, sans aucun sous-entendu.

L'explication de texte

A. Le principe

• Le troisième sujet est constitué par un texte à expliquer dont l'auteur figure sur la liste au programme. Il porte sur une ou plusieurs notions du programme.

• Le texte est accompagné de questions organisées en trois parties :
– A. Éléments d'analyse
– B. Éléments de synthèse
– C. Commentaire

• Deux options vous sont proposées pour rédiger l'explication de texte :
– option 1 : vous répondez aux questions dans l'ordre aux questions posées ;
– option 2 : vous suivez le développement de votre choix.

• **Indiquez sur votre copie l'option de votre choix.**

B. Ce que l'on attend de vous dans l'explication de texte

- On n'attend pas une connaissance de la doctrine de l'auteur.

- On évalue votre capacité à :
– dégager une thèse et des arguments ;
– comprendre un texte dans sa finesse et sa profondeur.

- **Attention !** Il ne faut pas partir du principe que l'explication de texte est un exercice plus simple du fait qu'il y a un support (le texte) et des questions qui guident votre lecture. Au contraire, l'exercice est difficile car il nécessite de se plier à la pensée d'un auteur dont la pensée peut être très éloignée de la nôtre.

L'épreuve de l'oral de contrôle (rattrapage)

Durée : 20 minutes
Épreuve : orale
Notation : sur 20 points
Coefficient : 2

A. Qui va au rattrapage ?

Si à l'issue du premier groupe d'épreuves, le candidat a obtenu une note moyenne au moins égale à 8 et inférieure à 10, alors il passe les épreuves de second groupe ou l'oral de rattrapage.

B. Quelles épreuves ? Combien de points ?

Il doit alors choisir deux disciplines dans lesquelles il va passer les épreuves de l'oral. La note de chaque épreuve de contrôle est affectée du même coefficient que celui de l'épreuve correspondante du premier groupe. Par exemple, si vous prenez philosophie, le coefficient sera de 2, comme l'épreuve écrite. Seule la meilleure note obtenue par le candidat au premier ou au deuxième groupe d'épreuves est prise en compte par le jury.

C. Quel est le déroulement de l'épreuve ?

- La préparation de l'épreuve dure 20 minutes.

- Le passage devant l'examinateur dure 20 minutes au total. L'épreuve consiste en une explication de texte (présentée par le candidat pendant 10 minutes), suivie d'un entretien avec l'examinateur (10 minutes).

- Pendant l'entretien, l'examinateur peut vous poser des questions sur votre explication, sur des points du texte que vous n'avez pas explicités, etc. En général, il cherche à vous permettre de vous corriger sur les points où vous vous êtes trompés. On ne va pas attendre de vous des connaissances que vous ne pouvez pas avoir. Cependant, c'est le moment de montrer ce que vous avez appris pendant l'année !

- Le texte est choisi sur une liste de textes étudiés en classe, empruntés ou non à une même œuvre, parmi les œuvres des auteurs inscrits au programme. Ces textes, vous les avez donc vus en classe pendant l'année. Vous aurez une note écrite signée par votre chef d'établissement sur laquelle il y aura la liste des textes étudiés en classe et choisis par votre professeur pour l'épreuve orale de rattrapage.

La méthodologie de la dissertation

La construction de la dissertation

A. L'introduction

• **L'introduction** permet de :
– **définir** les termes importants du sujet ;
– trouver une **problématique** ;
– **annoncer le plan.**

• Remarque : la **problématique** se distingue de **l'intitulé de la question.** Une bonne problématique doit rendre compte d'une **tension** au sein du sujet.

B. Le développement

• **Le développement** de votre dissertation peut comporter **2 ou 3 parties.**

• Chaque partie doit correspondre à une **thèse**, une **réponse possible** au sujet. Le but de chaque partie est d'argumenter, c'est-à-dire de justifier cette thèse avec des arguments philosophiques vus en cours et des exemples.

• **Attention !** Pour affirmer la thèse, il ne faut jamais dire « je pense que » ou « à mon avis ».

• Entre chaque partie, on attend une **transition.** C'est le moment où vous pouvez montrer votre capacité à vous interroger, à nuancer votre discours, à élargir votre point de vue. Faire une transition est primordial.

C. La conclusion

• La conclusion est souvent, faute de temps, la partie que les candidats bâclent le plus. Or, elle constitue un moment très important de la dissertation. Pour celle-ci, il faut :
– rappeler la problématique ;
– résumer les étapes de l'argumentation ;
– prendre position pour répondre sujet.

Ce qu'il faut éviter dans la dissertation

• **Une récitation de sa leçon** sur la notion impliquée dans le sujet.

• **Une liste des opinions des auteurs** sur la question. On attend que vous meniez un véritable discours, non que vous répétiez comme un perroquet la pensée des auteurs.

• **Un discours à la première personne** où vous parleriez de votre vie et d'anecdotes.

La méthodologie de l'explication de texte

L'option 1

Si vous choisissez l'option 1, vous devez répondre à **trois groupes de questions** destinées à guider votre lecture du texte.

A. Éléments d'analyse

• Vous êtes invité(e) à expliquer des points significatifs et précis du texte comme des mots, des expressions, des articulations logiques, etc.

• Le but de ces premières questions est de décortiquer le texte et de déceler les éléments complexes qui peuvent être essentiels à la compréhension.

• Attention, c'est le moment de montrer votre attention au texte. Il ne faut pas se contenter de répéter l'expression ou la phrase à expliquer en utilisant d'autres termes. Expliquer une phrase, ce n'est pas juste la paraphraser. Il faut :
– reformuler le sens du mot ou de l'expression avec ses propres mots ;
– illustrer par un exemple ce que veut dire l'auteur ;
– revenir sur les concepts ou les notions liées à l'expression.

B. Éléments de synthèse

• Ce groupe de questions consiste à dégager la question à laquelle le texte de l'auteur répond. Cette question peut être explicite ou implicite. Il faut se demander :
– À quelle question l'auteur veut-il répondre dans ce texte ?
– Pourquoi s'est-il attablé pour écrire ce texte ?
– Qu'est-ce qui lui posait problème ?

• On va ensuite vous demander de dégager la thèse de l'auteur. Pour cela, il faut vous demander :
– Quelle est la réponse de l'auteur à la question ?
– Que veut-il nous dire à ce sujet ?

• Enfin, on va demander de distinguer les différentes étapes de l'argumentation de l'auteur, c'est-à-dire la manière dont ce dernier va argumenter : le nombre, l'ordre et l'enchaînement de ses arguments.

C. Commentaire

• On attend que vous fassiez des réponses **complètes** et **développées** aux questions posées. Une ou deux lignes ne suffisent pas !

L'option 2

Si vous prenez **l'option 2,** votre explication doit suivre un développement ordonné suivant plusieurs étapes.

A. L'introduction

- Présentez le texte (auteur, date) et son thème (de quoi il parle).
- Trouvez la question et la thèse de l'auteur dans ce texte. À quelle question répond-il ici ? Que veut-il nous dire ?
- Trouvez une problématique : en quoi cette thèse n'est-elle pas évidente ?
- Découpez le texte afin de mettre en évidence les étapes de l'argumentation de l'auteur.

B. Le développement

- Chaque étape de l'argumentation de l'auteur doit constituer une partie. Entre chaque partie, sautez deux lignes au moins. On attend ici que vous mettiez en évidence les étapes de l'argumentation de l'auteur et que vous expliquiez les points précis et significatifs du texte.
- Il faut éclaircir le sens du texte dans chaque partie. Il ne suffit pas de répéter ce que l'auteur écrit. C'est de la paraphrase ! Il faut montrer au correcteur que vous avez compris comment l'auteur argumente, comment il parvient à démontrer sa thèse (quels arguments, quels exemples, dans quel ordre etc.).
- Attention à ne pas survoler le texte. Il faut que vous commentiez les détails de certaines phrases. Par exemple, s'il y a un concept philosophique important comme la « liberté » ou « la technique », il est nécessaire de l'expliciter. Ici, il faut mobiliser vos connaissances acquises pendant l'année. En effet, l'explication de texte n'exige pas seulement que vous en restiez au texte. Il faut lui donner de la profondeur en apportant vos connaissances. La dissertation n'est pas la seule à exiger des connaissances !

C. La conclusion

- Rappelez la thèse de l'auteur et la question à laquelle il voulait répondre.
- Rappelez comment il a argumenté en faveur de cette thèse, quels étaient ses arguments.
- Montrez en quoi ce texte est intéressant d'un point de vue philosophique. Cela vous permet de ne pas vous limiter à un simple résumé de ce que vous venez de dire dans votre développement.

SUJET 1 BAC 2023
France métropolitaine

4 heures

Dissertation : Transformer la nature est-ce gagner en liberté ?

Fiche notion

3 La liberté, p. 213
4 La nature, p. 214
6 La technique, p. 216

Travail préparatoire

Le but du travail préparatoire (travail au brouillon) est d'élaborer une problématique, à partir de la définition des termes importants du sujet. La problématique ne doit pas être l'intitulé du sujet.

étape 1 Définir les termes importants du sujet

- « Transformer » renvoie à une modification substantielle ou à un changement d'état d'une chose.
- La nature, c'est l'ensemble des phénomènes régis par des lois physiques et non produits par la technique humaine.
- La liberté est d'abord l'absence de contraintes (« faire ce qu'on veut »), puis la capacité à se déterminer soi-même.
- « Gagner en liberté » suppose une évolution ; on part d'un état initial avec une liberté moindre et on avance vers un état en ayant acquis une plus grande liberté.

étape 2 Trouver une problématique

Trouver deux approches opposées du sujet :

- D'un côté, transformer la nature nous permet de ne pas être contraints par elle et de faire davantage « ce qu'on veut ». Transformer la nature par la technique nous rend plus puissants.
- D'un autre côté, plus on transforme la nature grâce à la technique, plus on devient dépendant de la technique.

On peut donc poser la problématique suivante : comment transformer la nature peut-il signifier plus de puissance et plus de dépendance tout à la fois ?

étape 3 Trouver un plan

- La première partie est la réponse la plus évidente.
- La deuxième partie nuance la première.
- La troisième partie cherche à dépasser ces points de vue en apportant une nouvelle réponse au sujet.

I. Transformer la nature nous rend plus libres

Transformer la nature, c'est s'affranchir des contraintes naturelles et acquérir de la puissance.

II. Un surcroît de puissance peut être une menace pour notre liberté

Plus l'homme est puissant et est capable de transformer la nature, plus les conséquences de cette puissance et de cette transformation peuvent lui échapper.

III. Vers une transformation respectueuse de la nature

Sans renoncer à transformer la nature, on peut trouver un équilibre entre liberté et respect de la nature.

Corrigé

Les textes en bleu apparaissant dans ce corrigé ne doivent pas figurer dans votre devoir. Nous les avons insérés pour vous guider et vous aider à repérer les parties de la dissertation.

Les conseils du professeur

INTRODUCTION

La nature désigne l'ensemble des phénomènes régis par des lois physiques et non produits par la technique humaine. La nature n'est pas faite pour l'homme : on n'y trouve pas immédiatement, naturellement, de frigos, de lits ou de maisons. Grâce à la technique, l'homme transforme la nature afin de lui faire produire ce qu'elle ne produit pas spontanément, il la fait passer d'un état donné, brut, à un état technique, utilisable pour satisfaire ses besoins.

étape 1 Définir les termes importants du sujet

À première vue, cette transformation technique de la nature nous permet de nous libérer des contraintes de la nature, donc de gagner en liberté. Mais d'un autre côté, ce pouvoir de transformation accru peut se retourner contre nous ; plus on a de puissance, plus on est dépendant de cette puissance. Comment la transformation de la nature peut-elle signifier à la fois une libération et une plus grande dépendance ?

étape 2 Trouver une problématique
Donnez d'abord la réponse la plus évidente au problème, puis nuancez cette première approche.
Énoncez la problématique.

Dans un premier temps, on verra que transformer la nature nous rend plus libres. Dans un deuxième temps, on étudiera la dépendance qui peut résulter de cette puissance de transformation. Dans un troisième temps, on cherchera un équilibre entre la transformation et le respect de la nature.

étape 3 Annoncer le plan

DÉVELOPPEMENT

I. Transformer la nature nous rend plus libres

Énoncez la 1re réponse à la problématique.

A La transformation technique affranchit des contraintes naturelles

La nature désigne d'abord tout ce qui est extérieur, et partant hostile, à l'homme. Celui-ci devra donc œuvrer pour rendre la nature plus habitable et la façonner pour satisfaire ses besoins.

Justifiez cette 1re réponse par un 1er argument.

Dans les lieux relevant de la *wilderness*, ces espaces, loin de toute intervention humaine (par exemple, le parc de Yellowstone ou certaines parties de la forêt amazonienne), la nature est « sauvage » au sens où elle s'oppose au fameux « pays de Cocagne » (dans certaines cultures européennes, la nature est perçue comme un paradis terrestre qui donne tout en abondance pour ses habitants). Pour survivre, l'homme doit donc « transformer » la nature, c'est-à-dire se l'approprier par la technique pour satisfaire ses besoins.

Par exemple, grâce au feu, l'homme va transformer la viande crue en viande cuite, ce qui lui permet de mieux en assimiler les nutriments. Il s'approprie cet aliment offert par la nature, en l'optimisant pour lui par la cuisson. Il s'approprie son environnement en le transformant, gagnant ainsi en liberté.

Utilisez un exemple simple : la technique du feu.

Dans le mythe de Prométhée, l'homme est la créature la plus faible : il est nu, sans vêtements, sans armes, contrairement aux animaux. Prométhée vole à Héphaïstos et à Athéna la technique du feu afin que l'homme puisse survivre dans la nature et s'élever au rang des dieux. Ici, la technique permet à l'homme de surmonter ses limites naturelles, c'est-à-dire son absence d'instinct et sa faiblesse par rapport aux autres êtres vivants. Transformer la nature permet à l'homme de gagner en liberté dans la mesure où cela l'affranchit de beaucoup de contraintes, rendant sa vie plus facile.

Servez-vous du mythe de Prométhée pour illustrer cet argument.

B La technique nous rend « comme maîtres et possesseurs de la nature »

Transformer la nature permet à l'homme de la maîtriser. Cette maîtrise entraîne une plus grande liberté : tout d'abord en libérant l'homme des contraintes imposées par la nature, on l'a vu, mais aussi en lui donnant une certaine puissance sur la nature, c'est-à-dire la capacité de lui faire faire des choses qu'elle n'aurait pas faites d'elle-même. Cette puissance est fondée sur la connaissance. Plus on comprend la nature, ses lois et son fonctionnement, plus on a la capacité de la transformer, et donc de la contrôler. Par le travail et la technique, c'est moins l'homme qui est soumis à la nature et à ses aléas que l'inverse : l'homme va donc transformer et utiliser la nature pour satisfaire ses désirs et ses intérêts.

Justifiez ensuite la 1re réponse par un 2e argument.

Par exemple, la connaissance des lois de la biologie a permis de faire des greffes de plantes et donc de multiplier les cultures agricoles.

Prenez un exemple qui illustre l'argument.

C'est ce que Descartes explique dans le *Discours de la méthode* : la connaissance de la nature a rendu l'homme « comme maître et possesseur de la nature », il peut ainsi lui faire faire ce qu'il veut comme s'il en était le maître. L'homme a « gagné en liberté » car il a étendu ses possibilités d'action. Or, l'action est bien le fondement de toute liberté : c'est par là que l'homme se constitue comme cause première d'une série d'événements. Par l'action, l'homme inaugure quelque chose de nouveau et peut s'affranchir des chaînes causales de la nature.

Utilisez une référence philosophique : Descartes, dans le *Discours de la méthode*.

Dans cette partie, nous avons montré que la transformation de la nature signifiait un surcroît de liberté pour l'homme, au double sens de l'absence de contraintes et de l'acquisition d'une certaine puissance. Cependant ici, on assimile la liberté à la réduction des obstacles à l'action. Cette puissance ne risque-t-elle pas de se retourner contre nous ?

La transition doit permettre de dépasser la 1re réponse. Montrez que celle-ci est insuffisante en posant une question.

II. Un surcroît de puissance peut être une menace pour notre liberté

Énoncez ici la 2e réponse à la problématique.

A Une puissance dont on ne maîtrise pas les conséquences

On ne maîtrise pas toutes les conséquences de la transformation de la nature par la technique. Certes, la technique permet à l'homme d'accroître sa puissance mais on ignore jusqu'où cette puissance peut aller. Toute action entraîne des conséquences. Plus cette action est puissante, plus ses conséquences sont grandes et plus il est difficile de les maîtriser intégralement. La puissance poussée à l'extrême aboutit donc à une perte de contrôle, qui est contraire à la liberté.

Justifiez cette 2e réponse avec un argument.

Par exemple, la technique a permis le développement de l'énergie nucléaire ; mais elle a ainsi également entraîné des catastrophes comme l'explosion de centrales nucléaires ou encore l'explosion de bombes atomiques. Le développement de la technique a ainsi des conséquences que l'on ne maîtrise pas. Chaque nouvelle production technique peut se retourner contre nous et notre capacité d'agir, qui est pourtant le fondement de toute liberté.

Utilisez un exemple que vous connaissez pour illustrer l'argument.

B Les produits de la transformation créent une nouvelle dépendance

La transformation technique de la nature permet à l'homme de produire des artifices (outils, machines, etc.) qui le remplacent dans nombre d'actions. Elle lui fait donc gagner du temps, mais dans le même temps, en le remplaçant, elle le rend dépendant d'elle.

Justifie cette 2e réponse avec un 2e argument.

Par exemple, la technique permet aux gens de ne plus faire de fautes d'orthographe grâce au correcteur automatique de leur téléphone ; mais cela les rend de plus en plus dépendants de ces correcteurs et le niveau de grammaire et d'orthographe baisse. De même, la technique a permis à l'homme de s'affranchir des limites naturelles de l'espace et du temps par la création de véhicules de transport ; cependant, ces artefacts posent aujourd'hui un problème de pollution qui menace l'humanité tout entière.

Utilisez des exemples de votre quotidien. Ce qui importe c'est de rendre votre discours très concret.

Transformer la nature confère ainsi à l'homme une puissance qui peut se retourner contre sa liberté puisqu'elle va impliquer une réduction de sa maîtrise et un surcroît de dépendance. Comment donc régler le rapport de l'homme à la nature sans que cela soit une menace pour notre liberté ou pour la nature ?

La transition doit récapituler la 2e réponse, puis la dépasser en trouvant une 3e réponse qui permettra de résoudre définitivement la problématique.

III. Trouver un équilibre entre transformation et respect de la nature

Énoncez ici une 3e réponse à la problématique.

A Il serait absurde de renoncer à cette transformation de la nature

Pourquoi renoncer à ce pouvoir de transformation de la nature qui est le fondement de l'humanité ? Cela n'aurait pas de sens : transformer, ce n'est pas seulement perturber l'ordre tranquille de la nature.

Justifiez la 3e réponse avec un argument.

C'est ce que montre John Stuart Mill dans son ouvrage *La nature* : la technique humaine n'est pas venue comme une perturbation de la nature mais comme un perfectionnement. Assécher des marais, détourner la foudre, construire des digues pour empêcher les inondations, c'est à la fois s'appuyer sur la nature et l'améliorer, la perfectionner pour permettre à l'homme de mieux vivre. L'homme doit faire un effort perpétuel pour « amender » la nature ; cela fait partie de son humanité. Il serait contradictoire de dire à la fois qu'il ne faut pas transformer la nature et que la technique est nécessaire pour la vie de l'homme.

Utilisez une référence philosophique : John Stuart Mill.

Concluez votre argument.

B Revoir notre conception de la nature

Pour trouver un équilibre entre transformation et respect de la nature, il faut renoncer à la croyance occidentale selon laquelle l'homme serait à la fois au centre et au-dessus de la nature. Il faut abandonner l'idée qu'il ait une valeur intrinsèque (c'est-à-dire qui ne dépend de rien d'autre, qui a une valeur en soi) et que tout le reste ait une valeur instrumentale (c'est-à-dire qui dépend de l'utilité qu'on peut en tirer). Il faut renoncer à l'anthropocentrisme (qui met l'homme au centre de tout) pour adopter un biocentrisme (centré sur le bios, le vivant).

Mobilisez des concepts clés : « valeur intrinsèque », « valeur instrumentale », « anthropocentrisme », « biocentrisme ».

CONCLUSION

Transformer la nature, est-ce gagner en liberté ? Comment la transformation de la nature peut-elle signifier à la fois une libération et une perte de contrôle ?

Pour conclure, reprenez l'énoncé de la problématique initiale.

Nous avons d'abord montré que la transformation de la nature permettait un surcroît de liberté pour l'homme, au double sens de l'absence de contraintes et de l'acquisition d'une certaine puissance. Mais cette puissance ne risque-t-elle pas de se retourner contre nous ? Toute action a des conséquences. Plus cette action est puissante, plus elle a de conséquences et plus il est difficile d'en maîtriser les conséquences dans leur intégralité. La puissance poussée à l'extrême aboutit donc à une perte de contrôle, qui est contraire à la liberté. Comment donc régler notre rapport à la nature sans que cela soit une menace pour notre liberté ou pour la nature ? Renoncer à la transformation de la nature serait renoncer à une part de notre humanité. Il semble donc opportun de trouver un cadre éthique pour cette transformation, qui puisse garantir à la fois notre liberté et le respect de la nature.

Récapitulez le chemin de pensée que vous avez suivi.

Apportez une réponse finale au sujet.

SUJET 2

4 heures

Dissertation : La croyance s'oppose-t-elle au savoir ?

Travail préparatoire

Fiches notions

5 La religion, p. 215
7 La vérité, p. 217

Le but du travail préparatoire (travail au brouillon) est d'élaborer une problématique et de trouver un plan. Ici, la problématique ne pourra pas être l'intitulé du sujet : « La croyance s'oppose-t-elle au savoir ? » Afin de trouver une problématique, il faut commencer par définir les termes importants du sujet.

étape 1 Définir les termes importants du sujet

- La croyance désigne le fait de tenir quelque chose pour vrai sans preuve objective. Elle est subjective et incertaine.
- Le savoir désigne le fait de tenir quelque chose pour vrai en ayant des preuves. Il est objectif et certain.
- « S'opposer » voudrait dire que la croyance et le savoir s'excluent l'un l'autre. Si je crois en quelque chose, je n'en ai pas le savoir, et inversement.

étape 2 Trouver une problématique

Trouver deux approches opposées du sujet :

- D'un côté, le savoir et la croyance semblent désigner deux domaines différents : le certain et l'incertain, la vérité et la fausseté.
- D'un autre côté, le savoir et la croyance renvoient à une même action : tenir quelque chose pour vrai.

On peut donc poser la problématique suivante : la distinction du savoir et de la croyance se réduit-elle à l'opposition de l'incertain et du certain, du faux et du vrai ?

étape 3 Trouver un plan

- La première partie est la réponse la plus évidente.
- La deuxième partie nuance la première.
- La troisième partie cherche à dépasser ces points de vue en apportant une nouvelle réponse au sujet.

I. Le savoir et la croyance : deux attitudes contraires

Le savoir et la croyance s'excluent l'un l'autre. Lorsqu'on sait, on ne croit plus. Lorsqu'on croit, on ne sait pas encore, ou on ne veut pas savoir.

II. Dans leur rapport à la vérité, le savoir et la croyance sont liés

Toute croyance implique du savoir, et inversement, tout savoir implique une croyance.

III. La croyance : une étape nécessaire à la science

Dans sa méthode, la science requiert de passer par un ensemble d'hypothèses et de postulats qui sont autant de croyances provisoires. Elle ne peut pas prétendre à une vérité définitive.

Corrigé

Les textes en bleu apparaissant dans ce corrigé ne doivent pas figurer dans votre devoir. Nous les avons insérés pour vous guider et vous aider à repérer les parties de la dissertation.

Les conseils du professeur

INTRODUCTION

La croyance désigne le fait de tenir quelque chose pour vrai sans preuve objective. Elle est subjective et incertaine. Le savoir désigne le fait de tenir quelque chose pour vrai en ayant des preuves. Il est objectif et certain. Se demander si la croyance s'oppose au savoir, c'est interroger le rapport de deux attitudes envers la vérité.

Étape 1 **Définir les termes importants du sujet**

À première vue, ces deux attitudes, croire et savoir, n'ont donc rien à voir. Le savoir et la croyance semblent deux attitudes irréconciliables car elles ont lieu dans deux domaines différents. La croyance serait plus communément associée au domaine de la religion. Le savoir serait le fait de la science. La croyance renverrait même à ce qui est incertain, invérifiable, voire faux. Au contraire, le savoir renverrait à ce qui est certain, vérifiable et vrai. La croyance n'aurait rien de rationnel, elle serait le domaine du cœur, du sentiment.

Cependant, la croyance et le savoir peuvent aussi être pris dans le même sens : ce sont deux manières de « tenir pour vrai ». La distinction de la croyance et du savoir semble ne pas se réduire à la distinction de la vérité et de la fausseté. Leurs rapports semblent plus complexes quand on examine leur rapport à la vérité.

Alors, la distinction de la croyance et du savoir se réduit-elle à une opposition du vrai et du faux ?

Étape 2 **Trouver une problématique**

Donnez la réponse la plus évidente au problème : la croyance et le savoir n'ont rien à voir. Nuancez ensuite en montrant que ces deux attitudes ont partie liée.

Dans un premier temps, on verra que le savoir et la croyance semblent deux attitudes contraires et irréconciliables.

On nuancera ensuite cette première réponse, en montrant que le savoir et la croyance semblent plus entremêlés qu'en apparence.

Étape 3 **Annoncer le plan**

Enfin, on examinera la croyance comme une étape nécessaire du savoir suprême, la science.

DÉVELOPPEMENT

I. Le savoir et la croyance : deux attitudes contraires

A Savoir, c'est ne plus croire

Le savoir et la croyance semblent s'exclure l'un l'autre. La croyance est un état purement subjectif car celui qui croit ne peut avancer de preuves objectives de ce qu'il croit. Ainsi, la croyance se caractérise par un défaut de preuves, alors que le savoir se caractérise par la puissance de ses preuves. La croyance relève d'un sentiment intérieur. Le savoir se veut objectif et relève de propositions universelles.

Énoncez la 1re réponse à votre problématique. Justifiez-la avec un argument.

Par exemple, si j'avais une preuve de Dieu ou si j'avais rencontré Dieu, je ne devrais pas « croire » en Dieu ni dans les récits religieux car j'aurais la preuve que Dieu existe. Savoir implique d'abandonner la croyance.

Utilisez ensuite un exemple pour illustrer cet argument.

Ainsi, Kant dans la *Critique de la raison pure* fait la différence entre le savoir et la croyance. Croire et savoir sont certes tous les deux subjectivement suffisants : dans les deux cas, on a une certitude subjective de ce qu'on tient pour vrai. Cependant, la différence réside dans le fait que la croyance est objectivement insuffisante, à savoir qu'elle ne peut pas prouver avec des preuves objectives ce qu'elle avance. La croyance ne peut pas désigner concrètement l'objet dont elle parle : Dieu, rumeur, proposition incertaine, etc.

Utilisez une référence philosophique.

B Le savoir exige même la destruction de toute croyance

Le savoir exige même de détruire toute croyance pour devenir véritable savoir. S'en tenir à nos croyances, c'est-à-dire à l'incertain, c'est s'empêcher d'accéder à un savoir certain. Autrement dit, les croyances font obstacle au savoir certain.

Énoncez un 2e argument.

Par exemple, si je crois aveuglément que la Terre est plate, car elle apparaît comme telle à mes yeux, je ne vais pas faire les expériences qui vont me permettre d'accéder au savoir certain qu'elle est ronde. La croyance entretient une forme de paresse intellectuelle.

Utilisez un exemple.

C'est Descartes qui dans *Les Méditations métaphysiques* montre la nécessité de se départir de ses croyances pour pouvoir accéder à un savoir certain. En effet, il explique que nous jugeons toujours de manière précipitée à partir de croyances anciennes que nous avons acquises depuis l'enfance et qui n'ont jamais été contrôlées par la raison. Notre entendement est souvent dépassé par notre volonté de juger. Nous jugeons trop vite. L'erreur vient du fait que nous nous en tenons à ce qui est vrai en apparence, au vraisemblable et non au vrai. Le savoir requiert un effort : celui de

Puis utilisez une référence philosophique : *Les Méditations métaphysiques* de Descartes.

s'arracher à ses croyances anciennes et à ses préjugés. Le savoir requiert de ne pas préjuger, c'est-à-dire donner son assentiment trop rapidement. Il requiert de peser et d'examiner toute proposition. Un préjugé n'est pas nécessairement une idée fausse, mais un contenu qu'on a laissé s'installer en nous sans l'avoir réellement examiné, une « idée toute faite », c'est-à-dire « une idée que personne n'a faite » (Paul Valéry).

Le savoir et la croyance semblent donc manifestement opposés. Cependant, cette distinction entre le savoir et la croyance n'est pas si évidente. En effet, si on se penche sur ce qu'on croit être nos savoirs, on se rend compte qu'il s'y trouve énormément de croyances. Dans quelle mesure le savoir et la croyance sont-ils liés ?

La transition doit récapituler la 1re réponse et montrer son insuffisance afin de passer à une 2e réponse.

II. Dans leur rapport à la vérité, le savoir et la croyance sont liés

A Notre savoir est semé de croyances

En fait, il y a beaucoup de croyances dans ce qu'on croit être notre savoir. Quand on examine son propre savoir, on se rend compte qu'on sait finalement très peu de choses.

Énoncez une 2e réponse au problème et justifiez-la par un 1er argument.

Par exemple, quand on dit « La Terre est ronde » ou « Michael Jackson est mort », on pense le savoir. Or, si on analyse de près ces propositions, on réalise qu'on ne dispose pas, au moment où on les énonce, de preuve objective de ce qu'on avance. Par exemple, lorsque l'on dit « William Shakespeare a existé », en réalité on n'affirme pas un savoir mais une croyance, car on ne dispose pas vraiment de preuve de l'existence de Shakespeare. En revanche, on peut dire : « Je crois que Shakespeare a existé car on m'a enseigné ses œuvres à l'école et que j'attribue une certaine autorité aux professeurs qui me l'ont transmis. »

Utilisez des exemples parlants afin d'illustrer cet argument.

Finalement, nous savons quelque chose parce que nous croyons une personne qui sait cette chose, parce que nous lui faisons confiance sur son savoir. Ainsi, il s'avère que, parfois, certains de nos savoirs se révèlent être faux ou partiellement faux. Il est difficile de savoir si ce qu'on sait est réellement su ou si ce n'est pas ce qu'on croyait savoir.

Concluez l'argument.

B Nos croyances impliquent du savoir

Toute croyance implique aussi du savoir et personne ne croit quelque chose absolument sans raisons. La croyance n'est pas entièrement du domaine du sentiment intérieur. Il y a des éléments de savoir dans chaque croyance.

Énoncez un 2e argument.

Par exemple, si quelqu'un croit que la Terre est plate, c'est parce qu'il pense faire un raisonnement fondé sur des faits et des connexions logiques : il voit l'horizon comme une ligne droite, donc il en déduit que la Terre est plate. Son raisonnement est faux,

Utilisez un exemple pour illustrer l'argument.

mais il imite de loin le mode de connaissance du savoir. Il pratique ce qu'on appelle une induction (*cf.* lexique, p. 221) : il tire un propos général (la Terre est plate) d'observations particulières (la ligne de l'horizon).

Au terme de cette deuxième partie, on constate que le savoir et la croyance sont beaucoup plus imbriqués l'un dans l'autre que ce qu'on pensait. On ne peut pas parvenir à un savoir exempt de toute croyance et chaque croyance implique des éléments de savoir. Alors, la croyance est-elle seulement définie par la paresse de la pensée ? N'y a-t-il de croyance que sous la forme de préjugés ? Ne faut-il pas distinguer croire et être crédule ?

La transition récapitule la réponse précédente et doit la dépasser. Pour cela, posez des questions.

III. La croyance : une étape nécessaire à la science

A La science est fondée sur des postulats

Savoir, ce n'est pas accéder à une vérité qui nous préexisterait dans le ciel des idées, c'est procéder à une construction rationnelle lente et indirecte à partir d'hypothèses qu'on va chercher à vérifier ou invalider. Or, par définition, poser une hypothèse, c'est admettre provisoirement une proposition sans avoir la preuve qu'elle est vraie. Si le savoir intègre des hypothèses, il intègre des croyances. Même dans la science, on a nécessairement affaire à un certain mode de croyance.

Énoncez une 3e réponse au problème censée dépasser les deux premières.

Par exemple, pour savoir si l'organisme humain produit du sucre, on a posé l'hypothèse que le foie en produisait et on l'a vérifié à l'aide d'observations. Ainsi, l'expérimentation scientifique correspond à l'ensemble des méthodes et procédures permettant de contrôler la vérité de ces hypothèses en les confrontant à des faits. Ainsi, savoir, ce n'est pas accéder à une vérité préexistante.

Justifiez-la à l'aide d'arguments et d'exemples.

C'est ce que Karl Popper cherche à montrer : un savoir n'est pas ce qui délivre une vérité inamovible et éternelle, mais plutôt ce qui peut être ébranlé, discuté, infirmé. Sera dite « scientifique » toute théorie qui peut être réfutée. Toute théorie scientifique repose nécessairement sur une croyance, celle que c'est la meilleure description du monde, appelée à être remplacée par une autre théorie si cette dernière s'avère plus efficace.

Utilisez une référence philosophique : la théorie de Karl Popper.

B La croyance permet le progrès du savoir

La croyance est aussi une étape dans le savoir car elle autorise l'audace. Si on veut faire progresser le savoir, il est nécessaire de prendre le probable comme guide. Certes, c'est s'exposer au risque de l'erreur, mais c'est aussi se donner la possibilité d'agir et de progresser. Autrement, on en reste toujours à ce qu'on sait déjà et on n'apprend jamais rien de nouveau.

Justifiez cette 2e réponse à l'aide d'un 2e argument.

Par exemple, les astronomes grecs croyaient que l'Univers était organisé selon les plus belles formes géométriques, en premier

Utilisez un exemple : l'astronomie grecque.

lieu la sphère, parce que les dieux l'avaient voulu ainsi. Mais en partant de ce postulat, que nous savons être faux, ils ont pu faire de réelles découvertes sur le cheminement des astres et faire de réelles prédictions sur la survenue des éclipses ou d'autres phénomènes célestes.

CONCLUSION

Pour conclure, la croyance et le savoir semblent au premier abord complètement opposés.

En effet, lorsqu'on sait quelque chose, c'est qu'on n'y croit plus. savoir exigerait même de détruire toute croyance. Cependant, on a vu que dans leur rapport à la vérité, la croyance et le savoir avaient partie liée : chaque savoir implique de la croyance et chaque croyance implique du savoir.

Enfin, on a montré que la croyance, loin d'être nuisible au savoir, est une étape nécessaire pour accéder à la science et pour permettre un véritable progrès scientifique.

Pour conclure, reprenez l'énoncé de votre problématique initiale. Récapitulez le chemin de pensée que vous avez suivi.

SUJET 3 BAC 2021
France métropolitaine

4 heures

Dissertation : Est-il toujours injuste de désobéir aux lois ?

Fiches notions

2 La justice, p. 212
3 La liberté, p. 213

Travail préparatoire

Le but du travail préparatoire (travail au brouillon) est d'élaborer une problématique, et de trouver un plan. Ici, la problématique ne pourra être l'intitulé du sujet : « Est-il toujours injuste de désobéir aux lois ? »

étape 1 Définir les termes importants du sujet

- « Toujours » est un terme très important : la question se pose « en tout temps ». Ce mot est important car s'il n'y était pas, ce serait une autre question !
- « Injuste » qualifie un état de fait qui déroge à la justice, c'est-à-dire qui va nuire à autrui. La question va donc être de savoir si la justice se réduit à la conformité aux lois.
- « Désobéir » à une loi signifie agir sans se soumettre à cette loi et ne pas reconnaître sa légitimité comme loi.
- La « loi » est par définition une règle obligatoire assortie d'une punition. Elle a pour but de régler les rapports entre les hommes.

étape 2 Trouver une problématique

Trouver deux approches opposées au sujet :

- D'un côté, il est trop radical de dire qu'il est « toujours » injuste de désobéir aux lois car cela revient à réduire l'injustice à l'illégalité alors que sont deux choses différentes.
- D'un autre côté, si les lois visent la justice et le bien collectif, il peut sembler toujours injuste de leur désobéir.

On peut donc poser la problématique suivante : à quelles conditions est-il juste de désobéir aux lois ?

étape 3 Chercher un plan

- La première partie est la réponse la plus évidente.
- La deuxième partie nuance la première.
- La troisième partie cherche à dépasser ces points de vue en apportant une nouvelle réponse au sujet.

I. Il n'est pas *toujours* injuste de désobéir aux lois

On peut désobéir à la loi sans être toujours injuste, qui ne veut rien dire d'autre que léser les autres.

II. Il est injuste de désobéir aux lois en général

La loi vise le bien commun et la sécurité collective ; elle doit donc être totalement respectée en principe.

III. Il peut être juste de désobéir à une loi en particulier

La condition pour désobéir est que la loi en question atteigne un certain degré d'injustice. Désobéir vise alors à améliorer la justice du système politique en place, non à le rejeter en bloc.

Corrigé

Les textes en bleu apparaissant dans ce corrigé ne doivent pas figurer dans votre devoir. Nous les avons insérés pour vous guider et vous aider à repérer les parties de la dissertation.

Les conseils du professeur

INTRODUCTION

La loi est par définition une règle obligatoire assortie d'une punition. Elle a pour but de régler les rapports entre les hommes en définissant ce qui est juste et ce qui est injuste. Désobéir à la loi, c'est-à-dire décider de ne pas se soumettre à elle, reviendrait donc à ne pas reconnaître son autorité en tant que loi. Cependant, désobéir aux lois est-il toujours injuste, c'est-à-dire absolument en tout temps et en tout lieu ?

étape 1 **Définir les termes importants du sujet**

D'un côté, il est trop radical de dire qu'il est « toujours » injuste de désobéir aux lois car cela revient à réduire l'injustice à l'illégalité alors que ce sont deux choses différentes. D'un autre côté, si les lois visent la justice et le bien collectif, il peut sembler toujours injuste de leur désobéir en principe.

On peut donc poser la problématique suivante : à quelles conditions est-il juste de désobéir aux lois ?

étape 2 **Trouver une problématique**
Donnez la réponse la plus évidente au problème : il y a nécessairement des fois où ne pas obéir aux lois ne lèse personne. Les questions de la justice et de l'obéissance aux lois peuvent être déliées.

Dans un premier temps, on verra qu'il n'est pas toujours injuste de désobéir aux lois car on peut désobéir à la loi sans être « injuste », qui signifie léser les intérêts des autres.

Ensuite, on montrera qu'il est injuste de désobéir aux lois car celles-ci visent le bien commun et la sécurité collective ; elles doivent donc être totalement respectées en principe pour ne pas nuire à la société.

étape 3 **Annoncer le plan**

Enfin, on constatera que la seule condition pour désobéir aux lois de manière « juste » est que la loi dépasse un certain degré d'injustice. L'autorité de la loi n'est pas si absolue qu'elle ne tolère aucune désobéissance. On peut désobéir si c'est pour améliorer la justice du système politique en place, non pour le rejeter en bloc.

DÉVELOPPEMENT

I. Il n'est pas *toujours* injuste de désobéir aux lois

A On peut désobéir à la loi sans être injuste

La loi et la justice appartiennent à deux ordres de réalités différents. La loi désigne l'ensemble des règles et interdictions inscrites dans le droit d'un pays. La justice désigne avant tout une idée à laquelle tout le monde se réfère universellement. Il y a plusieurs droits ; il n'est censé y avoir qu'une idée de justice. Le principe de justice peut se formuler ainsi : « à chacun ce qui lui revient ». On est injuste lorsqu'on nuit à quelqu'un d'autre ou qu'on empiète sur sa personne et ses droits, et on peut désobéir à une loi sans pour autant être injuste.

Énoncez la 1re réponse à votre problématique et justifiez-la.

Par exemple, à première vue, une femme ne commettait pas d'injustice lorsqu'elle se baladait en pantalon dans la rue en France, alors même qu'une loi interdisant « le travestissement des femmes » était en vigueur depuis deux siècles (elle a été abolie en 2013). Dans notre société, le fait de porter un pantalon pour une femme n'est pas une outrance et ne fait de dommage à personne.

Utilisez des exemples concrets.

Ainsi, on n'est pas toujours injuste lorsqu'on désobéit à la loi, dès lors qu'on ne nuit pas aux autres, individuellement et collectivement.

Concluez votre 1er argument.

B On est injuste uniquement quand les conséquences de nos actions sont mauvaises, indépendamment de leur conformité à la loi

On peut avoir une conception de la justice qui ne fait pas référence à la loi mais simplement aux conséquences de nos actions sur les autres.

Justifiez la 1re réponse par un 2e argument.

Par exemple, je suis injuste si je vais voir ma grand-mère en pleine période de crise sanitaire sans être vacciné car je représente un grand risque de contamination pour elle : je suis injuste envers elle. En revanche, je ne suis injuste envers personne si je me promène la nuit tout seul dans une forêt, alors même que la loi l'interdit par un couvre-feu. En effet, la loi n'a pas forcément prévu les situations particulières où cela ne nuit à personne.

Utilisez un exemple d'actualité pour illustrer votre argument.

C'est un raisonnement conséquentialiste en justice. Le conséquentialiste ne se demande pas : « la loi m'interdit-elle ou pas de faire cela ? » mais « quelles seront les conséquences de cet acte sur les autres ? ». Selon l'argument conséquentialiste, un acte est juste s'il a des conséquences souhaitables ; injuste s'il a des conséquences néfastes sur les autres. Il ne raisonne pas en référence à la loi. Il n'est donc pas toujours injuste de désobéir à la loi.

Faites appel au vocabulaire et aux théories philosophiques afin de montrer au correcteur que vous avez travaillé la matière pendant l'année.

Il est trop radical de dire qu'il est « toujours » injuste de désobéir aux lois ; cela revient à réduire l'injustice à la non-conformité à la loi.

Cependant, il est impossible de généraliser cette attitude. Si chacun interprète la loi comme il le veut, cela causera un désordre problématique. Collectivement, une attitude injuste peut avoir beaucoup d'effets néfastes. Ne faut-il donc pas donner une autorité absolue à la loi ?

La transition doit récapituler la 1re réponse et la dépasser en montrant qu'elle est insuffisante pour répondre à la question.

II. Il est injuste de désobéir aux lois en général

A La loi vise la justice pour le bien commun

La loi vise le bien commun et la sécurité collective ; elle doit donc être totalement respectée en principe. Il ne peut être qu'injuste en principe de désobéir à la loi puisqu'elle détermine ce qui est juste et injuste de manière générale. Elle s'applique à tous de manière égale.

En effet, si je ne fais de mal à personne lorsque je sors le soir seul pendant le couvre-feu, cela deviendrait vite invivable pour la sécurité et l'entourage si tout le monde le faisait. Il est donc « injuste » envers la société de désobéir aux lois car lorsqu'on vit en société, on doit agir en tant que membre de cette société et non séparément.

Justifiez cette 2e réponse à l'aide d'un nouvel argument.
Ici, on pousse les arguments I-A et I-B et on constate que c'est absurde. La loi est donc faite pour être respecter tout le temps.

B Sortir du cadre légal revient à soumettre toute la société à l'injustice

De plus, désobéir aux lois, c'est vouloir sortir du cadre légal. Or, on court alors le risque d'être soumis à l'arbitraire. En effet, si la loi m'interdit de faire ce que je veux en m'imposant des contraintes, elle empêche aussi les autres de faire ce qu'ils veulent et donc de disposer de ma personne à leur gré. Sans loi, c'est le plus fort qui se sert des autres grâce à sa puissance. La loi permet donc la protection de l'intérêt de tous contre les désirs excessifs d'un seul ou de plusieurs.

Par exemple, dans un pouvoir despotique, où seule compte la volonté de l'unique gouvernant, la loi se réduit au bon plaisir d'un homme. C'est donc le règne de l'arbitraire, puisque les règles ne sont pas claires, explicites et générales. Elles sont relatives aux caprices changeants du dirigeant.

La liberté politique consiste dans ce qu'on appelle aujourd'hui la « sécurité juridique », c'est-à-dire le fait d'être uniquement et volontairement soumis à des lois qui valent pour tous, et non à la volonté arbitraire des hommes qui sont toujours tentés d'en abuser.

C'est ce que montre Montesquieu dans *De l'esprit des lois* (IX, chap. 4) : la force des lois est de modérer un gouvernement et d'empêcher tout despotisme, qui est une tendance inhérente du pouvoir.

Ainsi, vouloir sortir du cadre des lois revient à soumettre toute la société aux intérêts et aux caprices d'un seul.

Justifiez la 2e réponse à l'aide d'un nouvel argument : que se passerait-il si l'on désobéissait à toutes les lois ? On sortirait du cadre légal et les conséquences seraient désastreuses : despotisme, arbitraire, loi du plus fort, etc.

Utilisez une référence philosophique : *De l'esprit des lois* de Montesquieu.

C Il est nécessaire d'obéir aux lois, même si ces dernières présentent quelques défauts

Dans une société démocratique juste, le premier devoir d'un citoyen est d'obéir aux lois puisqu'il vit dans un cadre légal respecté qui s'efforce de faire appliquer les principes de liberté et de justice, même si cette société n'a pas un droit qui est profitable à tous les citoyens.

Justifiez cette thèse à l'aide d'un 3e argument qui découle du précédent et qui justifie le cadre légal.

Selon John Rawls, dans *Théorie de la justice* (chap. 6), il faut se rendre à l'évidence : il n'y a aucun gouvernement capable de garantir une application parfaite de la justice car la majorité de sa population n'est jamais sa totalité. Malgré tout, les citoyens mécontents doivent se conformer au cadre légal et ne peuvent invoquer les petits défauts du système pour désobéir. Il est nécessaire d'obéir aux lois dans presque tous les cas, même si parfois elles sont injustes, car l'obéissance est la condition du fonctionnement de la démocratie. Or, pour Rawls, la démocratie est « le meilleur » régime politique car il est « disponible pour assurer une législation juste et efficace ». Toutefois, cela n'implique pas que la justice soit profitable à tous les citoyens.

Utilisez une référence philosophique : John Rawls.

Ainsi, il est nécessaire d'obéir aux lois en principe, quand bien même le système présente certains défauts. Mais alors dans quelles conditions peut-on désobéir aux lois sans être « injuste » ?

La transition récapitule la 2e réponse et annonce la dernière, qui est censée être la plus aboutie et réfléchie.

III. Il peut être juste de désobéir à une loi en particulier

A Il est juste de désobéir à certaines lois au nom d'une légitimité supérieure

Dans une société où le régime politique est corrompu, il est légitime de désobéir aux lois car ce gouvernement ne remplit pas son mandat de protéger les droits et libertés des citoyens. Si le système se discrédite lui-même, on doit alors considérer que ce qui est légal ne vise plus l'idéal de justice et il est juste de lui désobéir. Dans ce cas, il y a un écart absolu entre ce qui est légal et ce qui est légitime. Ce n'est pas parce qu'un acte est conforme à la loi qu'il est juste. Il peut être juste de désobéir à la loi car il existe deux niveaux de justice : le droit naturel et le droit positif. Le droit naturel n'est pas relatif aux lois particulières d'une société ; il est universel et intemporel. Le droit positif dépend de l'époque et du lieu. Ainsi, si un acte peut être légal en un temps et un lieu donnés, il peut tout aussi bien être injuste.

Énoncez une 3e réponse à la problématique. Justifiez-la par un 1er argument. Le but est de distinguer l'ordre du légal et l'ordre du légitime.

On peut prendre l'exemple d'*Antigone* dans la tragédie de Sophocle. Antigone choisit de désobéir à la loi de la cité qui lui interdit de donner une sépulture à son frère Polynice. Si son acte est illégal, il n'est pas pour autant injuste car elle obéit aux principes supérieurs de dignité et d'amour fraternel.

Utilisez une référence littéraire : *Antigone* de Sophocle (ou d'Anouilh).

Il est donc juste de désobéir au nom d'une légitimité supérieure aux lois.

B La désobéissance civile vise à améliorer la justice

La désobéissance civile est une manière juste de désobéir à des lois injustes, sans remettre en cause le cadre légal général. En 1955, par exemple, lorsque l'Afro-Américaine Rosa Parks refuse de céder sa place à un homme blanc pour aller se mettre dans la zone du bus réservée aux Noirs, elle fait un acte de désobéissance juste. Ici, la désobéissance à la loi est juste puisque cette dernière consacre une inégalité entre individus qui va contre l'égalité et la liberté.

Justifiez votre 3e thèse à l'aide d'un dernier argument. Ici, on parle du concept de « désobéissance civile », qui est un type particulier de désobéissance.

John Rawls, dans *Théorie de la justice*, se demande : à quelles conditions peut-on contester l'autorité d'une loi dans un système pourtant juste par ailleurs ? Selon lui, la condition pour affirmer que ces lois, qui garantissent une forme de ségrégation dans les espaces publics, nécessitent qu'on leur désobéisse, est qu'elles dépassent un certain degré d'injustice. Il ne s'agit pas, ce faisant, de sortir du cadre légal, mais de désobéir à des lois particulières, afin de faire respecter les principes de liberté et d'égalité de la Constitution. Le devoir des citoyens n'est pas d'abord de respecter la loi ; il est de faire respecter ses grands principes. Cette désobéissance doit, selon Rawls, suivre quelques conditions : premièrement, il faut qu'il s'agisse d'une violation grave de l'égalité et de la liberté ; ensuite, il faut que la désobéissance civile fasse suite à une première contestation légale qui n'ait pas eu d'effet parce que les politiques sont restés indifférents. Le rôle de la désobéissance civile est de maintenir et améliorer les institutions démocratiques afin de permettre à la société de s'approcher du modèle idéal de la justice.

Utilisez une référence philosophique : John Rawls est un théoricien de la désobéissance civile dans un contexte de démocratie.

CONCLUSION

Est-il toujours « injuste » de désobéir à la loi ? À première vue, il semble caricatural de dire qu'il faut obéir à la loi en tout temps et en tout lieu. Ce serait lui conférer une autorité absolue qu'elle ne peut pas avoir. Cependant, la loi nécessite d'être toujours respectée en principe car elle a une réelle utilité : assurer la paix civile et la sécurité de la société. On est toujours « injuste » lorsqu'on contrevient à cette fonction. Il ne faut pas pour autant réduire l'injustice à la non-conformité à la loi. Alors, à quelles conditions peut-on contester l'autorité d'une loi ? Si le système est totalement injuste (comme sous une dictature), il est légitime de désobéir à toutes les lois car on peut dans ce cas faire appel à une légitimité supérieure. Si le système politique est en partie juste (comme sous une démocratie libérale), on ne peut désobéir qu'à certaines conditions : maintenir et améliorer les institutions démocratiques afin de permettre à la société de s'approcher du modèle idéal de la justice. La désobéissance n'est « injuste » que lorsqu'elle rejette la légalité en bloc. La condition pour désobéir est que la loi en question atteigne un certain degré d'injustice. Dans ce cas, elle fait appel au public pour rétablir la justice.

Pour conclure, récapitulez le cheminement argumentatif de la dissertation. Montrez les questions qui ont émergé pendant votre réflexion et la manière dont vous avez essayé de les résoudre. Faites une conclusion vivante !

SUJET 4

4 heures

Explication de texte

Alain, *Système des beaux-arts*

Il reste à dire maintenant en quoi l'artiste diffère de l'artisan. Toutes les fois que l'idée précède et règle l'exécution, c'est industrie[1]. Et encore est-il vrai que l'œuvre, souvent, même dans l'industrie, redresse l'idée en ce sens que l'artisan trouve mieux qu'il n'avait pensé dès qu'il essaye : en cela il est artiste, mais par éclairs. Toujours est-il que la représentation d'une idée dans une chose, je dis même d'une idée bien définie comme le dessin d'une maison, est une œuvre mécanique seulement, en ce sens qu'une machine bien réglée d'abord ferait l'œuvre à mille exemplaires. Pensons maintenant au travail du peintre de portrait : il est clair qu'il ne peut avoir le projet de toutes les couleurs qu'il emploiera à l'œuvre qu'il commence : l'idée lui vient à mesure qu'il fait : il serait même plus rigoureux de dire que l'idée lui vient ensuite, comme au spectateur, et qu'il est spectateur aussi de son œuvre en train de naître. Et c'est là le propre de l'artiste. Il faut que le génie ait la grâce de nature, et s'étonne de lui-même. Un beau vers n'est pas d'abord en projet, et ensuite fait : mais il se montre beau au poète : et la belle statue se montre belle au sculpteur, à mesure qu'il la fait ; et le portrait naît sous le pinceau.

Alain, *Système des beaux-arts* (1920), Gallimard, 1983.

1. Industrie : ici, habileté technique.

Option 1 QUESTIONS GUIDÉES

Pour expliquer ce texte, vous répondrez de manière explicite, précise et développée aux questions suivantes, qui sont destinées à guider votre rédaction.

A. Questions d'analyse

1. L'auteur caractérise « l'industrie » par le fait que « l'idée précède et règle l'exécution ». Que signifie « industrie » ici ? Donnez un exemple.

2. Comment est-il possible que « l'œuvre souvent, même dans l'industrie, redresse l'idée » ? Donnez un exemple pour illustrer ce fait.

3. Alain remarque que l'artiste devient « spectateur de son œuvre en train de naître ». Qu'y a-t-il d'étonnant à cela ?

B. Questions de synthèse

4. La distinction des fonctions de l'artiste et de l'artisan est-elle si évidente ?

5. Qu'est-ce qui confère à l'œuvre de l'artiste son « génie » propre ?

C. Commentaire

6. En vous appuyant sur les questions précédentes, dégagez l'idée principale du texte ainsi que les étapes de son argumentation.

7. À la lumière de vos connaissances et de vos lectures, et en tenant compte du texte et des arguments d'Alain, vous vous demanderez comment fonder la spécificité du travail de l'artiste.

Option 2 RÉDIGEZ UNE EXPLICATION DE TEXTE

À l'aide de vos connaissances et des réponses aux questions ci-dessus, rédigez une explication complète de ce texte.

Travail préparatoire

Fiche notion
1 L'art, p. 211

Le travail préparatoire est utile pour l'option 2 seulement. Pour l'option 1, on répond directement aux questions.

étape 1 Présenter le texte

- Qui est l'auteur ? *Alain*
- De quelle œuvre le texte est-il tiré ? *Système des beaux-arts*
- En quelle année a-t-il été écrit ? *1920*
- De quoi parle-t-il ? Quel est son thème ? *Le texte traite de la différence entre l'art et la technique.*

étape 2 Trouver la question et la thèse de l'auteur dans ce texte

- À quelle question l'auteur répond-il ? *En quoi l'art se distingue-t-il de la technique ?*
- Quelle est sa thèse ? Autrement dit, qu'est-ce que l'auteur veut nous dire ? *La thèse d'Alain est que l'art et l'artisanat diffèrent dans leur démarche : si une idée précède l'exécution, alors c'est de l'artisanat ; s'il n'y a pas d'idée prédéfinie, alors c'est de l'art.*

étape 3 Trouver une problématique

Pour trouver une problématique, il faut vous concentrer sur la thèse de l'auteur. En quoi est-elle problématique ? En quoi n'est-elle pas évidente ?
Distinguer l'art et la technique selon leur démarche est-il si évident ?

étape 4 Découper le texte

Il faut découper le texte afin de mettre en évidence les étapes de l'argumentation de l'auteur.

I. Le travail de l'artisan (du début jusqu'à « mille exemplaires »)
Alain caractérise le travail de l'artisan.
II. L'artiste, un statut à part (à partir de « Pensons maintenant » jusqu'à la fin)
Alain montre le propre du travail de l'artiste.

Corrigé

Les textes en bleu et les questions du sujet apparaissant dans ce corrigé ne doivent pas figurer dans votre devoir. Nous les avons insérés pour vous guider et vous aider à repérer les parties de l'explication de texte.

Les conseils du professeur

Option 1 QUESTIONS GUIDÉES

A. Questions d'analyse

1. L'auteur caractérise « l'industrie » par le fait que « l'idée précède et règle l'exécution ». Que signifie « industrie » ici ? Donnez des exemples.

L'auteur traite ici de la différence entre l'art et l'artisanat. L'« industrie » est ici synonyme du travail de l'artisan, cité dans la phrase précédente, et non celui de l'artiste. Par la phrase « l'idée précède et règle l'exécution », l'auteur caractérise le travail de l'artisan ou l'« industrie ». Autrement dit, il se concentre sur la façon dont l'artisan procède lorsqu'il exécute une tâche. L'« idée » désigne ici la représentation mentale que l'artisan a d'un objet qu'il veut créer. Par exemple, c'est l'image mentale du lit, qu'il peut retranscrire ensuite sur un plan de construction, avec tous les détails de l'objet, comme ses dimensions, sa constitution, sa couleur, etc. L'« exécution » désigne le travail que va mettre en œuvre l'artisan pour appliquer cette idée : agencer les planches, les clouer, les peindre, etc. Exécuter, c'est appliquer cette idée dans le réel. Ainsi, quand l'objet produit est conforme à l'idée précise qui lui préexistait, on dira que c'est de l'industrie ou de l'artisanat.

Le but de cette partie est d'éclaircir le sens de points précis du texte, des phrases, des expressions, du vocabulaire, etc. Ici, on demande de définir le terme d'« industrie ». Trouvez un synonyme et trouvez les caractéristiques de cette activité. Donnez ensuite des exemples concrets permettant d'éclairer ce qu'on entend par « industrie ».

2. Comment est-il possible que « l'œuvre souvent, même dans l'industrie, redresse l'idée » ? Donnez un exemple pour illustrer ce fait.

Dire que « l'œuvre souvent, même dans l'industrie, redresse l'idée », c'est dire que, en fait, il arrive que l'exécution de l'œuvre vienne modifier l'idée ou le plan initial. Par exemple, lorsque l'artisan fait le lit, s'il se rend compte que les planches qu'il avait

Ici, on demande d'éclaircir ce qui est une métaphore. C'est à vous d'expliciter cette image à l'aide de termes plus génériques : « exécution », « idée », « plan initial ».

prévues sont trop larges et difficiles à visser, il changera de planches et cela l'amènera à « redresser l'idée », c'est-à-dire à changer son plan initial car il a trouvé mieux encore. Mais l'auteur semble supposer que cela n'est pas courant dans l'industrie : « même dans l'industrie ». Lorsque l'œuvre vient redresser l'idée, c'est plutôt le propre du travail de l'artiste. Ainsi, l'artisan est « artiste par éclairs », c'est-à-dire que c'est seulement par accident et de manière exceptionnelle, que son exécution va venir modifier son idée préalable.

3. Alain remarque que l'artiste devient « spectateur de son œuvre en train de naître ». Qu'y a-t-il d'étonnant à cela ?

De même, ici on demande d'éclaircir une image (la naissance). Utilisez des termes concrets et un exemple d'œuvre et d'artiste afin d'expliciter cette image.

Contrairement à l'artisan, l'artiste ne va pas créer son œuvre avec une idée préalablement toute définie. Cela peut paraître surprenant car, même s'il y a une part d'improvisation, on pourrait penser que l'artiste prépare tout de même son œuvre. Cependant, c'est une métaphore pour dire que l'artiste n'obéit pas à un plan prémédité : il crée son œuvre en même temps qu'il la fait. Aucune idée précise ne préexiste à l'œuvre. Elle émerge en même temps que l'œuvre. « L'idée lui vient à mesure qu'il fait ». Par exemple, lorsque l'artiste Jackson Pollock pratiquait son « *dripping* » (« laisser goutter ») en laissant couler des couleurs sur une toile, il n'avait pas l'idée au préalable du parcours de chaque goutte, de la forme exacte qu'il voulait produire. De même, lorsque le poète écrit, il n'a pas au préalable l'idée du « beau vers » qu'il doit produire ; c'est en cherchant ses mots, en explorant les sonorités et les rimes qu'il va trouver un vers qui l'étonnera ensuite par sa beauté.

B. Questions de synthèse

4. La distinction des fonctions de l'artiste et de l'artisan est-elle si évidente ?

Les questions de synthèse sont destinées à interroger le texte selon un point de vue plus général. Vous êtes invité(e) à vous interroger sur la démarche et l'objet généraux du texte.

L'artiste et l'artisan ont des fonctions apparentées puisque, dans les deux cas, on développe un savoir-faire et une habileté. Par exemple, un peintre ne peint pas au hasard : il a intégré un certain nombre de règles concernant la perspective, le dessin ou les mélanges de couleurs. De plus, les Grecs considéraient que l'art de l'artiste et l'art de l'artisan étaient identiques. Il n'y avait qu'un mot pour leurs activités : la *technè* ou la production, en général. Comme les Grecs, on pourrait voir l'art et l'artisanat comme deux activités de production.

Précisez bien ce que fait l'auteur dans son texte. Quelle est sa méthode pour distinguer l'artisanat (ou l'industrie) et l'art ?

Il n'est donc pas évident de vouloir distinguer les deux comme le fait Alain. Pour distinguer l'art de la technique, il se concentre sur la démarche qui a lieu dans chaque activité. Néanmoins, on aurait pu les distinguer selon d'autres critères. Par exemple, on peut distinguer la production technique de la production artistique selon l'effet qu'elle produit sur le spectateur. L'artiste peut viser un effet *esthétique*, c'est-à-dire un effet sur les sens du spectateur. Au contraire, la caractéristique des objets de l'artisanat serait qu'il vise une utilité pratique. Contrairement à l'œuvre de l'artiste, l'œuvre de l'artisan n'est pas unique. On ne peut pas distinguer l'original de la copie.

Même si cela n'est pas évident à faire, distinguer le travail de l'artiste de celui de l'artisan semble important car cette distinction permet de fonder la spécificité et la singularité du statut de l'artiste dans le monde de la production.

5. Qu'est-ce qui confère à l'œuvre artistique son « génie » propre selon Alain ?

Si avoir du génie, c'est imiter ou exécuter un plan déjà fait, alors le génie serait accessible à tous et on ne comprend pas très bien ce qui fait le propre de l'artiste par rapport à l'artisan. On pourrait apprendre à faire une œuvre d'art au même titre qu'on apprend à construire une table ! Certes, Alain ne dit pas que l'artiste ne respecte pas de règles. Son œuvre n'est pas le produit d'un pur hasard. Cependant, il y a quelque chose d'imprévisible dans sa production. Ainsi, l'œuvre d'art doit apparaître comme une production de la nature : facile, et surtout, spontanée. De même que l'arbre va produire sa fleur sans difficulté, l'interprète pianiste donnera l'impression que son morceau est d'une très grande facilité, qu'il le produit très facilement. Le propre du génie, c'est donc de ne pas pouvoir expliciter toutes les étapes nécessaires à la réalisation de son œuvre, de telle sorte qu'on puisse s'en étonner quand elle est produite.

Ici, on vous demande d'interroger les enjeux de ce texte : définir une spécificité de l'œuvre artistique, ce qui fait qu'elle est différente de l'œuvre artisanale.

Pour cela, il faut revenir sur la distinction que fait Alain entre la production artistique et la production naturelle.

C. Commentaire

6. En vous appuyant sur les éléments précédents (en [A] et en [B]), dégagez l'idée principale du texte ainsi que les étapes de son argumentation.

Alain traite ici de la différence entre l'art et l'artisanat (ou industrie), deux activités de production apparentées. Sa thèse est que l'art et l'artisanat diffèrent dans leur démarche. Dans un premier temps, il caractérise le travail de l'artisan : lorsque l'activité de production et précédée par une idée qui la règle et que l'œuvre correspond exactement à cette idée, on est dans l'artisanat. C'est une œuvre mécanique, on peut la reproduire à l'infini.

Dans un deuxième temps, à partir de « Pensons maintenant », Alain va caractériser le travail de l'artiste. Il commence par un exemple : le travail du peintre de portrait. Lorsque l'activité de production n'est pas précédée par une idée préalable et que l'idée émerge en même temps que l'œuvre, on est dans le travail de l'artiste. Le but de cette argumentation est de montrer « le propre de l'artiste ».

Cette dernière partie est destinée à vous amener à dégager les éléments importants d'une explication de ce texte et d'une réflexion plus générale.

7. À la lumière de vos connaissances et de vos lectures, et en tenant compte du texte et des arguments d'Alain, vous vous demanderez comment fonder la spécificité du travail de l'artiste.

Le travail de l'artiste n'a pas toujours été considéré pour lui-même. On l'a longtemps assimilé à tous les travaux de production. Les Grecs ne faisaient pas de différence entre l'art et l'artisanat. Tout cela faisait partie de la *technè*. On a établi ensuite une distinction entre ce qui relève de l'artisanat et ce qui relève des beaux-arts, ces derniers étant destinés à produire un effet de beauté sur ses spectateurs. Réfléchir à la spécificité du travail de l'artiste par rapport à celui de l'artisan, c'est finalement donner du sérieux au statut de l'artiste. On peut fonder cette spécificité sur le fait que l'œuvre produite par l'artiste sera unique et géniale. Elle sera unique car chaque artiste procède selon une idée qui va évoluer dans le cours de la réalisation de l'œuvre : il y a toujours une part d'improvisation qui empêche l'artiste de prévoir un plan à l'avance de ce qu'il va faire. C'est le propre de son « génie », toujours singulier. Même avec un plan, il est impossible de reproduire un tableau de Léonard de Vinci qui soit identique à l'original. En outre, l'œuvre artistique est « géniale » en ce sens qu'elle est propre à l'individualité de son auteur, sans qu'il soit possible d'en expliquer les raisons. On peut dire pourquoi une machine industrielle est efficace : on connaît les causes physiques de son fonctionnement et on sait quelle est son utilité. Mais on ne peut pas expliquer les raisons de l'émotion que suscite, par exemple, le *Déjeuner sur l'herbe* de Manet.

Dans cette dernière question, c'est le moment de mobiliser vos connaissances, sur la *technè* grecque ou sur la conception des beaux-arts.

Utilisez des exemples d'artistes et d'œuvres afin de rendre votre propos très concret. Dans un travail sur l'art, il serait très dommageable que vous ne montriez pas votre culture artistique.

Option 2 RÉDIGEZ UNE EXPLICATION DE TEXTE

INTRODUCTION

Le texte qu'il nous revient d'expliquer est tiré du *Système des beaux-arts*, écrit en 1920. Dans ce texte, Alain entend montrer la différence entre l'artisan et l'artiste.
En quoi l'art se distingue-t-il de la technique ? La thèse d'Alain est que l'art et l'artisanat diffèrent dans leur démarche.
En effet, l'artisan et l'artiste ont tous les deux une activité de production. On peut distinguer leurs fonctions de diverses manières. Or, cette idée n'est pas évidente. Comment fonder la spécificité de la production artistique ?
Dans un premier temps, Alain caractérise le travail de l'artisan. Dans un deuxième temps, il montre le propre du travail de l'artiste.

étape 1 **Présenter le texte** (auteur, date, thème)

étape 2 **Trouver la question et la thèse de l'auteur**

étape 3 **Trouver une problématique**

étape 4 **Découper le texte**

I. Le travail de l'artisan (du début jusqu'à « mille exemplaires »)

Dans un premier temps, Alain caractérise le travail de l'artisan : lorsque l'activité de production est précédée par une idée qui la

Annoncez ce que fait l'auteur dans cette première partie. Alain utilise des mots : « l'idée », « règle », etc.

règle et que l'œuvre correspond exactement à cette idée, on est dans l'artisanat. Alain se concentre sur la manière de procéder de l'artisan : dans l'« industrie » ou l'artisanat, « l'idée précède et règle ». L'« idée » désigne ici la représentation mentale que l'artisan a d'un objet qu'il veut créer. Par exemple, c'est l'image mentale d'un bureau, qu'il peut retranscrire ensuite sur un plan de construction, avec tous les détails de l'objet, comme ses dimensions, sa constitution, sa couleur, etc. L'« exécution » désigne le travail que va mettre en œuvre l'artisan pour appliquer cette idée : agencer les planches, les clouer, les peindre, etc. Exécuter, c'est appliquer cette idée dans le réel. Ainsi, quand l'objet produit est conforme à l'idée qui lui préexistait, on dira que c'est de l'industrie ou de l'artisanat.

C'est à vous de préciser le sens de ces mots et de leur donner de la concrétude au travers d'exemples bien choisis.

Cependant, Alain note que le travail de l'artisan et celui de l'artiste ne s'excluent pas l'un l'autre. Un artisan peut être « artiste par éclairs ». En effet, il arrive que l'exécution de l'œuvre vienne modifier l'idée ou le plan initial. Par exemple, lorsque l'artisan réalise le bureau, s'il se rend compte que les planches qu'il avait prévues sont trop larges et difficiles à visser, il changera de planches et cela l'amènera à « redresser l'idée », c'est-à-dire à changer son plan initial car il a trouvé mieux encore, au cours de l'exécution. Ainsi, l'artisan peut être « artiste par éclairs », c'est-à-dire accidentellement et de manière exceptionnelle. Le propre de l'œuvre de l'artisan, c'est qu'elle a été produite selon une idée bien définie au préalable. C'est ce qui fait qu'elle n'est jamais unique mais reproductible à l'infini. Peu importe qui est l'artisan, si on applique l'idée dans la réalité, on obtient l'œuvre voulue.

Utilisez des exemples pour illustrer l'expression à expliquer : « redresser l'idée ».

Si les activités de l'artiste et de l'artisan sont distinctes, qu'est-ce qui fait la spécificité du travail de l'artiste ? Ce dernier mérite-il son statut d'activité à part ?

La transition est destinée à montrer pourquoi Alain passe d'une partie à l'autre.

II. L'artiste, un statut à part (de « Pensons maintenant » jusqu'à la fin)

Dans un deuxième temps, à partir de « Pensons maintenant », Alain va montrer la spécificité du travail de l'artiste, c'est-à-dire ce qui fait qu'il est unique en son genre. Il commence par un exemple : le travail du peintre de portrait. Alain veut montrer que, contrairement à l'artisan, le peintre de portrait ne peut pas avoir une idée prédéfinie de l'œuvre qu'il veut produire. Par exemple, il ne peut pas prévoir le nombre de coups de pinceaux et de couleurs qu'il va utiliser pour faire les mélanges et dessiner son sujet. C'est au cours de la séance de portrait que l'artiste va faire ses choix artistiques, à mesure qu'il peint ou qu'il dessine. Lorsque l'activité de production n'est pas précédée par une idée préalable et que l'idée émerge en même temps que l'œuvre, on est donc dans le travail de l'artiste. Le but de cette argumentation est de

Annoncez la partie en citant bien les extraits de phrases afin que le correcteur sache quelles phrases vous commentez. C'est très important pour lui de suivre ce que vous dites.
Résumez la partie en disant ce que l'auteur va faire dedans.

montrer « le propre de l'artiste ». Pourquoi est-ce important que tout ne soit pas prévu dans ce travail ? Car c'est là ce qui fait le « propre de l'artiste » : son œuvre sera unique parce que tout n'est pas prévu à l'avance. Alain entend montrer que la production de l'artiste s'apparente à la production naturelle. En effet, la nature ne fait pas de calculs, elle ne prévoit pas. De même, l'artiste ne prévoit pas. « Il s'étonne » de ce qu'il a produit car l'idée lui vient en produisant.

Posez des questions au texte.

CONCLUSION

La différence du travail de l'artisan et de l'artiste n'est pas évidente. En effet, les deux ont été assimilés depuis longtemps, notamment par les Grecs qui considéraient que c'était la même activité de production, la *technè*. Alain entend montrer la différence en analysant la démarche de l'artiste et celle de l'artisan. Son but est ensuite de montrer le « propre de l'artiste ». Ce qui fait que son œuvre est unique en son genre et qu'elle est belle, c'est le fait que l'idée émerge à mesure qu'il produit, au lieu de produire en respectant à la lettre une idée déjà faite. Ce texte est important car il nous montre que l'artiste mérite bien un statut à part : le génie de l'artiste tient à cette imprévisibilité de sa production.

Rappelez la thèse de l'auteur et la question à laquelle il voulait répondre, comment il a argumenté en faveur de cette thèse, et quels étaient ses arguments. Montrez en quoi ce texte était intéressant d'un point de vue philosophique.

SUJET 5 BAC 2021
France métropolitaine

4 heures

Explication de texte

Freud, *Le poète et l'activité de fantaisie*

Si au moins nous pouvions découvrir chez nous ou chez nos semblables une activité apparentée d'une manière ou d'une autre à ce que fait le poète ! L'investigation de celle-ci nous permettrait d'espérer acquérir un premier éclaircissement sur l'activité créatrice du poète. Et effectivement, une telle perspective existe – les poètes eux-mêmes d'ailleurs aiment à réduire l'écart entre leur particularité et l'essence humaine en général ; ils nous assurent si fréquemment qu'en tout homme se cache un poète et que le dernier poète ne mourra qu'avec le dernier homme.

Ne devrions-nous pas chercher déjà chez l'enfant les premières traces d'une activité poétique ? L'occupation la plus chère et la plus intense de l'enfant est le jeu. Peut-être sommes-nous en droit de dire : tout enfant qui joue se comporte comme un poète en tant qu'il se crée son propre monde dans un ordre nouveau à sa convenance. Ce serait un tort de croire qu'il ne prend pas ce monde au sérieux, au contraire, il prend son jeu très au sérieux, il s'y investit beaucoup affectivement. Le contraire du jeu n'est pas le sérieux, mais la réalité. En dépit de son investissement affectif, l'enfant distingue fort bien son monde de jeu de la réalité, et il étaye[1] volontiers les objets et les circonstances qu'il a imaginés sur des choses palpables et visibles du monde réel. Rien d'autre que cet étayage ne distingue encore l'« activité de jeu » de l'enfant de l'« activité imaginaire ».

Or le poète fait la même chose que l'enfant qui joue ; il crée un monde imaginaire qu'il prend très au sérieux, c'est-à-dire qu'il l'investit affectivement tout en le séparant strictement de la réalité.

Freud, *Le poète et l'activité de fantaisie* (1907),
trad. fr. de P. Cotet, M.-T. Schmidt avec la collab. de R. Lainé, Puf, 2007.

1. Étayer : appuyer, faire reposer.

Option 1 QUESTIONS GUIDÉES

A. Éléments d'analyse

1. Expliquez l'expression « en tout homme se cache un poète ». Cela correspond-il à l'idée que nous nous faisons ordinairement de l'artiste ?

2. Quelles sont d'après le texte les caractéristiques du jeu de l'enfant ? En quoi ressemble-t-il à l'activité du poète ?

3. En quel sens peut-on dire qu'un poète, et plus généralement qu'un artiste, crée son propre monde ?

B. Éléments de synthèse

1. Quelle est la question à laquelle l'auteur tente ici de répondre ?
2. Dégagez les différents moments de l'argumentation.
3. En vous appuyant sur les éléments précédents, dégagez l'idée principale du texte.

C. Commentaire

1. Pourquoi le contraire du jeu n'est-il pas le sérieux, mais la réalité ?
2. Quel sens donner, à partir de ce texte, à l'idée d'un travail artistique ?

Option 2 RÉDIGEZ UNE EXPLICATION DE TEXTE

Le (ou la) canditat(e) suit le développement de son choix.

Travail préparatoire

Le travail préparatoire est utile pour l'option 2 seulement. Pour l'option 1, on répond directement aux questions.

étape 1 Présenter le texte

- Qui est l'auteur ? *Sigmund Freud*
- De quelle œuvre le texte est-il tiré ? *Le poète et l'activité de fantaisie*
- En quelle année a-t-il été écrit ? *1907*
- De quoi parle-t-il ? Quel est son thème ? *Le texte traite de l'art, et plus précisément de l'activité créatrice du poète.*

étape 2 Trouver la question et la thèse de l'auteur dans ce texte

- À quelle question l'auteur répond-il ? *Comment comprendre et caractériser objectivement l'activité de création littéraire, qui nous semble habituellement si obscure ?*
- Quelle est sa thèse ? Autrement dit, qu'est-ce que l'auteur veut nous dire ? *L'activité de l'artiste en littérature est compréhensible quand on la compare au jeu de l'enfant.*

étape 3 Trouver une problématique

Pour trouver une problématique, il faut vous concentrer sur la thèse de l'auteur. En quoi sa thèse est-elle problématique ? En quoi n'est-elle pas évidente ?
La comparaison de la création littéraire avec le jeu de l'enfant est-elle si évidente ?

étape 4 Découper le texte

Il faut découper le texte afin de mettre en évidence les étapes de l'argumentation de l'auteur.

I. Éclairer l'activité du poète (du début jusqu'à « le dernier homme »)

Freud a un but : donner les moyens de comprendre l'activité de création du poète.

II. Le jeu de l'enfant (de « Ne devrions-nous » à « l'activité imaginaire »)

Freud montre les caractéristiques propres au jeu de l'enfant.

III. L'activité du poète et le jeu d'enfant : des activités comparables (à partir de « Or le poète » jusqu'à la fin).

L'activité poétique est apparentée au jeu.

Corrigé

Les textes en bleu et les questions du sujet apparaissant dans ce corrigé ne doivent pas figurer dans votre devoir. Nous les avons insérés pour vous guider et vous aider à repérer les parties de l'explication de texte.

Les conseils du professeur

Option 1 QUESTIONS GUIDÉES

A. Éléments d'analyse

Le but de cette partie est d'éclaircir le sens de certaines expressions ou mots du texte qui sont difficiles à comprendre.

1. Expliquez l'expression « en tout homme se cache un poète ». Cela correspond-il à l'idée que nous nous faisons ordinairement de l'artiste ?

Selon Freud, les poètes aiment à montrer qu'ils n'ont rien de singulier par rapport aux autres hommes ; ils veulent au contraire passer pour ordinaires en assurant qu'« en tout homme se cache un poète ». Cette expression signifierait que tout homme aurait la capacité innée, c'est-à-dire présente dès la naissance, de créer et de narrer de belles histoires ou encore de faire de beaux vers. Ici, « poète » ne désigne pas seulement celui qui fait de la poésie, mais aussi tout écrivain, romancier ou auteur de nouvelles. Cette capacité serait ainsi universelle, c'est-à-dire propre à tout le monde. Or, cette idée ne correspond pas à celle que l'on se fait habituellement des poètes. Le sens commun a tendance à les placer à part ou au-dessus des autres, à en faire des êtres d'exception, par leur originalité, leur style ou encore leur inventivité. En effet, tout le monde n'est pas capable de composer des romans tels ceux de Victor Hugo ou ceux de Stendhal, avec des personnages riches et profonds, des descriptions vivantes et des

Utilisez des repères du bac (« universel ») afin d'avoir un propos solide conceptuellement.

histoires aussi bien construites. On considère habituellement que cela demande un certain talent, voire un certain génie. Ainsi, le sens commun ne considère pas que l'activité créatrice du poète est innée et universelle.

2. Quelles sont d'après le texte les caractéristiques du jeu de l'enfant ? En quoi ressemble-t-il à l'activité du poète ?

Tout d'abord, lorsque l'enfant joue, il « crée son propre monde ou, pour parler plus exactement, transporte les choses de son monde dans un ordre nouveau à sa convenance ». Ce que le jeu d'enfant a spécifiquement d'enfantin est qu'il va puiser dans des fictions imaginaires. Par exemple, l'enfant va jouer à être un héros et inventer les monstres et les ennemis auxquels il doit faire face. C'est aussi son « propre monde » car il suit des règles qui lui sont spécifiques. Quand on joue à chat ou aux billes, il y a des règles particulières à respecter qui sont objectives et que les joueurs doivent tous connaître sinon le jeu ne peut avoir lieu. On pourrait dire que le poète va aussi créer un monde propre, avec ses règles, ses personnages, etc. Par exemple, lorsque Balzac écrit ses ouvrages qui composent la *Comédie humaine*, il fait naître tout un univers censé nous captiver.

> Ici, il faut être précis et bien dégager les caractéristiques de ce jeu dans le texte.

> Utilisez un exemple pour illustrer votre propos.

De là découle la deuxième caractéristique de ce jeu : l'enfant le prend au sérieux. Il obéit aux règles très consciencieusement et « s'y investit affectivement ». Par exemple, lorsqu'il prétend être un héros, il va tout faire pour y croire et illusionner les autres qu'il est ce héros. De même, le poète met toute son intelligence et ses émotions au service de la création de ce monde original.
La troisième caractéristique est qu'il va séparer ce monde d'avec la réalité. Lorsque l'enfant invente son monde, il va s'appuyer sur la réalité et énoncer, par exemple, « disons que cette pièce est ma prison ». Néanmoins, il fera bien la différence entre la prison imaginaire et la pièce réelle lorsqu'il devra arrêter de jouer. C'est ici la seule différence avec le poète, qui ne va pas forcément s'inspirer des choses de la réalité ou faire la différence avec elles pour concevoir ce monde : il peut le créer de toutes pièces.

3. En quel sens peut-on dire qu'un poète, et plus généralement qu'un artiste, crée son propre monde ?

Un artiste crée son propre monde dans le sens où il crée un univers imaginaire où tout se tient, sans qu'on ait besoin de faire référence à la réalité. Par exemple, *Le Seigneur des anneaux* de Tolkien est un monde en soi à deux titres : d'abord c'est un monde qui n'existe nulle part ailleurs ; ensuite, l'auteur établit un univers avec ses propres règles et sa propre histoire (il crée même la langue et la culture des peuples qu'il imagine). C'est cette précision qui va donner le sentiment qu'il construit un monde propre.

B. Éléments de synthèse

1. Quelle est la question à laquelle l'auteur tente ici de répondre ?

Ici, l'auteur se demande : comment comprendre clairement ce qu'est l'activité de création littéraire, qui semble au premier abord si obscure et évanescente ?

Les questions de synthèse sont destinées à interroger le texte selon un point de vue plus général. Vous êtes invité(e) à questionner l'interrogation de l'auteur, sa démarche argumentative et son idée principale.

2. Dégagez les différents moments de l'interprétation.

Dans un premier temps (du début à « dernier homme »), Freud se donne un objectif : trouver une manière de comprendre clairement l'activité de création littéraire.
Dans un deuxième temps (de « Ne devrions-nous » à « activité imaginaire »), Freud décrit le jeu de l'enfant et ses caractéristiques.
Dans un dernier temps (de « Or le poète » jusqu'à la fin), Freud affirme que l'activité poétique est apparentée au jeu.

3. En vous appuyant sur les éléments précédents, dégagez l'idée principale du texte.

L'idée du texte est que le poète a une activité semblable à celle du jeu de l'enfant : c'est ce qui permet de mieux la comprendre.

C. Commentaire

1. Pourquoi le contraire du jeu n'est-il pas le sérieux, mais la réalité ?

On peut jouer en étant très sérieux, c'est-à-dire en ayant beaucoup de considération et d'application quand on joue. D'abord, il est important que les joueurs suivent scrupuleusement les règles du jeu. Ensuite, il y a toujours la possibilité à la fin de perdre le jeu ; or, personne ne veut perdre ! Le jeu ne s'oppose donc pas au sérieux, qui est une certaine attitude face au réel. Il s'oppose à la réalité, à tout ce qui existe.

2. Quel sens donner, à partir de ce texte, à l'idée d'un travail artistique ?

Habituellement, lorsque l'artiste réalise ses œuvres, on considère qu'il est « inspiré » par des choses qui nous échappent. On ne sait pas comment le poète fait pour produire des œuvres qui nous touchent esthétiquement. C'est un travail obscur. Dans ce texte, Freud nous permet d'éclaircir cette activité. Il montre que l'action de l'artiste est dans la continuité du jeu de l'enfant. L'artiste ne fait que perdurer cette activité de création d'un monde propre qu'il avait étant petit. Freud analyse le travail artistique moins du point de vue technique (les procédés mis en œuvre) que du point de vue psychologique (ce qu'il se passe dans l'esprit).

Option 2 RÉDIGEZ UNE EXPLICATION DE TEXTE

Si vous choisissez l'option 2, il faut rédiger une explication complète.

INTRODUCTION

étape 1 Présenter le texte (auteur, date, thème)

Le texte qu'il nous revient d'expliquer est tiré de la conférence de Freud intitulée *Le poète et l'activité de fantaisie* et daté de 1907. Il traite ici de l'art, et plus précisément de l'activité créatrice du poète. D'ordinaire, nous pensons aux artistes, romanciers ou poètes, comme à des êtres « inspirés » par les muses. On se demande parfois comment des écrivains tels que Balzac ou Stendhal font pour nous amener à pleurer ou nous émouvoir avec leurs histoires. Et lorsqu'on demande aux artistes la façon dont ils procèdent, ils ne savent souvent pas quoi répondre précisément. Alors comment expliquer toute cette créativité ? Comment donner une compréhension claire de l'activité de création littéraire de l'artiste ? C'est la question que se pose Freud dans ce texte. Sa thèse est que l'activité du poète est compréhensible quand on la compare au jeu de l'enfant : construire un monde imaginaire propre.

étape 2 Trouver la question et la thèse de l'auteur

On peut ainsi se demander : comment l'activité de l'artiste peut-elle être comparée à un jeu d'enfant sans perdre son sérieux ?

étape 3 Trouver une problématique

Dans un premier temps, Freud se donne un but : éclairer l'activité de création du poète.
Dans un deuxième temps, Freud décrit le jeu de l'enfant.
Enfin, il affirme que la comparaison de l'activité de création du poète et le jeu de l'enfant est valide.

étape 4 Découper le texte

I. Éclairer l'activité du poète (du début jusqu'à « le dernier homme »)

Annoncez ce que fait l'auteur dans cette 1re partie. Ici, il faut se demander pourquoi il est nécessaire de donner du sens à l'activité du poète, comme veut le faire Freud.
Quel est le pouvoir argumentatif de la comparaison ?

Dans un premier temps, Freud se donne un but : dévoiler les moyens de comprendre l'activité de création du poète. Celui-ci nous apparaît souvent comme quelqu'un d'exceptionnel. Ne faut-il pas avoir quelque chose d'extraordinaire pour écrire l'ensemble de *La recherche du temps perdu*, comme Marcel Proust, ou des poèmes aussi saisissants que ceux de Baudelaire ? D'emblée, on se dit qu'on ne pourrait pas faire de même et que ce talent est le propre d'un petit nombre de personnes. Mais à force d'ériger le poète au-dessus de tout le monde, à force d'en faire un être exceptionnel, on ne le comprend plus, on ignore complètement comment il fait ce qu'il fait. C'est le souhait de Freud : trouver une perspective sous laquelle on puisse enfin appréhender cette activité de créativité exceptionnelle. Or, lorsque l'homme fait face à une réalité obscure qu'il ne peut vraiment atteindre, il procède à des comparaisons, il cherche des choses « apparentées ». Selon Freud, la comparaison aura la vertu de pouvoir nous éclairer.
Mais le poète n'est-il pas si « à part » qu'il sera difficile, voire impossible, de trouver un tel point de comparaison ? Freud affirme au contraire que « cette perspective existe ». Selon lui,

les poètes aiment à montrer qu'ils n'ont rien de singulier par rapport aux autres hommes ; ils veulent au contraire passer pour ordinaires en assurant qu'« en tout homme se cache un poète ». Cette expression signifierait que tout homme aurait la capacité innée, c'est-à-dire présente dès la naissance, de créer et de narrer de belles histoires ou encore de faire de beaux vers. Ici, « poète » ne désigne pas seulement celui qui fait de la poésie, mais aussi tout écrivain, romancier ou auteur de nouvelle. Cette capacité serait ainsi universelle, c'est-à-dire propre à tout le monde. Or, cette idée ne correspond pas à celle que l'on se fait habituellement des poètes. Le sens commun a tendance à les placer à part ou au-dessus des autres, à en faire des êtres d'exception, par leur originalité, leur style ou encore leur inventivité. En effet, tout le monde n'est pas capable de composer des romans tels ceux de Victor Hugo ou ceux de Stendhal, avec des personnages si riches et profonds, des descriptions vivantes et des histoires aussi bien construites. On considère habituellement que cela demande un certain talent, voire un certain génie.

L'auteur utilise une expression qu'il faut expliciter. Pour cela, utilisez les repères du bac : « universel ».

Citez des exemples de romanciers et de poètes.

Ainsi, le sens commun ne considère pas que l'activité créatrice du poète est innée et universelle. Alors on se demande : mais quel est donc ce point de vue qui nous permettra de comprendre l'activité créatrice du poète ?

La transition est destinée à récapituler la partie précédente et à montrer pourquoi l'auteur passe à une autre partie.

II. Le jeu de l'enfant (de « Ne devrions-nous » à « l'activité imaginaire »)

C'est dans le jeu de l'enfant que Freud voit les « premières traces d'une activité poétique ». Cela signifierait que le poète est celui qui continue, à sa manière, de jouer comme un enfant à l'âge adulte. Mais qu'est-ce que cela veut dire ?

Annoncez la 2e partie en citant bien les extraits de phrase concernés afin que le correcteur sache ce que vous commentez.

Tout d'abord, lorsque l'enfant joue, il « crée son propre monde ou, pour parler plus exactement, transporte les choses de son monde dans un ordre nouveau à sa convenance ». Ce que le jeu d'enfant a spécifiquement d'enfantin est qu'il va puiser dans des fictions imaginaires. Par exemple, l'enfant va jouer à être un héros et inventer les monstres et les ennemis auxquels il doit faire face. C'est aussi son « propre monde » car il suit des règles qui lui sont spécifiques. Quand on joue à chat ou aux billes, il y a des règles particulières à respecter qui sont objectives et que les joueurs doivent tous connaître sinon le jeu ne peut avoir lieu.

De là, découle, la deuxième caractéristique de ce jeu : l'enfant le prend au sérieux. Il obéit aux règles très consciencieusement et « s'y investit affectivement ». Par exemple, lorsqu'il joue à être un héros, il va tout faire pour y croire et illusionner les autres qu'il est ce héros. Ainsi, Freud affirme que le contraire du jeu n'est pas le sérieux mais la réalité. En effet, on peut jouer en étant très sérieux, c'est-à-dire en ayant beaucoup de considération et d'application quand on joue.

D'abord, il est important que les joueurs suivent scrupuleusement les règles du jeu. Ensuite, il y a toujours à la fin la possibilité de perdre le jeu ; or, personne ne veut perdre ! Le jeu ne s'oppose donc pas au sérieux, qui est une attitude face au réel. Il s'oppose à la réalité, c'est-à-dire à tout ce qui existe. Le jeu est un produit de l'imagination et, même s'il peut emprunter des éléments au réel, il n'est pas réel.

Freud montre ainsi les caractéristiques du jeu de l'enfant qui sont : la création d'un monde imaginaire et une attitude de grand sérieux par rapport à lui. Alors, en quoi ces caractéristiques permettent-elles de faire voir qu'il y a une similitude entre le jeu de l'enfant et l'activité poétique ?

Faites une transition.

III. L'activité du poète et le jeu d'enfant : des activités comparables (de « Or le poète » jusqu'à la fin)

Freud conclut le dernier paragraphe en affirmant que la comparaison entre l'activité du poète et le jeu de l'enfant est possible puisque « le poète fait la même chose que l'enfant qui joue ». Freud n'explicite cependant pas cette comparaison. Tout d'abord, le poète va aussi créer un monde propre, avec ses règles, ses personnages, etc. Par exemple, lorsque Balzac écrit ses ouvrages qui composent la *Comédie humaine*, il fait naître tout un univers censé nous captiver. Un artiste crée son propre monde dans le sens où il crée un univers imaginaire où tout se tient, sans qu'on ait besoin de faire référence à la réalité. Ainsi, *Le Seigneur des anneaux* de Tolkien se veut un monde en soi à deux titres : d'abord c'est un monde qui n'existe nulle part ailleurs ; ensuite, l'auteur établit un monde avec ses propres règles et sa propre histoire (il crée même la langue et la culture des peuples qu'il imagine). C'est cette précision qui va donner le sentiment qu'il construit un monde propre. De plus, comme l'enfant, le poète va aussi prendre ce monde très au sérieux : il fait comme s'il existait vraiment.

Annoncez ce que fait l'auteur dans la dernière partie.

Prenez des exemples précis afin d'illustrer cette comparaison.

CONCLUSION

D'ordinaire, lorsque l'artiste réalise ses œuvres, on considère qu'il est « inspiré » par des choses qui nous échappent. On ne sait pas comment le poète fait pour produire des œuvres qui nous touchent esthétiquement. C'est un travail obscur. Dans ce texte, Freud nous permet d'éclaircir cette activité. Il montre que l'action de l'artiste est dans la continuité du jeu de l'enfant. L'artiste ne fait que perdurer cette activité de création d'un monde propre qu'il avait étant petit. Cette activité consiste donc en une chose très simple : créer un monde imaginaire. Freud analyse le travail artistique moins du point de vue technique que du point de vue psychologique.

Rappelez la thèse de l'auteur et la question à laquelle il voulait répondre, comment il a argumenté en faveur de cette thèse, et quels étaient ses arguments. Montrez en quoi ce texte était intéressant d'un point de vue philosophique.

SUJET 6 BAC 2022
France métropolitaine

4 heures

Explication de texte

Diderot, *Encyclopédie*

Si je pouvais m'assurer qu'un témoin a bien vu, et qu'il a voulu me dire vrai, son témoignage pour moi deviendrait infaillible[1] : ce n'est qu'à proportion des degrés de cette double assurance que croît[2] ma persuasion ; elle ne s'élèvera jamais jusqu'à une pleine démonstration, tant que le témoignage sera unique, et que je considérerai le témoin en particulier ; parce que quelques connaissances que j'ai du cœur humain, je ne le connaîtrai jamais assez parfaitement pour en deviner les divers caprices, et tous les ressorts mystérieux qui le font mouvoir. Mais ce que je chercherais en vain dans un témoignage, je le trouve dans le concours de plusieurs témoignages, parce que l'humanité s'y peint ; je puis[3], en conséquence des lois que suivent les esprits, assurer que la seule vérité a pu réunir tant de personnes, dont les intérêts sont si divers, et les passions si opposées. L'erreur a différentes formes, selon le tour d'esprit des hommes, selon les préjugés de religion et d'éducation dans lesquels ils sont nourris : si donc je les vois, malgré cette prodigieuse variété de préjugés qui différencient si fort les nations, se réunir dans la déposition d'un même fait, je ne dois nullement douter de sa réalité. Plus vous me prouverez que les passions qui gouvernent les hommes sont bizarres, capricieuses et déraisonnables, plus vous serez éloquents à m'exagérer la multiplicité d'erreurs que font naître tant de préjugés différents ; et plus vous me confirmerez, à votre grand étonnement, dans la persuasion où je suis, qu'il n'y a que la vérité qui puisse faire parler de la même manière tant d'hommes d'un caractère opposé.

Diderot, *Encyclopédie* (1751-1772).

1. Infaillible : absolument certain.
2. Croît : augmente.
3. Je puis : je peux.

Option 1 QUESTIONS GUIDÉES

A. Éléments d'analyse

1. Que désigne la « double assurance » ? En quoi permet-elle d'augmenter la persuasion ?

2. Pourquoi un seul témoignage ne suffit-il pas pour établir la vérité ?

3. Pourquoi l'erreur prend-elle différentes formes ?

4. Expliquez : « il n'y a que la vérité qui puisse faire parler de la même manière tant d'hommes d'un caractère opposé ».

B. Éléments de synthèse

1. Quelle est la question à laquelle l'auteur tente ici de répondre ?
2. Dégagez les différents moments de l'argumentation.
3. En vous appuyant sur les éléments précédents, dégagez l'idée principale du texte.

C. Commentaire

1. Qu'est-ce qui nous empêche de faire confiance à un témoin ?
2. Des témoignages concordants suffisent-ils à établir la vérité ?

Option 2 RÉDIGEZ UNE EXPLICATION DE TEXTE

Le (ou la) canditat(e) suit le développement de son choix.

Travail préparatoire

Le travail préparatoire est utile pour l'option 2 seulement. Pour l'option 1, on répond directement aux questions.

étape 1 Présenter le texte

- Qui est l'auteur ? *Denis Diderot*
- De quelle œuvre le texte est-il tiré ? *Encyclopédie*
- En quelle année a-t-il été écrit ? *Encyclopédie est une œuvre en 17 volumes qui a été éditée entre 1751 et 1772.*
- De quoi parle-t-il ? Quel est son thème ? *Le témoignage.*

étape 2 Trouver la question et la thèse de l'auteur dans ce texte

- À quelle question l'auteur répond-il ? *À quelles conditions doit-on considérer qu'un témoignage a une valeur de vérité ?*
- Quelle est sa thèse ? Autrement dit, qu'est-ce que l'auteur veut nous dire ? *La crédibilité d'un témoignage dépend de la concordance de témoignages divers et variés.*

étape 3 Trouver une problématique

Pour trouver une problématique, il faut vous concentrer sur la thèse de l'auteur. En quoi sa thèse est-elle problématique ? En quoi n'est-elle pas évidente ?
Comment la concordance des témoignages peut-elle fonder la valeur de vérité de ce qui est rapporté si tout le monde a un point de vue relatif ? Nous allons voir que Diderot fait de la relativité des points de vue une force pour son argumentation.

Étape 4 **Découper le texte**

Il faut découper le texte afin de mettre en évidence les étapes de l'argumentation de l'auteur.

Dans une première partie, jusqu'à « persuasion », Diderot explique les conditions qui rendent un témoignage crédible.

Dans une deuxième partie, de « elle ne s'élèvera » à « mouvoir », il montre qu'un témoignage unique ne suffit pas à avoir une quelconque valeur de vérité.

Dans une troisième partie, de « Mais » à « réalité », il insiste sur la nécessité de recouper plusieurs témoignages pour remplir ces conditions de crédibilité d'un témoignage, contre les erreurs possibles.

Enfin, de « Plus vous me montrerez » jusqu'à la fin, Diderot conclut par sa thèse : la crédibilité d'un témoignage dépend du fait que des personnes disent la même chose sur un événement.

Corrigé

Les textes en bleu et les questions du sujet apparaissant dans ce corrigé ne doivent pas figurer dans votre devoir. Nous les avons insérés pour vous guider et vous aider à repérer les parties de l'explication de texte.

Les conseils du professeur

Option 1 QUESTIONS GUIDÉES

A. Éléments d'analyse

1. Que désigne la « double assurance » ? En quoi permet-elle d'augmenter la persuasion ?

La crédibilité d'un témoignage, c'est-à-dire ce qui va nous permettre de croire aux dires d'un témoin, dépend d'une « double assurance ». Les deux conditions qui rendent un témoignage crédible sont les suivantes : premièrement, pour que le témoignage soit dit vrai, il faut avoir le maximum d'informations qui montrent que le témoin a bien vu ce dont il témoigne. Par exemple, il faut que je sois sûr que le témoin était sur les lieux et capable de voir les faits. Deuxièmement, je dois être assuré de son intention de me dire la vérité, c'est-à-dire de la véracité de ses dires. Je dois être sûr qu'il ne cherche pas à me tromper et qu'il n'a aucune raison de le faire. Le témoignage aura d'autant plus de force de persuasion sur moi que ces deux conditions seront remplies.

Précisez toujours ce que vous voulez dire ; ici le sens de « crédibilité ».

2. Pourquoi un seul témoignage ne suffit-il pas pour établir la vérité ?

Un seul témoignage ne suffit pas à établir la vérité car il dépend alors du point de vue d'une seule personne, de sa manière de percevoir le monde, de son éducation, de son humeur du moment, etc. Par exemple, dans le film *Douze Hommes en colère* (réalisé par Sidney Lumet en 1957), les jurés réalisent que la condamnation du jeune homme repose sur un seul témoignage, celui d'un vieil homme qui avait probablement envie d'avoir un peu de « sel » dans sa vie et qui souhaitait se faire remarquer. En plus d'être subjectif, un témoignage repose donc sur des motivations inaccessibles aux autres. Il convient de faire la part entre cette subjectivité inaccessible du témoin et le récit qu'il fait.

Prenez des exemples tirés de votre culture ou de la vie quotidienne pour illustrer le texte.

3. Pourquoi l'erreur prend-elle différentes formes ?

L'erreur est un jugement. C'est une proposition sur la réalité qui ne correspond pas à l'état de fait qu'elle décrit. C'est l'inadéquation d'une proposition avec le réel. L'erreur prend diverses formes car elle est informée par les préjugés « de religion et d'éducation » de chacun. Chaque personne a un « tour d'esprit » différent, c'est-à-dire qu'elle voit les choses de manière particulière, voire singulière, selon des habitudes bien installées qui peuvent lui voiler la réalité ou la déformer comme une loupe ou des verres particuliers. Dans *Douze Hommes en colère*, le fait que l'accusé soit un jeune homme noir va biaiser l'avis de certains jurés élevés dans la xénophobie et la crainte des étrangers.

4. Expliquez « il n'y a que la vérité qui puisse faire parler de la même manière tant d'hommes d'un caractère opposé ».

Ici, Diderot explique que si plusieurs personnes assistaient au même événement, il y aurait certes des chances que leurs témoignages divergent car ils ont chacun une manière de voir, une éducation et une culture différentes. Cependant, s'il se trouve que les témoignages convergent, malgré cette différence initiale, alors c'est la preuve, toujours selon Diderot, que ce qui est exprimé est véridique.

B. Éléments de synthèse

1. Quelle est la question à laquelle l'auteur tente de répondre ici ?

L'auteur se demande ici : à quelles conditions doit-on considérer qu'un témoignage, qui est un dire indirect d'une ou de plusieurs personnes sur un événement réel, a une valeur de vérité ?

2. Dégagez les différents moments de l'argumentation.

Dans une première partie, jusqu'à « persuasion », l'auteur explique les conditions qui rendent un témoignage crédible.
Ensuite, de « elle ne s'élèvera » à « mouvoir », il montre qu'un témoignage unique ne suffit pas à avoir une quelconque valeur de vérité.

Précisez bien les lignes ou les mots qui font les transitions entre les parties du découpage, afin que le correcteur s'y retrouve.

Puis, dans une troisième partie, de « Mais » à « réalité », il insiste sur la nécessité de recouper plusieurs témoignages pour remplir ces conditions de crédibilité d'un témoignage, contre les erreurs possibles.
Enfin, de « Plus vous me montrerez » jusqu'à la fin, Diderot souligne que la crédibilité d'un témoignage dépend du fait que des personnes disent la même chose sur un événement.

3. En vous appuyant sur les éléments précédents, dégagez l'idée principale du texte.

La crédibilité d'un témoignage dépend de la concordance de témoignages divers et variés. Cette concordance des témoignages est la preuve de la vérité de ce qui est dit car, malgré la diversité des esprits qui témoignent, avec leur lot de préjugés et de croyances et leur manière singulière de voir le monde, ce qui est dit de l'événement est le même. Diderot fait de la relativité des points de vue une force pour son argumentation.

C. Commentaire

1. Qu'est-ce qui nous empêche de faire confiance à un témoin ?

Un témoin est, par définition, quelqu'un qui rapporte des dires sur un événement qu'il a vu. Le témoignage repose sur ce qu'il a perçu et sur sa manière de le restituer par les mots. Or, la perception de l'événement dont il a été témoin peut être déformée par des biais psychologiques comme la mauvaise foi, ou par des émotions comme la colère, la haine ou l'amour. Ensuite, plus simplement, sa perception peut avoir été déformée par des biais physiques, comme une illusion d'optique. Un témoin perçoit les événements de manière subjective. On a des raisons de ne pas se fier à ce qu'il raconte car justement, il y a toujours un possible décalage entre ce qu'il dit, ce qu'il a perçu et ce qui s'est réellement passé.

2. Des témoignages concordants suffisent-ils pour établir la vérité ?

Comme l'explique Diderot, des témoignages concordants servent à établir la vérité d'un témoignage car, initialement, nous pourrions penser que les différences de points de vue, les préjugés et autres facteurs subjectifs empêcheraient de jamais accorder de la valeur à ce que nous apprenons par témoignage. Et, pourtant, c'est le cas. Cependant, la concordance des témoignages n'est pas suffisante pour établir cette vérité de manière définitive et certaine. Premièrement, il peut y avoir des illusions collectives : plusieurs personnes peuvent être d'accord et se tromper toutes ensemble, comme on peut le voir dans les sectes, par exemple. Ensuite, il existe un phénomène d'imitation dans les groupes :

c'est le conformisme des opinions. En effet, lorsqu'une opinion est majoritaire, elle a tendance à rallier le tout, même lorsqu'elle est irrationnelle.

Option 2 RÉDIGEZ UNE EXPLICATION DE TEXTE

Si vous choisissez l'option 2, il faut rédiger une explication complète.

INTRODUCTION

Ce texte est extrait de l'*Encyclopédie* de Diderot parue entre 1751 et 1772. Il traite du témoignage. L'auteur se pose la question suivante : à quelles conditions doit-on considérer qu'un témoignage a une valeur de vérité ? En effet, un témoignage pose problème car il est issu d'un individu spécifique avec une vision du monde particulière. Un témoignage est toujours un dire indirect sur un événement. L'auteur explique ici que la crédibilité d'un témoignage dépend donc de la concordance de témoignages divers et variés. Cette concordance des témoignages est la preuve de la vérité de ce qui est dit car, malgré la diversité des esprits qui témoignent, avec leur lot de préjugés, de croyances et leur manière singulière de voir le monde, ce qui est dit de l'événement est le même. Comment Diderot s'accommode-t-il de la relativité des points de vue ? Nous allons voir que Diderot en fait une force pour son argumentation. Dans une première partie, jusqu'à « persuasion », l'auteur explique les conditions qui rendent un témoignage crédible. Ensuite, de « elle ne s'élèvera » à « mouvoir », il montre qu'un témoignage unique ne suffit pas à avoir une quelconque valeur de vérité. Dans une troisième partie, de « Mais » à « réalité », il insiste sur la nécessité de recouper plusieurs témoignages pour remplir ces conditions de crédibilité d'un témoignage contre les erreurs possibles. Enfin, de « Plus vous me montrerez » jusqu'à la fin, il souligne que la crédibilité d'un témoignage dépend du fait que des personnes disent la même chose sur un événement.

étape 1 Présenter le texte (auteur, date, thème)

étape 2 Trouver la question et la thèse de l'auteur

étape 3 Trouver la problématique et la formuler

étape 4 Découper le texte

I. Les conditions d'un témoignage crédible

Premièrement, Diderot explique les conditions qui rendent un témoignage crédible. La vérité d'un témoignage, c'est-à-dire la correspondance exacte des faits et ce qui en est dit par le témoin des événements, dépend d'une « double assurance ». Les deux conditions qui rendent un témoignage crédible sont les suivantes : premièrement, pour que le témoignage soit dit vrai, il faut avoir le maximum d'informations qui montrent que le témoin a bien vu ce dont il témoigne. Par exemple, il faut que je sois sûr que le témoin était sur les lieux et capable de voir les faits. Deuxièmement, je dois être assuré de son intention de me dire la vérité, c'est-à-dire de la véracité de ses dires. Je dois être sûr qu'il ne cherche pas à me tromper et qu'il n'a aucune raison de le faire. Le témoignage aura d'autant plus de

Définissez les concepts utilisés ; ici la « vérité ».

Donnez des exemples.

force de persuasion sur moi que ces deux conditions seront remplies.

II. Un seul témoignage ne suffit pas

Ensuite, de « elle ne s'élèvera » à « mouvoir », Diderot montre qu'un témoignage unique ne suffit pas à remplir ces conditions car il dépend alors du point de vue d'une seule personne : il est subjectif. Il va alors être soumis à la manière dont cette personne perçoit le monde, à son éducation, à son humeur du moment, à la façon dont elle réfléchit, etc. Dans le film *Douze Hommes en colère*, les jurés réalisent que la condamnation du jeune homme repose sur un seul témoignage, celui d'un vieil homme qui avait probablement envie d'avoir un peu de « sel » dans sa vie et qui souhaitait se faire remarquer. En plus d'être subjectif, un témoignage repose donc sur des motivations inaccessibles aux autres. Il convient de faire la part entre cette subjectivité inaccessible du témoin et le récit qu'il fait.

Prenez un exemple issu de la culture ou du quotidien pour illustrer le propos du texte.

Diderot va ainsi essayer de caractériser l'erreur en montrant qu'elle peut prendre plusieurs formes. L'erreur est un jugement. C'est une proposition sur la réalité qui ne correspond pas à l'état de fait qu'elle décrit. C'est l'inadéquation d'une proposition avec le réel. L'erreur prend diverses formes car elle est informée par les préjugés « de religion et d'éducation » de chacun. Chaque personne a un « tour d'esprit » différent, c'est-à-dire voit les choses de manière singulière, selon des habitudes bien installées qui peuvent nous voiler la réalité ou la déformer comme une loupe ou des verres particuliers. Dans *Douze Hommes en colère*, le fait que l'accusé soit un jeune homme noir va biaiser l'avis de certains jurés élevés dans la xénophobie, la crainte des étrangers.

Définissez les termes clés utilisés.

III. La concordance des témoignages est nécessaire

Enfin, de « Plus vous me montrerez » jusqu'à la fin du texte, Diderot va répondre à sa question : il montre que la crédibilité d'un témoignage dépend du fait que des personnes vont dire la même chose sur un événement. Diderot explique que si plusieurs personnes assistaient au même événement, il y aurait certes des chances que leurs témoignages divergent car elles ont chacune une manière de voir, une éducation et une culture différente. Cependant s'il se trouve que les témoignages convergent, malgré cette différence initiale, alors c'est la preuve, selon Diderot, que ce qui est exprimé est véridique.

CONCLUSION

Un témoin est par définition quelqu'un qui rapporte des dires sur un événement qu'il a vu. Il est « témoin » au sens étymologique de celui qui se tient (*sto*) pour un tiers (*très*). Le témoignage repose sur ce qu'il a perçu et sur sa manière de le restituer par les mots.

Rappelez l'objet et le problème du texte.

Or, sa perception de l'événement dont il a été témoin peut être déformée par des biais psychologiques comme la mauvaise foi ou par des émotions comme la colère, la haine ou l'amour. Ensuite, plus simplement, sa perception peut avoir été déformée par des biais physiques, comme une illusion d'optique. Un témoin perçoit les événements de manière subjective. On a des raisons de ne pas se fier à ce qu'il raconte car, justement, il y a toujours un possible décalage entre ce qu'il dit, ce qu'il a perçu et ce qui s'est réellement passé. Pour toutes ces raisons, il peut être difficile de faire confiance à un témoin. Diderot s'interroge donc sur les conditions qui rendent un témoignage crédible. Comme il l'explique dans ce texte, des témoignages concordants servent à établir la vérité d'un témoignage car, initialement, nous pourrions penser que les différences de points de vue, les préjugés et autres facteurs subjectifs, empêcheraient de jamais accorder de la valeur à ce que nous apprenons par témoignage.

Rappelez la thèse de Diderot, la question à laquelle il entend répondre et son argumentation pour le faire.

Les fiches notions

1 L'ART

L'art désigne à la fois un « savoir-faire » et la production de ce savoir-faire qu'on appelle « œuvre d'art ». Sa définition est très controversée car on ne s'entend pas sur ce qu'est une œuvre d'art.
Comment juger d'une œuvre d'art ? L'art nous trompe-t-il sur la réalité ?

▸ Art et réalité

L'art éloigne de la réalité : d'une part, parce que c'est un divertissement ; d'autre part, parce qu'il est une imitation, donc un double trompeur de la réalité. Mais l'art peut aussi révéler la réalité, d'une part en exhibant ce qu'on ne voyait pas habituellement dans le monde sensible ; d'autre part, en faisant apparaître une idée au travers d'une représentation sensible.

▸ Art et beauté

On ne juge pas une œuvre d'art comme on évalue n'importe quel objet. Ce n'est pas la connaissance qui intervient alors mais le goût. Le problème est que le goût est une expérience relative à chacun. Le goût s'apprend-il ou est-il réduit à dépendre de chaque sujet ?

En effet, l'art vise un plaisir. Ce plaisir n'est pas un plaisir comme les autres, c'est un plaisir désintéressé. Devant une œuvre d'art, on ne cherche pas à satisfaire un besoin ; on ne fait que contempler.

▸ Art et technique

Il faut distinguer l'artiste de l'artisan. L'artisan produit une œuvre à partir d'un plan prédéfini et de règles techniques qu'il a apprises (fabrication). L'artiste ne fait pas qu'appliquer des règles ou un plan prédéfini ; il va faire intervenir son génie pour produire son œuvre (création).

▸ Art et politique

L'art a un pouvoir critique sur les normes et les idéaux d'une société. Il permet de déplacer le regard et de voir les valeurs autrement. L'art peut être représentatif d'une culture particulière. Mais il peut aussi avoir une portée universelle qui parle à tous les hommes, au-delà de leurs différences culturelles.

2 LA JUSTICE

La justice a d'abord un sens moral : c'est une valeur ou un idéal auquel chaque homme se réfère selon un sentiment subjectif.
La justice a ensuite un sens purement juridique : c'est alors une institution destinée à appliquer cet idéal dans la société.
La justice peut-elle se passer de la loi ? Sur quoi se fonde l'idéal de justice ?

▸ Justice et politique

La loi est-elle une garantie contre l'injustice ? Obéir à la loi semble juste puisqu'elle assure la coexistence sociale en délimitant les libertés individuelles. Cependant, le juste ne se réduit pas nécessairement à ce qui est légal. La preuve : il y a des lois qui s'avèrent injustes. C'est cet argument qu'utilisent ceux qui prônent la désobéissance civile. La désobéissance civile est selon John Rawls : « un acte public, non violent, décidé en conscience, mais politique, contraire à la loi et accompli le plus souvent pour amener un changement dans la loi ou bien dans la politique du gouvernement ».

▸ Justice et société

Une société juste peut-elle s'accommoder d'inégalités ? D'un côté, la justice suppose de traiter tous les citoyens de la même façon, en dépit des différences. C'est l'isonomie ou égalité de tous devant la loi. D'un autre côté, l'idéal d'égalité de la justice doit prendre en compte les différences qui existent entre les individus afin de corriger les inégalités.

▸ Justice et religion

Certains États donnent à la justice un fondement religieux. La justice est alors la justice divine. Cependant, dans une société laïque ou libérale où la croyance en Dieu n'est pas obligatoire, la justice doit trouver une autre légitimité que religieuse, comme le droit positif (l'ensemble des lois d'un pays) ou le droit naturel (les droits qu'on attribue à la nature humaine, comme dans la Déclaration des droits de l'homme et du citoyen).

▸ Justice et conscience

Est-ce à moi de juger mes actes ? Il semble parfois légitime de se faire justice soi-même au nom de l'idéal de justice dont nous disposons tous intérieurement grâce à notre conscience morale. Cependant, cela implique une vengeance qui court le risque d'être disproportionnée et injuste par rapport à l'offense. D'où la nécessité d'une justice institutionnelle incarnée par les juges qui infligent une punition.

3 LA LIBERTÉ

La liberté est considérée comme une faculté propre à l'homme, le libre arbitre, c'est-à-dire le pouvoir de choisir entre plusieurs possibilités.
La liberté se réduit-elle à la capacité de choisir ? La liberté est-elle contraire à toute forme de déterminisme ?

Liberté et volonté

La liberté est d'abord définie comme indépendance, c'est-à-dire comme une absence de contraintes. En ce premier sens, la liberté semble bien signifier « faire ce qu'on veut ».

Cependant, on doit distinguer la liberté et la licence, c'est-à-dire faire tout ce que l'on désire. Être libre, ce n'est pas fuir les règles parce qu'elles seraient contraignantes, c'est comprendre leur légitimité et pouvoir en répondre.

On peut donc aussi définir la liberté comme autonomie : être libre, c'est obéir à une règle que je me suis donnée moi-même.

Liberté : donnée ou conquête ?

On peut supposer que la liberté est une donnée, c'est-à-dire quelque chose dont on dispose depuis notre naissance dès lors que nous sommes des êtres humains. C'est la conception de la liberté comme libre arbitre. Chaque homme serait libre parce qu'il aurait cette faculté en lui depuis la naissance. Mais alors, tous les hommes peuvent être considérés comme « libres » ?

La liberté doit donc aussi être considérée comme une conquête, c'est-à-dire un état que l'on doit acquérir. Cette conquête commence dès lors que nous constatons notre vulnérabilité, comme lorsque nous sommes soumis à des désirs dont nous sommes esclaves ou lorsque nous sommes soumis à la volonté d'autrui. En effet, être libre, ce n'est pas seulement avoir le choix entre deux éclairs au chocolat (donnée), c'est travailler consciemment à se libérer du désir trop fort de manger des éclairs toute la journée (conquête).

Liberté et détermination

Au premier abord, la liberté semble contraire à toute forme de déterminisme, puisque le déterminisme suppose que tous les événements se produisent en vertu de chaînes de causes et d'effets. Être libre, c'est avoir la capacité de rompre cette chaîne de causes et d'effets et de produire une action entièrement nouvelle, qui n'était pas contenue dans l'état de choses précédent. La question qui se pose alors est de savoir : est-ce là une définition illusoire de la liberté, que de croire qu'on peut agir déterminés par rien ?

On peut aussi considérer que la liberté n'est pas incompatible avec le déterminisme. La liberté n'est pas simplement le pouvoir de faire quelque chose, peu importe ce qu'on fait. La liberté a partie liée avec la conscience, notamment la conscience de ce qui nous détermine. Cette nouvelle définition de la liberté postule qu'on ne peut jamais vraiment sortir des déterminations mais qu'on peut les orienter d'une manière ou d'une autre.

4 LA NATURE

La nature est un terme très polysémique : il désigne à la fois l'ensemble des choses du monde non produites par l'homme (la « nature » telle qu'on peut parfois l'opposer à la « ville ») ; un système de lois physiques et le principe de production inné d'une chose (par opposition à ce qui est technique ou artificiel, c'est-à-dire produit extérieurement par l'homme).
La nature est-elle une fiction ? La nature peut-elle être le fondement de nos valeurs ?

▸ Nature et technique

La technique est-elle une menace pour la nature ? La technique est un savoir-faire qui implique de connaître les lois de la nature. Cette connaissance nous permet de maîtriser la nature car nous pouvons prédire les phénomènes naturels et les produire à notre tour. Cependant, cette maîtrise peut avoir aussi des effets néfastes sur la nature. La nature est aussi un bien aux ressources limitées. On ne peut pas en faire ce qu'on veut.

▸ Nature et morale

Faut-il prendre la nature comme modèle ? Certaines philosophies postulent qu'il faut se conformer à la nature car c'est un modèle de sagesse et de perfection pour mener notre vie. On pourrait objecter que ce n'est pas parce qu'une chose est « naturelle » qu'elle a plus de valeur et doit orienter notre conduite. C'est l'homme qui décide, avec sa raison, de ce qui a de la valeur ou non.

▸ Nature et État

La nature est-elle un problème politique ? On peut considérer que c'est à l'éthique et à la politique de réguler les conséquences néfastes du progrès technique sur la nature. La nature représente un problème politique d'ordre universel, qui dépasse la particularité de chaque nation. Le problème est que tous les pays réunis ont du mal à s'accorder sur une politique unifiée. L'humanité ne semble donc pas un sujet politique efficient. De plus, il n'y a pas d'institution politique internationale susceptible de contraindre les pays à adopter une politique vraiment écologique.

▸ Nature et finalité

La nature fait-elle bien les choses ? Parce qu'elle est belle et régulière, la nature provoque l'admiration. La conséquence de cette idée est la doctrine du finalisme. En effet, le finalisme présuppose une volonté anthropomorphique organisant toute chose dans la nature pour l'utilité des hommes. Cependant, on ne peut pas prouver cette finalité ; c'est projeter sur la nature des intentions et courir le risque de la superstition.

5 LA RELIGION

La religion désigne un ensemble de croyances (dogmes) et de pratiques (rites) qui définissent les rapports de l'homme avec la divinité.
La religion est-elle contraire à la raison ? La religion peut-elle se définir par sa fonction sociale ?

Religion et morale

La religion affirme l'existence d'un ordre transcendant qu'on appelle « divin », auquel les humains doivent respect et obéissance. La religion entend imposer des règles aux individus en vertu de ce qu'elle sait être bien et mal. N'y a-t-il pas une part de religieux dans toute morale, qui fait qu'on se sent obligé de la suivre ?

Religion et science

La religion apparaît comme contraire aux exigences de la science. La religion repose sur la foi, c'est-à-dire une croyance sans justifications ni preuves. La science repose sur la raison : c'est une connaissance méthodique d'un domaine d'objets qu'elle appréhende par l'expérience.

Cependant, la science et la religion ne sont pas incompatibles : elles recherchent toutes les deux une vérité. La différence réside dans la manière dont elles vont la chercher. La science ne prétend pas atteindre une vérité définitive alors que la religion suppose une vérité éternelle, nécessaire et unique, qui repose en Dieu.

Religion et société

La religion impose une certaine vision du monde : elle repose sur la distinction entre le sacré et le profane. Le sacré est ce qui est interdit et digne d'un respect obligatoire. Le profane est ce qui est dehors de la sphère religieuse, dans le monde ordinaire et peut être touché, consommé, etc.

La religion unit-elle ou sépare-t-elle les hommes ? La religion offre des règles qui unissent la société d'un point de vue moral et comportemental. Cependant, elle croit en une vérité unique et peut faire courir le risque de l'intolérance et de la division. S'il n'y a qu'une vérité, aucune discussion n'est possible.

Religion et homme

L'homme peut-il se passer de religion ? La religion est un fait humain universel. On peut supposer que l'homme a « besoin de croire ». Ce besoin de croire peut-il être satisfait par autre chose que la religion ?

6 LA TECHNIQUE

La technique désigne l'ensemble des moyens (outils, machines) et méthodes inventés par l'homme pour son utilité.
Le progrès technique peut-il être aliénant ? Nous donne-t-il plus de devoirs moraux ?

▸ Technique et liberté

La technique est-elle libératrice ? La technique permet à l'homme de multiplier ses moyens d'action sur la nature. La technique dote l'homme d'une puissance que n'a pas l'animal qui est restreint à son instinct, aux possibilités naturelles de son organisme. La technique permet la production de machines qui nous libèrent de la pénibilité du travail puisque les machines assurent les tâches les plus pénibles et les plus répétitives qui étaient les plus aliénantes pour l'homme. Cette puissance technique est-elle suffisante pour fonder la liberté humaine ?

▸ Technique et morale

La technique est-elle moralement neutre ? La technique est l'organisation de moyens. Elle ne se préoccupe pas des fins. La technique semble n'être qu'un instrument de fabrication. Cependant, on ne peut pas légitimement dire que la technique ne s'occupe pas de valeurs. Elle est animée par des idéaux comme l'efficacité. La technique cherche à être efficace, c'est-à-dire à assurer la production des effets qu'elle veut produire. Cela pose la question de savoir comment doit se réguler la production technique. Qui doit assigner les fins à la technique ?

▸ Technique et bonheur

La technique peut-elle garantir le bonheur ? La technique a pour but immédiat l'utilité de l'homme. De plus, le progrès technique permet à l'homme de maîtriser la nature et de ne plus être dans la dépendance par rapport à elle : l'homme peut produire ce qu'il veut quand il le veut par sa connaissance des lois de la nature.

Mais la technique est ainsi porteuse d'une promesse de bonheur qui va au-delà de la simple maîtrise de la nature : la promesse de ne plus travailler, de ne plus vieillir, etc. Cependant, il faut interroger ses conditions d'accès et de réalisation : la technique est-elle une menace pour la nature ? Est-ce une promesse (réalisable) ou une utopie ? Est-elle souhaitable ? Sera-t-elle universelle ?

▸ Technique et devoir

Les inventions techniques posent des problèmes éthiques et politiques qu'il est légitime de soumettre à la délibération (l'euthanasie, l'écologie, l'eugénisme, etc.). Le progrès technique invite à s'interroger de nouveau sur le sens et la valeur de choses comme la vie, la mort, la nature, le travail, etc.

7 LA VÉRITÉ

La vérité est la correspondance entre une proposition et un état de choses réel. C'est la vérité-correspondance.
Y a-t-il des vérités qui échappent à la raison ? La rigueur d'un raisonnement suffit-elle pour garantir la vérité ?

Vérité et réalité

Il faut distinguer la vérité et la réalité. Sera vraie une proposition qui décrit adéquatement un état de choses. La vérité est de l'ordre du langage (ordre logique), non de l'être ou des faits (ordre ontologique). La réalité désigne l'ensemble des choses existantes. On ne peut donc pas exiger du langage qu'il décrive parfaitement la réalité, car le langage utilise des mots généraux alors que la réalité est toujours particulière. De plus, on ne peut pas être sûr d'avoir accès à la réalité.

Vérité et subjectivité

La vérité dépend-elle de nous ? On peut considérer que la vérité est objective, c'est-à-dire qu'elle ne dépend pas de nous. C'est l'idéal de la vérité qu'on pourrait légitimement se donner. Cependant, supposer qu'il y a une vérité absolue, c'est aussi courir le risque d'empêcher la discussion. Cela pose donc des problèmes moraux.

Le relativisme affirme que la vérité absolue n'existe pas ; il y a seulement une vérité relative à chaque individu (« à chacun sa vérité »). Mais le relativisme pose problème car dire : « à chacun sa vérité » c'est en fait dire « à chacun son opinion » et c'est confondre l'opinion et la vérité.

Vérité et science

La science prétend dire le vrai à partir de procédures comme la démonstration ou l'expérimentation. Elle entend dépasser les préjugés des individus qui croient sans disposer de preuves. La science peut ainsi passer par le doute pour critiquer nos préjugés. Cependant, le doute est une étape provisoire que la science prétend dépasser en constituant un savoir (théories, lois, etc.). Le doute radical donne lieu au scepticisme qui soutient que « tout est douteux ».

Vérité et art

L'art comme imitation de la réalité semble nous éloigner de la réalité et donc ne peut pas être vrai au sens de la vérité-correspondance. Cependant, on peut attribuer une autre forme de vérité à l'art : l'art est « vrai » au sens où il nous révèle des essences au travers de représentations particulières. L'art est aussi « vrai » en ce qu'il invite à regarder des aspects de la réalité que nous ne voyions pas auparavant.

Les repères du programme

Absolu / Relatif

Est **absolu** ce qui ne dépend de rien pour être ce qu'il est. Est **relatif** ce qui dépend de quelque chose d'autre pour être ce qu'il est (il est relatif à cette autre chose).

Abstrait / Concret

Est **abstrait** ce qui ne renvoie à aucune réalité sensible et qu'on considère séparément. Est **concret** ce qui renvoie à une réalité sensible et matérielle.

En acte / En puissance

Est **en acte** ce qui est en train de s'accomplir ou est réalisé. Est **en puissance** ce qui n'est pas encore réalisé mais peut l'être potentiellement. Par exemple, tout homme est **en puissance** un être parlant.

Analyse / Synthèse

L'**analyse** est l'action de décomposer une chose en éléments simples. La **synthèse** est l'opération inverse qui consiste à rassembler les éléments en un tout cohérent.

Concept / Image / Métaphore

Ce sont trois structures de renvoi qui ont pour but de signifier quelque chose. Un **concept** est un terme général qui englobe diverses réalités sensibles. Une **image** est une représentation visuelle particulière qui renvoie à une réalité sensible. Une **métaphore** désigne une chose par une autre qui lui ressemble.

Contingent / Nécessaire

Est **contingent** ce qui pourrait ne pas être ou pourrait être autrement. Est **nécessaire** ce qui ne peut pas ne pas être ou ne pourrait pas être autrement.

Croire / Savoir

Croire, c'est tenir quelque chose pour vrai sans justification suffisante. La croyance peut donc être vraie, mais elle ne peut pas se justifier correctement. **Savoir**, c'est avoir une croyance vraie et justifiée par des arguments ou une démonstration par exemple.

Essentiel / Accidentel

Est **essentiel** ce qui renvoie à l'essence d'une chose, c'est-à-dire aux propriétés sans lesquelles elle n'est plus ce qu'elle est : si on lui retire, elle devient autre chose. Est **accidentelle** une propriété dans une chose qui, si elle lui était enlevée, ne changerait rien à cette chose. Par exemple, il est **essentiel** à un arbre (en tout cas à un feuillu) d'avoir des feuilles. En revanche, il est **accidentel** qu'il ait tel nombre de feuilles plutôt que tel autre.

Exemple / Preuve

Un **exemple** est un fait destiné à illustrer un argument ou une thèse. Il est toujours particulier. Une **preuve** est un fait, un témoignage, un raisonnement qui permet d'établir de manière irréfutable la vérité ou la réalité de quelque chose. Elle doit avoir une portée générale.

Expliquer / Comprendre

Expliquer, c'est rendre compte de l'existence et du fonctionnement d'une chose à partir de ses causes. **Comprendre**, c'est la justifier par ses raisons, savoir répondre à la question « pourquoi ? ».

En fait / En droit

Est **en fait** ce qui renvoie à ce qui est, à une situation réelle et constatable empiriquement. Est **en droit** ce qui renvoie à ce qui devrait être, à une situation légitime.

Formel / Matériel

Est **formel** ce qui respecte les règles de la logique. Par exemple, on parle de la validité **formelle** d'un raisonnement lorsqu'il respecte les règles de déduction ou d'inférence. Est **matériel** ce qui est conforme à la réalité. Par exemple, une vérité **matérielle** correspond à ce qui est dans la réalité.

Genre / Espèce / Individu

Un **genre** est un ensemble d'**espèces** semblables. Une **espèce** est un ensemble d'**individus** possédant les mêmes caractéristiques. Un **individu** est un être singulier.

Hypothèse / Conséquence / Conclusion

Une **hypothèse** est une proposition qui est admise de manière provisoire afin d'expliquer un phénomène, avant d'être soumise au contrôle de l'expérience. Une **conséquence** est l'état de fait résultant d'un événement ou d'une action. Une **conclusion** est une proposition résultant d'un raisonnement logique.

Idéal / Réel

Est **idéal** ce qui n'existe pas dans les faits mais dans la représentation ; c'est aussi un modèle de ce qui devrait être. Est **réel** ce qui a une existence dans les faits, ce qui a un référent dans l'expérience.

Identité / Égalité / Différence

L'**identité** désigne le fait qu'une chose demeure la même malgré le changement dans le temps et l'espace. La **différence** désigne un rapport entre des objets qui ne présentent aucune caractéristique identique. L'**égalité** caractérise deux entités ou plus qui sont identiques relativement à une propriété considérée mais pas forcément aux autres (taille, force, etc.).

Impossible / Possible

Est **impossible** ce qui ne peut pas advenir, c'est-à-dire ce qui est contraire aux règles de la logique et aux lois de la nature. Est **possible** ce qui peut advenir, c'est-à-dire ce qui s'accorde avec la logique et les lois de la nature.

Intuitif / Discursif

Est **intuitif** ce qui est saisi de façon immédiate sous la forme d'une intuition ou d'une évidence. Est **discursif** ce qui passe par des « chaînes de raison », c'est-à-dire des raisonnements articulés dans un langage.

Légal / Légitime

Est **légal** ce qui est conforme aux lois ou au droit positif. Est **légitime** ce qui devrait être ou ce qui correspond à une forme de justice en soi.

Médiat / Immédiat

Est **médiat** ce qui passe par des intermédiaires. Est **immédiat** ce qui ne passe pas par des intermédiaires.

Objectif / Subjectif / Intersubjectif

Est **objectif** ce qui est, indépendamment de la pensée qu'on peut en avoir. Est **subjectif** ce qui dépend du point de vue d'un sujet. Est **intersubjectif** ce qui dépend de plusieurs sujets.

Obligation / Contrainte

La **contrainte** contrarie notre volonté car elle s'impose de manière extérieure à nous. L'**obligation** est ce que l'on s'impose à soi-même de manière intérieure.

Origine / Fondement

L'**origine** est le commencement d'un processus. C'est un terme temporel ou historique. Le **fondement** est le point de départ logique ou le commencement de droit. Le **fondement** est doté d'une légitimité alors que l'**origine** n'est que factuelle. Le **fondement** est logique. L'**origine** explique, le **fondement** justifie.

Persuader / Convaincre

Persuader, c'est amener quelqu'un à adopter une position en faisant appel à sa sensibilité. **Être persuadé** de quelque chose, c'est y croire pour des raisons subjectives. **Convaincre**, c'est amener quelqu'un à adopter une position en faisant appel à sa raison. **Être convaincu** de quelque chose, c'est y croire pour des raisons objectives.

Principe / Cause / Fin
Un **principe** est une proposition qui est le point de départ d'un raisonnement. La **cause** d'un fait est ce qui le produit ou participe à sa production. La **cause** explique l'existence factuelle d'une chose en fonction de son origine. La **fin** d'un fait est ce en vue de quoi il a été produit. La **fin** explique l'existence d'une chose en fonction de son but.

Public / Privé
Est **public** ce qui est soumis aux lois de la collectivité et disponible au regard et à la prise de la société. Est **privé** ce qui est soustrait au public et soumis à d'autres règles (domestiques, culturelles, etc.).

Ressemblance / Analogie
Une **ressemblance** est une mise en rapport de deux termes qui présentent des caractéristiques identiques. Une **analogie** est une identité de rapports de deux termes : elle implique donc quatre termes (exemple : le père est aux enfants ce que le chef est au peuple.)

Théorie / Pratique
Est **théorique**, ce qui relève de la pensée. Est **pratique**, ce qui relève de l'action.

Transcendant / Immanent
Est **transcendant** ce qui s'élève au-dessus de la réalité. Une chose est dite **transcendante** lorsqu'elle relève d'un degré de réalité supérieur au monde. Est **immanent** ce qui désigne ce qui appartient à cette même réalité, ce qui est compris dans sa nature et ne nécessite pas un autre niveau de réalité pour être ou pour s'expliquer.

Universel / Général / Particulier / Singulier
Est **universel** ce qui vaut pour tous les cas sans exception. Est **général** ce qui vaut dans la plupart des cas. Est **particulier** ce qui vaut pour le plus grand nombre. Est **singulier** ce qui ne vaut que pour un seul individu.

Vrai / Probable / Certain
Est **vraie** toute proposition qui correspond à la réalité. Est **probable** ce qui a le plus de chances d'être vrai que faux. Est **certain** ce dont on est convaincu de la vérité.

Lexique

Aliénation
Être aliéné (*alienus* signifie « autre »), c'est avoir le principe de son être et de ses actions en dehors de soi-même, du fait de contraintes extérieures. L'aliénation conduit à la dépossession de soi et de ses facultés. L'aliénation est toujours une perte de liberté.

Empirique
Qui se fonde sur l'expérience et non sur un savoir théorique.

Entendement
❶ Faculté de comprendre, synonyme d'intellect ; ❷ Fonction de l'esprit consistant à relier les sensations grâce aux catégories.

Essence
C'est ce qui forme le fond d'un être par opposition à ses modifications transitoires et superficielles (*versus* accident).

Ethnocentrisme
Le fait de juger sa culture à partir de la sienne que l'on considère comme supérieure aux autres.

Eudémonisme
Système de morale ayant pour fin le bonheur et visant à traiter du problème de la vulnérabilité humaine.

Finalisme
Doctrine expliquant les phénomènes du monde à partir des causes finales, c'est-à-dire par leur fin. Par exemple, le melon est dessiné en parts parce que Dieu a voulu que le melon soit mangé en famille.

Implicite
Qui peut être déduit de ce qui est exprimé, sans être expressément dit (versus explicite). Par exemple, on peut trouver les présupposés implicites du propos d'un texte.

Induction
Raisonnement qui consiste à tirer des lois générales à partir de l'observation de faits particuliers.

Instinct
Ensemble des tendances innées et inscrites au niveau du patrimoine génétique d'une espèce animale qui détermine certains comportements particuliers et permanents.

Matérialisme
Toute doctrine qui affirme que la matière est la seule réalité fondamentale et qui exclut donc l'existence de Dieu, de l'âme ou d'un esprit immatériel.

Norme
❶ Règle, loi à laquelle il faut se conformer ; ❷ État actuel conforme à la plupart des cas, « la normalité ».

Pétition de principe
Raisonnement vicieux qui consiste à tenir pour vrai ce qu'il s'agit précisément de démontrer.

Phénomène
❶ Tout ce qui se manifeste aux sens ou à la conscience ; ❷ Chez Kant, tout ce qui est l'objet d'une expérience sensible, dans l'espace et le temps (versus la chose en soi).

Profane
Qui est étranger à la religion, en dehors de la sphère du sacré et qui peut donc être touché et soumis au commerce, contrairement aux choses sacrées.

Sacré
Ce qui appartient à la sphère du divin et ne peut être touché ou soumis à l'intérêt.

Le Grand Oral

Descriptif de l'épreuve

Modalités et déroulé

Préparation : 20 minutes
Épreuve : 20 minutes
Notation : sur 20 points
Coefficient : 14

A. Les modalités de l'épreuve

- L'épreuve du Grand Oral est une des épreuves terminales du baccalauréat. Elle vous donne l'occasion « de montrer [votre] capacité à prendre la parole en public de façon claire et convaincante » (BO du 13 février 2020). Vous montrerez ainsi que vous êtes capable de mettre les savoirs acquis au service d'une argumentation et d'une réflexion sur le parcours envisagé après le bac.

- Vous êtes évalué(e) par deux professeurs. L'un d'eux représente l'enseignement de votre spécialité, l'autre votre second enseignement de spécialité ou l'un des enseignements communs.

- Durant l'année de Terminale, vous allez formuler et préparer deux questions prenant appui sur **l'étude approfondie** menée pendant l'année dans votre **enseignement de spécialité**.

B. Le déroulé de l'épreuve

Le jury vous interroge sur **une seule question** qu'il choisit parmi les deux que vous lui avez proposées.

<table>
<tr><td>Préparation (20 minutes)</td><td colspan="2">Mettez en ordre vos idées, élaborez éventuellement un support de présentation sur une feuille qui vous est fournie (le support lui-même n'est pas noté).</td></tr>
<tr><td colspan="3">L'épreuve (20 minutes)</td></tr>
<tr><td>étape 1 Présentation de la question (5 minutes)</td><td>étape 2 Échange (10 minutes)</td><td>étape 3 Échange sur le projet d'orientation (5 minutes)</td></tr>
<tr><td>Vous devez :
• justifier le choix de la question (intérêt, enjeu, mise en perspective) ;
• expliquer la démarche suivie et les choix faits en termes d'outils et de méthodes ;
• développer et répondre à la question.</td><td>• Le jury vous interroge pour vous conduire à préciser et à approfondir votre analyse et pour évaluer la solidité de vos connaissances et vos capacités argumentatives.
• Les questions qui vous sont posées peuvent porter sur toute partie du programme du cycle terminal des enseignements de spécialité.</td><td>• Vous expliquez en quoi la question traitée éclaire votre projet de poursuite d'études, voire votre projet professionnel.
• Vous exposez les différentes étapes de la maturation de votre projet (rencontres, stages, mobilité internationale, intérêt pour les enseignements communs, choix de vos spécialités, etc.) et la manière dont vous souhaitez le mener après le baccalauréat.
• Le jury mesure votre capacité à conduire et exprimer une réflexion personnelle témoignant de votre curiosité intellectuelle et de votre aptitude à exprimer vos motivations.</td></tr>
</table>

Les compétences évaluées

A. Les connaissances rattachées à l'enseignement de spécialité

Durant l'exposé, vous devrez **mobiliser les connaissances et compétences acquises dans cette discipline**. Lors de l'échange, le jury reviendra sur les notions que vous avez convoquées afin de vérifier la solidité de vos connaissances et la maîtrise des méthodes pratiquées.

B. La capacité à argumenter

- Le jury attend des **arguments fondés sur des connaissances** et étayés par des **exemples pertinents**. Vous ne pourrez pas multiplier les arguments et les exemples durant l'exposé, mais la première partie de l'entretien vous donnera l'occasion de développer certains points.

- Évitez les plans décousus, les listes d'arguments ou d'exemples sans liens.

- **Soignez en particulier votre introduction** (présentation de votre sujet et justification de ce choix ; annonce du plan), vous montrerez que vous dominez les enjeux de la question et que vous avez su dégager les grandes perspectives qui y répondent.

C. La maîtrise de l'oral

- Lors de l'exposé de votre question, vous devez faire preuve des **qualités d'un orateur** (élocution claire, voix posée, pertinence du lexique employé, rythme et niveau sonore adaptés, correction de la langue, etc.).

- Durant l'échange, le jury attend de vous :
– une **qualité d'écoute** et une **attitude respectueuse** ;
– une **implication personnelle** ;
– une **réactivité aux questions**,
– une **facilité à développer les réponses en argumentant**, etc.

Conseil

Lors de l'exposé, vous parlez sans notes, debout face au jury. Pour l'entretien, vous pouvez choisir d'être debout ou assis(e) face au jury.

Se préparer tout au long de l'année

Huit conseils pour réussir l'exposé

1. Le plus tôt possible **arrêtez le choix des deux thèmes en fonction de votre étude approfondie et de votre projet d'orientation.** Ne fixez pas encore la formulation des questions.

2. Seul(e) ou en groupe, **rassemblez, classez, analysez les informations et les données** qui vont nourrir non seulement votre exposé mais aussi les réponses aux questions du jury.

3. **Prenez le temps de réfléchir à la formulation de vos questions** tout en bâtissant le plan de vos deux exposés qui doit être cohérent et progressif.

4. **Évitez les plans décousus, les listes d'arguments ou d'exemples sans liens.** Précisez vos exemples : expérience réalisée en classe, rencontre d'un professionnel, etc.

5. **Soignez en particulier votre introduction,** vous montrerez que vous dominez les enjeux de la question et que vous avez su dégager les grandes perspectives qui y répondent.

6. **Préparez l'introduction et la conclusion ensemble.** La conclusion doit répondre à la question posée au départ.

7. Vous devez parler sans notes ! **Rédigez donc au préalable vos deux exposés** afin de disposer d'un support pour vos entraînements.

8. **Lisez à voix haute votre exposé pour en évaluer la longueur** afin de l'ajuster au temps imparti. Mémorisez-le et entraînez-vous à le présenter sans pour autant donner l'impression de le réciter.

Des astuces pour un entretien serein

A. Un entretien qui prolonge l'exposé

- Mettez de côté des connaissances que vous réserverez à l'entretien, de **nouveaux arguments,** des exemples que vous n'avez pas présentés.

- **Imaginez les questions** que le jury peut vous poser et préparez les réponses.

B. L'entretien sur votre choix d'étude

- Comme pour la première partie de l'entretien, **imaginez les questions et préparez les réponses.**

- Réfléchissez au **lien entre vos questions et vos perspectives d'orientation,** à la façon dont vous pouvez présenter vos choix d'étude.

Objectifs	Nos astuces
J'améliore ma diction !	• Pratiquez des exercices d'articulation. • Lisez régulièrement des textes à voix haute pour gagner en fluidité et en assurance.
Je prends confiance en moi !	• Participez davantage en classe et développez vos réponses de façon claire et précise. • Exprimez-vous lors de réunions, à table avec vos proches, sur les sujets qui vous intéressent. • Pratiquez la lecture à voix haute après avoir écouté des discours d'orateurs célèbres.
Je mets au point mon exposé !	• Lisez vos exposés à voix haute afin de voir s'ils sont adaptés au temps imparti (5 minutes). • Lisez-les avec le ton adapté, pour améliorer votre style (remplacez les phrases maladroites par des formules plus percutantes). • Mémorisez vos exposés de façon à les restituer avec spontanéité. • Multipliez les occasions de présenter vos exposés, à vos professeurs mais aussi à vos proches. • Travaillez régulièrement en groupe et, à tour de rôle, jouez un des professeurs ou le (ou la) candidat(e).
J'apprivoise mon image !	• Parlez devant votre miroir pour corriger vos gestes et apprivoiser votre image. • Enregistrez-vous, filmez-vous à plusieurs reprises pour traquer les tics de langage, les maladresses, les postures peu assurées, etc. Comparez les enregistrements pour constater votre progression !

Conseil

Le site *www.brightness.fr/les-meilleurs-discours-des-plus-grands-orateurs* réunit des discours variés qui pourront vous inspirer pour améliorer votre pratique de la lecture à voix haute.

Bien choisir les deux questions

Les critères de choix

• **Chacune de vos questions devra se rattacher à votre enseignement de spécialité (celui pour lequel le programme prévoit une étude approfondie).**

Deux possibilités s'offrent donc à vous pour les questions :

1 Vous choisissez deux sujets distincts, chacun d'eux se rapportant à un aspect de la spécialité et de votre étude approfondie.

2 Vous choisissez deux sujets voisins, car vous avez un projet personnel d'études déjà bien défini et que vous préférez approfondir deux perspectives complémentaires.

Le saviez-vous ?

En STMG, l'étude approfondie suppose l'approfondissement d'un problème de gestion qui se pose à une organisation. Le traitement de ce problème débouche sur la réalisation d'un projet et vous permet de présenter vos deux questions du Grand oral.

• **Chacun des sujets doit prendre en compte les deux critères suivants :**

1 Éclairer un des enjeux du programme de Terminale de la spécialité.

2 S'inscrire dans une réflexion liée à votre projet d'orientation puisque, durant la seconde partie de l'entretien, vous serez amené(e) à justifier le choix de votre sujet dans le cadre de ce projet.

La démarche

• **Choisissez les domaines dans lesquels vos questions vont s'inscrire :**

– Quel est le sujet de votre étude approfondie ?

– Quel problème de gestion a soulevé votre étude approfondie ?

– Quelles études envisagez-vous de poursuivre l'an prochain ?

– Quel métier pensez-vous exercer ?

Conseil

Vous pouvez discuter du choix de vos questions avec des camarades de classe. Mais soyez prudent(e) : ce travail en équipe ne doit pas conduire à un exposé partagé car le jury valorise une réflexion personnelle.

• **Pour éveiller la curiosité de votre jury, votre sujet doit commencer par vous intéresser vous-même :** quels sont vos centres d'intérêt ? Quels sont vos loisirs ? Dans quelle mesure croisent-ils la spécialité que vous avez choisie ? À quelles causes êtes-vous sensible ?

• **Demandez conseil à vos professeurs, à vos amis, à votre famille.** Soumettez-leur vos idées et écoutez leurs propositions.

• **Affinez au fil des semaines vos problématiques et la formulation de vos questions,** mais pour éviter tout stress inutile, ne revenez pas sur les thèmes choisis au départ.

Bien formuler les deux questions

Les types de question

• **Vous pouvez proposer une interrogation totale** qui vous permettra de bâtir un plan dialectique et d'adopter différents points de vue durant votre exposé.

> **Exemple de question de Gestion Finance**
> Une entreprise doit-elle s'endetter ?

Le saviez-vous ?
Une interrogation totale admet deux réponses possibles (oui/non). Une interrogation partielle peut avoir de nombreuses réponses.

• **Vous pouvez aussi choisir un mot interrogatif et proposer une interrogation partielle** (en quoi, dans quelle mesure, etc.).

> **Exemple de question de Gestion Finance**
> Dans quelle mesure une entreprise doit-elle s'endetter ?

Deux questions qui vous concernent

• Durant l'entretien vous devrez **justifier le choix de votre question en fonction de votre étude approfondie menée pendant l'année,** mais aussi en fonction de votre projet d'orientation. Le problème que vous soulevez doit donc vous concerner personnellement : une curiosité intellectuelle, une vocation professionnelle, un engagement citoyen, etc.

• Pour **formuler vos questions**, interrogez-vous sur les liens entre chacun de vos sujets et les interrogations qui sont les vôtres aujourd'hui. Vous pouvez explorer les pistes suivantes :
– Quel événement contemporain ou récent a un lien avec le domaine qui vous intéresse ?
– En quoi le sujet retenu peut-il éclairer vos réflexions, votre avenir professionnel, vos engagements ?

Une question bien formulée !

• Comme votre plan proposera une réponse à la question que vous aurez posée, **réfléchissez à la progression de votre exposé pour formuler de façon pertinente votre question.**

• Évitez les questions qui, appelant une démarche trop descriptive, ne vous permettront pas de bâtir une progression dynamique.

• **Privilégiez les questions larges** qui offrent des perspectives que l'entretien pourra approfondir.

• **Écartez les formulations trop ambitieuses ;** elles risqueraient de vous mettre en danger lors de l'échange avec le jury.

QUESTIONS TYPES

Gestion et finance

Nous vous proposons ici 4 questions modèles et des exemples de traitement correspondant aux deux premières parties de l'épreuve : votre exposé de 5 minutes et l'échange avec le jury de 10 minutes. La troisième partie de l'épreuve qui consiste en un échange de 5 minutes avec le jury autour de votre projet d'orientation relève d'une préparation personnelle propre à chaque candidat(e).
Par ailleurs, les questions modèles sont précédées d'une contextualisation présentant l'étude approfondie. Attention, cette contextualisation ne fait pas partie du déroulé le jour de l'examen, elle est ajoutée ici pour montrer comment le choix de l'organisation et du problème de gestion sert de point de départ à la préparation des questions du Grand oral.

QUESTION 1 | Une entreprise a-t-elle intérêt à favoriser l'actionnariat salarié ?

Mon étude approfondie : une PME qui commercialise du matériel médical en ligne. J'ai étudié les différentes modalités de financement relatives à l'ouverture d'un point de vente physique. L'analyse du compte de résultat et de la répartition du bénéfice m'a permis de déterminer quel était le montant de l'investissement pouvant être autofinancé. Je me suis alors interrogé(e) sur les modalités d'affectation du bénéfice d'une entreprise et l'intérêt de développer l'actionnariat salarié.

Première partie | Votre exposé — 5 min

Les raisons de mon choix (1 min)

- L'actionnariat salarié est un thème d'actualité qui est transversal et concerne tous les champs de l'économie et de la gestion.

- Cette question est importante dans l'optique de mon projet professionnel car je souhaite intégrer la direction administrative et financière d'une grande société.

Mon développement (3 min)

- L'actionnariat salarié a connu un essor très important ces cinq dernières années en France. Les pouvoirs publics ont notamment encouragé fiscalement ce dispositif (loi PACTE de 2019). *[Donnez des exemples de grandes entreprises ayant adopté ce dispositif.]*

▸▸▸

- L'actionnariat salarié ouvre la gouvernance de l'entreprise aux salariés, principale partie prenante de cette dernière.
- Grâce à ce dispositif, le partage du profit est rééquilibré en faveur des salariés.
- Cette pratique constitue un facteur de motivation essentiel, et un argument important en matière de recrutement.
- L'actionnariat salarié peut permettre d'augmenter les fonds propres des entreprises et favoriser la relance économique.

Ma réponse à la question (1 min)

L'actionnariat salarié connaît un succès grandissant auprès des entreprises françaises, en particulier les grandes sociétés. Les gouvernements successifs ont souhaité encourager cette pratique au travers de nombreux dispositifs législatifs et réglementaires. La participation des salariés et la prise d'intérêts dans le capital d'une entreprise sont incontestablement une source de motivation supplémentaire et également un facteur d'attractivité important. L'actionnariat salarié permet, de surcroît, une participation des salariés à la gouvernance de l'entreprise et un rééquilibrage du partage de la valeur ajoutée en leur faveur. Une gouvernance stable et consensuelle est, en effet, le préalable à la mise en œuvre de stratégies performantes. Les entreprises ont donc intérêt à distribuer des parts sociales à leurs salariés dans le cadre des plans d'épargne d'entreprise.

Deuxième partie Échange avec le jury

10 min

Questions possibles du jury

- Savez-vous quelle personnalité politique est à l'origine de l'actionnariat salarié en France ? Quelles étaient ses intentions en mettant en place cette mesure ?
- Quels intérêts les pouvoirs publics ont-ils à accorder des exonérations fiscales pour ce type de dispositif ?
- Pouvez-vous expliquer pourquoi les PME sont moins engagées dans cette démarche que les grandes entreprises ?

Troisième partie Échange avec le jury sur votre orientation

5 min

QUESTION 2 La dématérialisation des processus comptables et financiers permet-elle d'améliorer la performance de l'entreprise ?

Mon étude approfondie : un magasin indépendant qui commercialise des articles d'ameublement et de décoration. J'ai étudié les différents processus comptables au sein de l'entreprise. J'ai constaté que le gérant n'utilisait pas d'outils numériques dans ses processus de gestion. Je me suis alors intéressé(e) aux impacts positifs engendrés par une transition numérique.

Première partie Votre exposé

5 min

Les raisons de mon choix (1 min)

- Je m'intéresse aux nouvelles technologies et, en particulier, à leur impact sur les pratiques au sein des organisations.
- Je souhaite exercer la profession d'expert-comptable ou de contrôleur de gestion.
- Cette question me permet de faire un lien avec l'enseignement de management.

Mon développement (3 min)

- La dématérialisation a des impacts sur toutes les fonctions du système d'information d'une organisation. C'est notamment une source d'économies importantes. Elle permet, par exemple, un transfert automatique des données commerciales comptables et financières entre les différents services sans intervention humaine. *[Donnez d'autres exemples de sources d'économies.]*
- La dématérialisation s'inscrit dans une démarche de responsabilité sociale et environnementale (RSE) pour les entreprises.
- Les tâches comptables à faible valeur ajoutée sont automatisées ce qui permet aux salariés de se consacrer à des tâches plus valorisantes. *[Donnez d'autres exemples concrets.]*
- La dématérialisation autorise une meilleure traçabilité de l'information et moins de risques d'erreurs dues à des saisies multiples.
- La dématérialisation permet de mettre en place un contrôle de gestion et des outils de pilotage en temps réel grâce à l'accélération des flux d'information. Le traitement et la diffusion des informations sont ainsi optimisés.
- La transformation numérique doit se conformer au règlement européen sur la protection des données (RGPD). Le recours à un PGI permet de remplir ces obligations.

Ma réponse à la question (1 min)

La dématérialisation des processus comptables et financiers permet aux entreprises de réaliser des économies et de mettre en œuvre une véritable démarche de réduction des coûts environnementaux. Elle offre donc la possibilité d'améliorer la performance environnementale, d'une part, et elle est source d'une plus grande efficacité, d'autre part, car elle donne lieu à une accélération des flux d'information. La réactivité de l'organisation s'en trouve accrue et la prise de décision plus rapide. Une telle évolution suppose cependant un investissement financier et une réorganisation des processus qui doit être comprise et acceptée par les salariés. Par ailleurs, une sécurisation du système d'information doit accompagner la démarche de dématérialisation.

Deuxième partie Échange avec le jury

10 min

Questions possibles du jury

- Existe-t-il des solutions logicielles adaptées aux différents types d'entreprises ?
- Pouvez-vous citer des failles de sécurité éventuelles ?
- Quel est l'impact d'une telle démarche sur le contenu du travail d'un service comptable et financier ?

Troisième partie Échange avec le jury sur votre orientation

5 min

QUESTION 3 Quelles sont les attentes des chefs d'entreprise vis-à-vis de leur expert-comptable ?

Mon étude approfondie : un cabinet d'expertise-comptable qui compte 12 salariés. J'ai analysé les processus du suivi comptable et juridique des dossiers clients et réalisé une étude sur les attentes de ces derniers. L'analyse des entretiens que j'ai effectués m'a permis de mieux comprendre la relation qui s'instaure entre un expert-comptable et son client.

Première partie Votre exposé

5 min

Les raisons de mon choix (1 min)

- Je souhaite poursuivre mes études en DCG (diplôme de comptabilité et gestion) puis DSCG (diplôme supérieur de comptabilité et gestion).
- Je désire axer la suite de mon parcours vers une profession qui allie conseil et technique.

Mon développement (3 min)

- Les missions traditionnelles d'établissement des comptes annuels et de révision comptable demeurent très importantes aux yeux des dirigeants d'entreprise.
- La relation entre l'expert-comptable et son client est de nature contractuelle. Il est parfois difficile de distinguer les prestations de conseil qui doivent faire l'objet d'une facturation de celles qui relèvent du dialogue informel entre les parties.
- Les chefs d'entreprise souhaitent impliquer leur expert-comptable dans le pilotage de leur activité.
- L'environnement économique, juridique et légal s'est complexifié. Cela entraîne une montée en puissance des attentes au niveau du conseil juridique.
- De nombreux dirigeants de PME se sentent isolés et perçoivent leur expert-comptable comme un interlocuteur indispensable pour prendre des décisions.

Ma réponse à la question (1 min)

La profession d'expert-comptable a connu des mutations importantes au cours des dix dernières années. L'expert-comptable s'est imposé comme l'interlocuteur privilégié des chefs d'entreprise et a vu considérablement s'élargir son champ d'action professionnel. En effet, même si le cliché du métier rébarbatif et sédentaire persiste, cette profession demande des qualités relationnelles importantes car c'est avant tout un métier de conseil. L'expert-comptable doit être capable de démontrer à ses clients que son expertise représente une vraie valeur ajoutée pour l'entreprise afin d'instaurer une relation durable et de confiance.

Deuxième partie Échange avec le jury

10 min

Questions possibles du jury

- Pourquoi parle-t-on de profession réglementée ?
- Savez-vous ce qu'est le concept de *full service* et ce qu'il recouvre dans un cabinet d'expertise-comptable ?
- Pensez-vous que le métier d'expert-comptable soit délocalisable ?

▸▸▸

• Pouvez-vous expliquer les dispositions contenues dans la loi PACTE et qui ont élargi le champ d'action de cette profession ?

Troisième partie | **Échange avec le jury sur votre orientation** — 5 min

QUESTION 4 | Les outils d'analyse des coûts permettent-ils de fixer le prix d'un produit ?

Mon étude approfondie : j'ai choisi d'examiner l'opportunité d'implanter un petit espace « cafétéria » dans une station-service de centre-ville afin de développer les ventes de produits en libre-service. J'ai d'abord étudié le contexte concurrentiel et managérial de l'entreprise afin de déterminer les besoins à satisfaire ainsi que les prix à pratiquer. Le calcul du seuil de rentabilité m'a alors permis de déterminer un niveau de chiffre d'affaires minimum compte tenu de l'investissement réalisé.
La mise en place de cette nouvelle activité m'a conduit(e) à m'interroger sur l'intérêt de procéder à une analyse des coûts pour faciliter la prise de décision.

Première partie | **Votre exposé** — 5 min

Les raisons de mon choix (1 min)

• Je souhaite devenir contrôleur(euse) de gestion.

• Cette question m'intéresse particulièrement car elle permet de mettre en relation le contrôle de gestion, la mercatique, le management et l'économie.

Mon développement (3 min)

• Les techniques de contrôle de gestion telles que le calcul du coût complet sont utiles pour déterminer le coût de revient d'un produit et fixer un prix de vente supérieur à ce coût.

▸▸▸

- Les entreprises de secteurs tels que l'hôtellerie ou le transport aérien et ferroviaire pratiquent le *yield management* ou le *revenue management*. Elles ne prennent pas en compte le coût de revient et effectuent une tarification grâce à des algorithmes permettant d'optimiser le coefficient de remplissage ou d'occupation. Elles peuvent parfois également fixer leurs tarifs au coût marginal après couverture des charges fixes. On parle de tarification différenciée ou en temps réel. *[Donnez un exemple concret.]*

- Certaines entreprises sont amenées à supporter des pertes car elles font des anticipations de croissance des ventes et de rentabilité future grâce aux économies d'échelle réalisées. *[Donnez des exemples.]*

- Des produits non rentables peuvent participer à la couverture des charges fixes communes et leur suppression ferait baisser le résultat global.

- Toutes les organisations ne fixent pas les prix ou les tarifs par rapport à leurs coûts. C'est notamment le cas des services publics ou de monopoles naturels. *[Donnez des exemples.]*

- Il existe des variables de fixation du prix autres que le coût de revient qui sont liées au marché telles que la concurrence ou la demande.

Ma réponse à la question (1 min)

L'analyse des coûts engendrée par la production d'un bien ou d'un service est un élément déterminant dans la fixation du prix de vente. Cependant, le choix d'une stratégie de croissance, l'appartenance à un secteur particulier ou les contraintes du marché peuvent conduire une organisation à choisir d'autres variables de fixation du prix.

Deuxième partie Échange avec le jury

10 min

Questions possibles du jury

- Quelles sont les limites de la technique des coûts complets ?

- À votre avis, pourquoi le calcul d'un seuil de rentabilité est-il bien souvent peu pertinent pour évaluer le coût d'un produit ?

- Pensez-vous que les administrations publiques ou les associations ont recours aux techniques de contrôle de gestion ?

- Peut-on dire qu'un service non marchand, tel que la délivrance d'une carte d'identité, est véritablement gratuit ?

Troisième partie Échange avec le jury sur votre orientation

5 min

QUESTIONS TYPES

Mercatique

Nous vous proposons ici 4 questions modèles et des exemples de traitement correspondant aux deux premières parties de l'épreuve : votre exposé de 5 minutes et l'échange avec le jury de 10 minutes. La troisième partie de l'épreuve qui consiste en un échange de 5 minutes avec le jury autour de votre projet d'orientation relève d'une préparation personnelle propre à chaque candidat(e).
Par ailleurs, les questions modèles sont précédées d'une contextualisation présentant l'étude approfondie. Attention, cette contextualisation ne fait pas partie du déroulé le jour de l'examen, elle est ajoutée ici pour montrer comment le choix de l'organisation et du problème de gestion sert de point de départ à la préparation des questions du Grand oral.

QUESTION 1 | Le marketing expérientiel est-il devenu un outil incontournable pour tous les distributeurs ?

Mon étude approfondie : l'examen d'un projet de développement de l'offre associée pour une agence de voyage, dans le but de se différencier de la concurrence. J'ai tout d'abord étudié le contexte managérial, les besoins et la concurrence de l'agence. J'ai ensuite utilisé le plan de marchéage pour mieux analyser les concurrents et déterminer la pertinence d'un tel projet pour la performance commerciale. L'étude de ce projet m'a amené(e) à m'interroger sur le marketing expérientiel en tant qu'outil incontournable de différenciation et de valorisation de l'offre.

Première partie | Votre exposé 5 min

Les raisons de mon choix (1 min)

- Dans un marché très concurrentiel, le marketing expérientiel est devenu un outil incontournable de différenciation et de valorisation de l'offre. J'ai souhaité en étudier l'impact sur les points de vente.
- Cette question est importante dans l'optique de mon projet professionnel car je souhaite devenir chef(fe) de secteur en grande surface.

Mon développement (3 min)

Idée
L'université de Rockefeller a montré que le processus d'achat impacte les capacités de souvenir et de mémorisation. L'individu mémorise 35 % de ce qu'il sent,

5 % de ce qu'il voit, 2 % de ce qu'il entend et 1 % de ce qu'il touche. L'expérience d'avant-achat est un élément important qui peut susciter l'acte d'achat ou son contraire. Le marketing expérientiel vise à la rendre mémorable et donc à susciter des ventes.

Explications

- De nombreux outils existent tels que la théâtralisation de l'offre, le marketing sensoriel ou encore le marketing immersif. Ils incitent le consommateur à vivre une expérience unique propice à l'achat. Dans les points de vente, Lego recrée par exemple, des constructions parfois géantes dans des univers connus, comme celui de Harry Potter, grâce aux petites briques commercialisées par la marque. *[Donnez un ou plusieurs autres exemples de marketing expérientiel.]*
- L'impact du marketing expérientiel à court et moyen terme permettra aux points de vente qui l'utilisent de facilité l'acte d'achat en levant les freins notamment.
- À long terme, le marketing expérientiel renforce l'image de marque et la rend plus positive. Il permet également de fidéliser la clientèle en créant une identité et un lien authentique.
- Cependant, il peut être difficile à mettre en place : taille de l'espace de vente (petites surfaces), nature des produits vendus (activité), limites juridiques. Par ailleurs, une bonne connaissance de la cible visée est nécessaire.

Ma réponse à la question (1 min)

Les distributeurs doivent miser sur le marketing expérientiel pour se différencier des points de vente concurrents, accroître leur trafic, susciter l'acte d'achat et faire vivre une expérience unique aux consommateurs. Ce concept commercial est positif sur court, moyen et long terme. Cependant, il est difficile à mettre en place dans certains espaces de vente.

Deuxième partie | Échange avec le jury — 10 min

Questions possibles du jury

- Pouvez-vous lister les limites du marketing immersif ?
- Pourquoi l'expérience d'avant-achat est-elle si importante ?
- À votre avis, de quels autres outils disposent les distributeurs pour rendre l'expérience d'avant-achat mémorable ?

Troisième partie | Échange avec le jury sur votre orientation — 5 min

QUESTION 2 | Les stratégies de fidélisation fidélisent-elles vraiment ?

Mon étude approfondie : la mise en place d'un programme de fidélité afin de générer du trafic dans un point de vente proposant des produits de fabrication locale et artisanale. Le projet a consisté à étudier le contexte managérial de l'entreprise, analyser le plan de marchéage, établir une analyse de la concurrence et, enfin, déterminer les attentes de la clientèle. Cela m'a permis de constater l'importance de la fidélisation et des outils qui y sont liés pour développer les ventes.
La mise en place de ce programme de fidélité m'a amené(e) à m'interroger sur l'efficacité réelle des stratégies de fidélisation.

Première partie — Votre exposé

5 min

Les raisons de mon choix (1 min)

- La multiplicité des programmes de fidélisation m'a poussé(e) à m'interroger sur leur efficacité et sur leur avenir.
- Cette problématique m'intéresse tout particulièrement car je souhaite devenir chef(fe) de projet e-CRM.

Mon développement (3 min)

Constat en chiffres
Selon une étude réalisée par le cabinet Simon-Kucher & Partners en juillet 2019, 96 % des acheteurs détiendraient une carte de fidélité et 94 % l'apprécieraient. Cependant certaines enseignes ont préféré renoncer à ces programmes de fidélisation.

Explications

- Les objectifs des programmes de fidélisation sont, pour le point de vente, la création de trafic et la préférence de marque pour le producteur.
- Les programmes de fidélité se résument souvent à de simples promotions supplémentaires, au détriment d'avantages relationnels ce qui ne suffit pas ou plus selon les clients.
- L'innovation en matière de fidélisation est importante pour se différencier des concurrents en proposant notamment des services associés aux porteurs de la carte.
- Certaines enseignes ont décidé de stopper leurs programmes de fidélisation au profit de prix bas toute l'année, de promotions et de services associés accessibles à tous (par exemple, la chaîne de magasins bio Satoriz ou encore l'enseigne Décathlon).
- Pour le consommateur ces programmes de fidélisation présentent des avantages et des risques : si les offres sont mieux adaptées à ses besoins et attentes, les données à

▸▸▸

caractère personnel ne sont cependant pas toujours bien protégées malgré une législation en la matière.

Ma réponse à la question (1 min)

Malgré un désintérêt de certains consommateurs pour les avantages-prix liés aux programmes de fidélisation, ces derniers restent un excellent moyen pour créer un lien personnalisé avec le client. Ils sont d'ailleurs encore utilisés par de nombreuses marques et enseignes.

Deuxième partie Échange avec le jury

10 min

Questions possibles du jury

- Quelles relations faites-vous entre une carte de fidélité et un programme de fidélisation ?
- Quels sont les outils nécessaires pour mettre en place un programme de fidélisation ?
- Citez des facteurs de fidélisation et expliquez-les.
- La fidélisation par un programme vous semble-t-elle essentielle aujourd'hui ?

Troisième partie Échange avec le jury sur votre orientation

5 min

QUESTION 3 | Le secteur du luxe est-il impacté par le digital ?

Mon étude approfondie : la mise en place d'une communication et d'une distribution digitale pour un artisan bijoutier fournissant en particulier une maison haute couture. J'ai tout d'abord étudié le contexte managérial de l'entreprise, analysé la communication et la distribution, examiné la concurrence et la demande sur le marché du luxe. Cela m'a permis de constater l'importance du digital afin d'élargir sa clientèle tout en restant élitiste.
Cette analyse m'amène à m'interroger sur l'impact du digital dans le secteur du luxe en général.

Première partie Votre exposé

5 min

Les raisons de mon choix (1 min)

- Le digital a impacté la quasi-totalité des secteurs. J'ai voulu en connaître l'incidence sur le secteur si particulier du luxe.

- Cette question et ce secteur d'activité n'ont pas été choisis par hasard puisque je souhaite devenir assistant(e) en communication dans le domaine du luxe.

Mon développement (3 min)

Constat

Des nouvelles méthodes de publicité en passant par de nouveaux moyens d'atteindre des marchés inexploités, les marques de luxe profitent pleinement des opportunités liées au digital.

Explications

- Le digital a impacté le secteur du luxe à plusieurs niveaux du marketing et notamment :

– *La cible* : il a entraîné un rajeunissement de la cible.
– *La communication* : il a permis de mieux capter et divertir le public grâce à des outils relevant du *brand content* tels que des web-séries, des films ou des blogs. Le marketing d'influence a aussi été mis en place. Par ailleurs, l'utilisation d'influenceurs a contribué à l'élargissement de la cible en rendant la marque plus accessible. Cette utilisation est parfois allé jusqu'à de la co-création (par exemple, les cosmétiques Fenty nés de la co-création entre LVMH et Rihanna dans le secteur du luxe). *[Donnez un ou des exemple(s).]*
– *La distribution* : les marques de luxe ne se contentent plus d'une simple distribution en boutique ou en *corner*. L'e-commerce et le m-commerce se sont développés et ont permis d'améliorer l'expérience et la relation client. Ces nouveaux moyens digitaux allient le design, l'esthétisme et l'ergonomie.

- Le digital a permis de limiter l'impact des crises économiques sur un secteur sensible, notamment grâce à une plus grande internationalisation. Le secteur du luxe a été une valeur refuge durant la crise de la Covid-19. Les ventes sur Internet ont fortement augmenté ce qui a intensifié la rareté. *[Exemple de la maison Hermès qui pourra être développé.]*

Ma réponse à la question (1 min)

Le marché du luxe a été impacté positivement par le digital grâce à l'utilisation de moyens et d'outils variés. Cela a permis d'élargir la cible et de la renouveler. Dans le même temps, cela a également limité l'impact des crises économiques sur le secteur.

Deuxième partie | Échange avec le jury

10 min

Questions possibles du jury

- Pouvez-vous nous citer des outils de communication digitale ?
- Expliquez le marketing d'influence, ses avantages et ses limites.
- En quoi le *brand content* permet-il de mieux capter l'attention de la cible ?

Troisième partie | Échange avec le jury sur votre orientation

5 min

QUESTION 4 | Le e-commerce et le m-commerce ont-ils un réel impact sur les prix de vente ?

Mon étude approfondie : la mise en place d'un site marchand par une très petite entreprise fabricant des robes sur mesures (mariage, cocktail, soirée, etc.). J'ai commencé par étudier le contexte managérial de l'entreprise, puis j'ai analysé la concurrence directe et indirecte ainsi que les différents canaux de distribution. Cela m'a permis de constater l'importance de la maîtrise des coûts afin de proposer un produit au meilleur prix pour la clientèle potentielle.
L'étude de ce projet de site marchand m'amène à considérer l'importance réelle du m-commerce et du e-commerce sur les prix de ventes.

Première partie | Votre exposé

5 min

Les raisons de mon choix (1 min)

L'avènement d'Internet et du marketing digital ont impacté la fixation des prix de vente à plusieurs niveaux. J'ai souhaité en étudier les rouages car j'envisage de devenir responsable PAID media.

Mon développement (3 min)

Constat
Les prix de vente sur Internet varient et sont souvent plus bas que dans le commerce traditionnel.

▸▸▸

Explications

• La baisse des prix sur Internet est possible grâce à l'amélioration de la transparence sur les prix, à l'augmentation de la concurrence, à la baisse du nombre d'intermédiaires (circuit court ou direct), à la baisse des coûts de production.

• Les prix peuvent varier (politique de prix dynamique) en fonction de la demande, des jours de la semaine et du lieu de connexion (géolocalisation) pour un même produit sur un même site.

• Le marketing digital a impacté la fixation du prix grâce à des outils qui permettent de faciliter la rencontre de l'offre et de la demande en utilisant des canaux numériques. *[Donnez des exemples d'outils : comparateur, logiciels, applications, etc.]*

• Internet favorise la concurrence. Par conséquent, le prix converge vers le coût marginal de production et sera donc plus avantageux pour le consommateur.

Ma réponse à la question (1 min)

Internet a facilité une baisse des prix grâce à la répercussion d'une baisse des coûts. Il a donné naissance à une politique de prix dynamique. Les prix sont de moins en moins fixes et ils varient très souvent. Il peut donc être difficile pour le consommateur de s'y retrouver.

Deuxième partie — Échange avec le jury (10 min)

Questions possibles du jury

• Expliquez la politique de prix dynamique.

• Pouvez-vous nous exposer la relation qui existe entre le nombre de concurrents et l'évolution du prix de vente ?

• À votre avis, quels sont les intérêts d'utiliser la géolocalisation sur la variation du prix de vente ?

Troisième partie — Échange avec le jury sur votre orientation (5 min)

QUESTIONS TYPES

Ressources humaines et communication

Nous vous proposons ici 4 questions modèles et des exemples de traitement correspondant aux deux premières parties de l'épreuve : votre exposé de 5 minutes et l'échange avec le jury de 10 minutes. La troisième partie de l'épreuve qui consiste en un échange de 5 minutes avec le jury autour de votre projet d'orientation relève d'une préparation personnelle propre à chaque candidat(e).
Par ailleurs, les questions modèles sont précédées d'une contextualisation présentant l'étude approfondie. Attention, cette contextualisation ne fait pas partie du déroulé le jour de l'examen, elle est ajoutée ici pour montrer comment le choix de l'organisation et du problème de gestion sert de point de départ à la préparation des questions du Grand oral.

QUESTION 1 | La motivation d'un salarié peut-elle être influencée par la façon dont l'organisation gère son parcours professionnel ?

Mon étude approfondie : l'étude d'une entreprise de vente de parfums et cosmétiques dont le service RH souhaite vérifier l'impact de la gestion du parcours professionnel sur la motivation des salariés. Le service RH élabore un questionnaire de satisfaction afin de recenser les avis des salariés. Cette analyse m'a amené(e) à m'interroger sur l'impact de la gestion du parcours professionnel auprès des salariés.

Première partie | **Votre exposé** 5 min

Les raisons de mon choix (1 min)

- Le parcours professionnel d'un salarié est constitué de ses évolutions et mobilités professionnelles. J'ai souhaité montrer que la gestion de ce parcours par les services des ressources humaines peut être un facteur de motivation pour certains salariés.

- Cette problématique me permet de faire un lien entre l'enseignement de management et ma spécialité RH et communication car je souhaite poursuivre mes études en DUT GEA.

Mon développement (3 min)

- La notion de motivation convoque l'ensemble des éléments qui poussent un individu à agir et qui orientent son comportement dans le but d'atteindre un objectif.

- La gestion du parcours professionnel revient à faire le point sur les compétences et le potentiel d'un salarié dans le but de le faire évoluer professionnellement.

▸▸▸

- Le parcours professionnel du salarié peut être fait d'évolutions tant sur le plan géographique que fonctionnel (statut ou métier).
- La prise en compte des aspirations et souhaits professionnels du salarié est un facteur de motivation dans le sens où ce dernier se sent exister.
- Le fait de se sentir exister peut permettre au salarié de décupler son investissement. L'organisation le fidélise, le fait monter en compétences.
- Art L6315-1 du Code du travail : les entretiens professionnels sont obligatoires.

Ma réponse à la question (1 min)

La prise en compte des aspirations et souhaits du salarié est un facteur de motivation pour ce dernier qui se sent exister au sein de l'organisation. De plus, la bonne gestion du parcours professionnel permet à l'entreprise de disposer de compétences adaptées à ses besoins, au bon moment et au bon endroit.

Deuxième partie — Échange avec le jury (10 min)

Questions possibles du jury

- Quels sont les autres facteurs de motivation que vous connaissez ?
- À votre avis, les motivations d'un salarié sont-elles les mêmes à chaque moment de sa carrière ? Comment pouvez-vous l'expliquer ?

Troisième partie — Échange avec le jury sur votre orientation (5 min)

QUESTION 2 — Les entretiens professionnels et les bilans de compétences peuvent-ils être au service de la GPEC ?

Mon étude approfondie : l'examen d'une entreprise de culture de pommes de terre et poireaux qui emploie 400 salariés sur deux sites situés en France. Le service RH doit anticiper, grâce à la GPEC, les besoins en ressources humaines. La responsable RH et son assistant ont à leur disposition les dossiers des salariés, avec le compte rendu des entretiens professionnels, les bilans de compétences, etc.
Cette situation m'a amené(e) à m'interroger sur l'utilité et l'importance des entretiens professionnels et des bilans de compétences dans la mise en place de la GPEC.

▸▸▸

Première partie Votre exposé

5 min

Les raisons de mon choix (1 min)

- Les entretiens professionnels et les bilans de compétences sont des droits et devoirs pour les salariés. Pour les organisations, ce sont des moyens de mieux connaître leurs ressources humaines. Il est essentiel, dans ce cadre, de les lier à la GPEC (gestion prévisionnelle des emplois et compétences) qui est un dispositif primordial pour la performance des organisations.

- Cette question est importante dans l'optique de mon projet professionnel. En effet, je souhaite intégrer le service RH d'une grande société.

Mon développement (3 min)

- La GPEC permet d'anticiper les besoins en ressources humaines de manière qualitative et quantitative. Elle offre aussi la possibilité d'adapter la gestion de ces ressources pour parvenir à une situation souhaitée par l'organisation, en fonction de son environnement.

- Les entretiens professionnels et les bilans de compétences permettent aux salariés de faire un point sur leurs aptitudes et leur potentiel au sein de l'organisation.

- Le fonctionnement de la GPEC donne aux services RH l'occasion de prendre en compte une situation existante afin d'arriver à une situation voulue en matière de recrutement et de formation.

- La GPEC va donc impacter la masse salariale de manière qualitative et quantitative.

- Depuis 2005, la démarche de GPEC est rendue obligatoire par le Code du travail dans les entreprises qui emploient au moins 300 salariés.

Ma réponse à la question (1 min)

Les entretiens professionnels et les bilans de compétences sont au service de la GPEC car ils permettent de connaître les compétences et le potentiel détenus par chaque salarié. Les organisations peuvent en tenir compte pour ajuster leurs actions de recrutement ou de formation et, ainsi, répondre à leur besoin.

Deuxième partie Échange avec le jury

10 min

Questions possibles du jury

- Comment les organisations peuvent-elles développer le potentiel de leurs salariés ?
- Pouvez-vous nous expliquer le déroulement des entretiens professionnels ?
- Connaissez-vous les outils d'aide à la GPEC ?

Troisième partie Échange avec le jury sur votre orientation

5 min

QUESTION 3 Les indicateurs sociaux d'une organisation peuvent-ils être influencés par la rémunération des salariés ?

Mon étude approfondie : l'analyse d'une entreprise familiale employant 543 salariés et qui connait depuis quelques temps un *turn-over* important ainsi qu'une hausse des arrêts de travail. Le service RH est chargé de ce dossier. L'assistante RH doit essayer d'établir un lien entre la rémunération et les indicateurs sociaux de l'entreprise.
L'étude de cette problématique d'entreprise m'amène à me questionner sur l'impact que peut avoir la rémunération des salariés sur les indicateurs sociaux.

Première partie Votre exposé

5 min

Les raisons de mon choix (1 min)

- Dans les organisations, la rémunération est souvent assimilée à une source de motivation. Par ailleurs, les indicateurs sociaux permettent aux organisations d'analyser l'état des ressources humaines de manière quantitative et qualitative. Il est donc important, dans ce cadre, d'étudier l'impact de la rémunération sur ces indicateurs.

- Cette question s'inscrit dans le cadre de mon projet professionnel, car je souhaite occuper un poste qui me permettra d'être en charge de la gestion des carrières.

Mon développement (3 min)

- Les indicateurs sociaux sont nombreux et peuvent toucher les domaines du recrutement, de l'absentéisme des salariés, de la santé financière de l'organisation, etc.

- Les indicateurs sociaux prennent la forme de taux : taux de gravité des accidents du travail (TG), taux de rotation du personnel (*turn-over*), taux d'absentéisme, etc.

- La rémunération est la contrepartie de l'activité de travail. Elle peut être source de motivation pour le salarié à condition toutefois que sa forme, son niveau et sa structure soient adaptés. Si tel n'est pas le cas, la rémunération pourra être source d'insatisfaction.

- La baisse de motivation des salariés entraine des démissions, des absences.

- Les indicateurs sociaux servent à établir le bilan social (obligatoire dans les organisations de plus de 300 salariés). Dans le bilan social la rémunération est un des chapitres traités.

Ma réponse à la question (1 min)

La rémunération a une importance particulière auprès des salariés. C'est avant tout leur moyen de subsistance mais, également, un facteur de reconnaissance sociale. La

▸▸▸

rémunération a donc une forte influence sur la motivation des salariés au sein de l'organisation. Par conséquent, elle peut avoir des répercussions sur les indicateurs sociaux notamment le taux de *turn-over* ou encore d'absentéisme. La politique de rémunération est donc une donnée cruciale pour la performance sociale de l'organisation.

Deuxième partie — Échange avec le jury

10 min

Questions possibles du jury

- De quoi se compose la rémunération des salariés ?
- À votre avis, comment peut-on limiter le *turn-over* dans les organisations ?
- Pouvez-vous citer d'autres facteurs qui influencent la motivation des salariés ?

Troisième partie — Échange avec le jury sur votre orientation

5 min

QUESTION 4 — Les nouveaux outils de travail collaboratif peuvent-il être vecteur de performance pour une organisation ?

Mon étude approfondie : dans une association qui œuvre pour l'aide alimentaire, le dirigeant a choisi d'utiliser les nouveaux outils de travail collaboratif pour développer ses activités. Afin de vérifier l'impact de ces dispositifs, le dirigeant va analyser les chiffres clés de l'association en termes de collecte et de distribution.
Cette situation m'amène à considérer l'importance des nouveaux outils de travail collaboratif sur l'activité d'une organisation.

Première partie — Votre exposé

5 min

Les raisons de mon choix (1 min)

- Les nouvelles technologies et les médias sociaux sont omniprésents dans notre vie quotidienne. Leur utilisation est donc primordiale dans les organisations afin d'intégrer les évolutions de la société. Par conséquent, il est important de s'intéresser à leur impact sur la performance des entreprises.

▸▸▸

• Par ailleurs, je suis particulièrement intéressé(e) par cette problématique car je pense que les ressources humaines tiennent un rôle important dans l'accompagnement de la digitalisation des pratiques au sein des organisations.

Mon développement (3 min)

• L'utilisation des nouvelles technologies, et notamment des outils collaboratifs, permet aux salariés une collaboration accrue sur les projets. Ainsi, les compétences de chacun sont mutualisées dans un objectif commun. Les équipes sont fédérées autour du projet.

• Les échanges et la transversalité sont souvent facilités, de même que les procédures. Les prises de décision sont plus rapides.

• La productivité de l'organisation peut être améliorée grâce à ce gain de temps.

• Cette plus grande facilité de collaboration peut être un facteur de mieux-être au travail.

• La performance, qui exprime le degré de réussite des objectifs de l'organisation, peut donc être soutenue par ces outils collaboratifs.

• Les organisations doivent veiller à sécuriser les espaces collaboratifs notamment avec la protection des données.

Ma réponse à la question (1 min)

En facilitant les échanges et la mise en commun des compétences, les nouveaux outils collaboratifs donnent aux salariés la possibilité d'exprimer leurs talents et de les mettre au service de la performance des organisations. Le travail à l'aide des outils collaboratifs doit donc être envisagé comme une véritable stratégie d'entreprise.

Deuxième partie | Échange avec le jury

10 min

Questions possibles du jury

• Pouvez-vous nous citer des outils de travail collaboratif ?

• Proposez une utilisation des outils collaboratifs qui pourrait vous être utile pour vos études supérieures.

• À votre avis, l'utilisation des outils collaboratifs a-t-il un impact sur le management au sein des organisations ?

• Selon vous, la généralisation des nouvelles technologies entraîne-t-elle un risque de déshumanisation au sein des entreprises ?

Troisième partie | Échange avec le jury sur votre orientation

5 min

QUESTIONS TYPES

Systèmes d'information et de gestion

Nous vous proposons ici 4 questions modèles et des exemples de traitement correspondant aux deux premières parties de l'épreuve : votre exposé de 5 minutes et l'échange avec le jury de 10 minutes. La troisième partie de l'épreuve qui consiste en un échange de 5 minutes avec le jury autour de votre projet d'orientation relève d'une préparation personnelle propre à chaque candidat(e).
Par ailleurs, les questions modèles sont précédées d'une contextualisation présentant l'étude approfondie. Attention, cette contextualisation ne fait pas partie du déroulé le jour de l'examen, elle est ajoutée ici pour montrer comment le choix de l'organisation et du problème de gestion sert de point de départ à la préparation des questions du Grand oral.

QUESTION 1 | Le développement d'une application mobile est-il indispensable à l'organisation ?

Mon étude approfondie : une auto-école de quartier qui souhaite faire évoluer un site vitrine en site dynamique. À partir de l'analyse de sites existants, j'ai développé les différentes fonctionnalités à programmer afin de rendre le site opérationnel. Je me suis alors posé la question de l'opportunité de développer une application mobile pour cette entreprise.

Première partie | Votre exposé — 5 min

Les raisons de mon choix (1 min)

- Les applications mobiles ont pris beaucoup d'ampleur en quelques années. Ce phénomène m'intéresse car je souhaite approfondir une question relative aux usages de la vie quotidienne.
- Cette question s'inscrit par ailleurs dans mon projet professionnel car je désire devenir développeur(euse) d'applications.

Mon développement (3 min)

- Les applications mobiles sont devenues omniprésentes dans tous les domaines : commercial, administratif, personnel. *[Donnez des exemples.]*

- Une application mobile génère un supplément d'activité et contribue à la croissance du PIB.
- Pour de nombreuses organisations, la mise à disposition d'une application mobile s'inscrit dans le développement d'une stratégie digitale. Elle permet d'améliorer le service rendu et d'accroître la productivité ainsi que la visibilité.
- La taille et/ou l'activité de l'organisation sont des contraintes qui peuvent rendre inutile et trop coûteux le développement d'une application. *[Donnez des exemples.]*
- La maintenance de l'application et le respect du RGPD sont également des contraintes qui nécessitent des moyens financiers et humains.
- Une application mobile doit procurer une réelle valeur ajoutée pour son utilisateur. Si ce n'est pas le cas, elle ne sera pas téléchargée car les capacités matérielles des terminaux mobiles sont limitées.

Ma réponse à la question (1 min)

Le public utilise quotidiennement les applications mobiles disponibles sur tablettes ou smartphones pour des usages très variés. Les organisations ont donc tout intérêt à en proposer à leurs clients, adhérents ou usagers, dans le but d'apporter un service supplémentaire. Elles en retirent elles-mêmes le plus souvent un surcroît d'efficacité ou de performance. Néanmoins, face à l'accroissement exponentiel du nombre d'applications disponibles, la mise à disposition d'une nouvelle application doit représenter un véritable apport pour le public concerné sinon elle ne sera pas téléchargée. L'organisation doit, de surcroît, tenir compte de ses contraintes qui peuvent être un frein ou un obstacle au développement d'une telle application qui perdrait alors de son intérêt et de sa pertinence.

Deuxième partie — Échange avec le jury

10 min

Questions possibles du jury

- Savez-vous quels sont les langages utilisés pour le développement des applications mobiles ?
- Pouvez-vous fournir un exemple d'utilisation de données clients dans le cadre d'opérations marketing ?
- Quel lien pouvez-vous établir entre cette question et les objets connectés ?
- Pouvez-vous expliquer quelles sont les mesures à adopter pour sécuriser ce type d'application ?

Troisième partie — Échange avec le jury sur votre orientation

5 min

QUESTION 2 | Une organisation doit-elle décentraliser son système d'information ?

Mon étude approfondie : une société de prestations pyrotechniques qui possède un siège et trois agences commerciales et techniques en France. J'ai procédé à une analyse des flux d'information et du système d'information existant. J'ai par la suite défini quelles pourraient être les modalités de décentralisation du système d'information. Je me suis alors interrogé(e) sur l'intérêt que présentait une telle transformation.

Première partie **Votre exposé** 5 min

Les raisons de mon choix (1 min)

- La décentralisation des systèmes d'information est un thème récurrent du programme qui touche toutes les fonctions de l'organisation.
- Je souhaite poursuivre mes études dans les métiers liés aux infrastructures informatiques et cette question me paraît essentielle.

Mon développement (3 min)

- La décentralisation ne doit pas être confondue avec l'externalisation.
- La décentralisation du système d'information peut s'effectuer à plusieurs niveaux (collecte/stockage/traitement) mais il faut veiller à conserver une unicité de l'information. *[Donnez des exemples.]*
- Cela permet également d'optimiser le partage des ressources matérielles et humaines. *[Donnez des exemples concrets.]*
- Les technologies telles que la *blockchain* poussent les organisations à décentraliser leur système d'information. Cette approche amène l'entreprise à repenser ses règles organisationnelles. Elle modifie les processus internes.
- Les études réalisées montrent que la décentralisation des systèmes d'information contribue fortement à dynamiser l'innovation. Les pouvoirs publics souhaitent encourager ces transformations numériques qui sont bénéfiques à la croissance de l'économie.
- La multiplication de points d'entrée dans le système d'information peut accroître la vulnérabilité en l'absence de mesures de sécurisation poussées.

Ma réponse à la question (1 min)

Une approche décentralisée du système d'information de l'organisation comporte de nombreux avantages en termes de souplesse et de partage des ressources. Les ▸▸▸

technologies récentes et les solutions de cyber-sécurisation sont des éléments incitatifs car l'organisation peut alors optimiser ses ressources matérielles et humaines. De surcroît, une architecture décentralisée répond mieux aux besoins d'ouverture des réseaux sur l'extérieur. Beaucoup d'organisations ont opté pour des solutions hybrides ou mixtes qui privilégient le maintien d'un « organe » pivot en leur sein afin de stocker et traiter les données stratégiques tout en multipliant des « organes » périphériques dans le but d'accroître leur réactivité. En effet, une architecture complètement décentralisée engendre des coûts organisationnels souvent supérieurs aux avantages qu'elle procure.

Deuxième partie — Échange avec le jury (10 min)

Questions possibles du jury

- Pouvez-vous citer un exemple concret de solution hybride ?
- En quoi la décentralisation du système d'information favorise-t-elle le travail collaboratif ?
- À votre avis, l'apparition et le développement des objets connectés participent-ils à ce phénomène ?
- Selon vous, la taille de l'organisation va-t-elle être un facteur déterminant dans le choix de la décentralisation du système d'information ?

Troisième partie — Échange avec le jury sur votre orientation (5 min)

QUESTION 3 | Une organisation a-t-elle intérêt à développer son propre réseau local ?

Mon étude approfondie : un cabinet d'architecture qui propose de la réhabilitation, de la construction et de l'aménagement de surfaces. J'ai procédé à une analyse des flux d'information et du système d'information existant. J'ai par la suite défini quelles pourraient être les modalités de mise en place d'un réseau local. Je me suis alors interrogé(e) sur l'intérêt que présentait une telle transformation.

Première partie Votre exposé

5 min

Les raisons de mon choix (1 min)

• Les questions de cybersécurité sont un enjeu majeur pour les organisations. J'ai souhaité examiner comment ces dernières s'inscrivaient dans le cadre de cette problématique.

• Par ailleurs, j'envisage de poursuivre mes études dans le domaine des réseaux informatiques.

Mon développement (3 min)

• Le réseau local (ou *local area network* ou *LAN*) est l'infrastructure de base qui permet le partage de l'information au sein des organisations. Sa maintenance nécessite des compétences informatiques.

• Le réseau local peut se révéler vulnérable aux attaques extérieures. *[Donnez des exemples.]*

• La pertinence d'un réseau local se pose pour les très petites organisations.

• Il existe aujourd'hui des solutions techniques intéressantes et sécurisées alternatives aux réseaux locaux classiques. Par exemple, le *cloud* et les solutions logicielles de travail collaboratif peuvent se substituer au réseau local.

• L'externalisation des infrastructures ou de la maintenance réseau est également une option à examiner. Elle comporte de nombreux avantages pour les organisations.

• La collecte, le stockage, le traitement ainsi que la diffusion des données doivent satisfaire aux exigences du règlement européen sur la protection des données (RGPD).

Ma réponse à la question (1 min)

Les organisations éprouvent, pour la plupart d'entre elles, le besoin de se doter d'un réseau local performant. En effet, cette infrastructure est indispensable pour gérer les flux et le stockage de l'information. Les organisations ont donc tout intérêt à se doter d'un *LAN* car il leur permet d'être plus compétitives, mais cette démarche doit s'accompagner d'une réflexion poussée sur les mesures à adopter pour en assurer la cybersécurité. Le choix de solutions alternatives ou l'externalisation des services, voire de l'infrastructure, dépendra des moyens, des objectifs et de la taille de l'organisation. Aujourd'hui, seules les « petites » organisations peuvent se dispenser d'un fonctionnement en réseau.

Deuxième partie Échange avec le jury

10 min

• Pouvez-vous citer l'exemple d'un type d'entreprise fonctionnant sans réseau ?

• La technologie du réseau privé virtuel (VPN) a-t-elle un rapport avec les réseaux locaux ?

- Pouvez-vous citer un exemple concret de défaillance réseau ?
- À votre avis, une petite entreprise peut-elle se contenter de créer un petit réseau privé avec la box d'un fournisseur d'accès Internet ?

Troisième partie **Échange avec le jury sur votre orientation** 5 min

QUESTION 4 Le développement du numérique dans les organisations favorise-t-il la mise en œuvre de pratiques responsables ?

Mon étude approfondie : un cordonnier qui possède un petit point de vente et une clientèle de proximité. J'ai participé à la mise en place d'un site web marchand pour cet artisan. Ma réflexion autour du développement des diverses fonctionnalités du site m'a amené(e) à m'interroger sur les conséquences de la transformation numérique des organisations.

Première partie **Votre exposé** 5 min

Les raisons de mon choix (1 min)

- Ma génération est particulièrement sensible aux questions éthiques, sociales et environnementales.
- Mon choix d'orientation professionnelle vers les métiers de l'administration réseau me conduit à m'interroger sur mon rôle dans la RSE de l'entreprise dont je ferai partie.

Mon développement (3 min)

- Les pratiques responsables concernent de nombreux domaines de la société : le travail, l'environnement, l'éthique, etc.
- Le numérique peut être facteur de progrès social grâce au développement de nouvelles formes d'emplois ou du travail à distance par exemple.
- Cependant, les technologies numériques sont aussi la source de nombreuses pollutions environnementales. Il faut en maîtriser les usages. *[Donnez des exemples de bonnes pratiques.]*

▸▸▸

- L'objectif « zéro papier » n'est pas écologiquement responsable dans une organisation car la production forestière de papier a moins d'impact écologique que son équivalent électronique.
- La consommation énergétique liée aux usages du numérique contribue fortement à l'augmentation des gaz à effet de serre.
- La collecte et le traitement des données permis par le développement du numérique offrent aux organisations la possibilité d'accroître leur efficacité ou leur compétitivité, mais des problèmes éthiques apparaissent (respect de la vie privée et des libertés individuelles).

Ma réponse à la question (1 min)

La mise en œuvre de pratiques responsables au sein des organisations est encouragée par les différentes instances internationales à l'instar de l'ONU ou de la Commission européenne. En effet, même si l'usage de technologies numériques est devenu incontournable, ces dernières doivent être maîtrisées car elles génèrent de la pollution et ont un impact écologique important. Le développement du numérique ne favorise donc pas les pratiques responsables de façon automatique, ces dernières doivent plutôt l'accompagner et l'encadrer afin de permettre un réel progrès social et environnemental.

Deuxième partie Échange avec le jury

10 min

- Pouvez-vous citer un exemple concret de pratique responsable au sein d'une organisation ?
- Existe-t-il des chartes ou des labels en la matière ?
- Le respect du RGPD peut-il être qualifié de « pratique responsable » ?
- Savez-vous par quels moyens numériques s'effectue la collecte de données ?

Troisième partie Échange avec le jury sur votre orientation

5 min